TINTA DA CHINA
brasil

Dulce Maria Cardoso

os meus sentimentos

RIO DE JANEIRO:
TINTA-DA-CHINA
MMXII

Edição apoiada pela Direção-Geral do Livro e das Bibliotecas / Secretaria de Estado da Cultura — Portugal.

GOVERNO DE PORTUGAL | SECRETÁRIO DE ESTADO DA CULTURA

DGLB DIRECÇÃO-GERAL DO LIVRO E DAS BIBLIOTECAS

1.ª edição: junho de 2012

Edição: Tinta-da-china Brasil
Capa e projeto gráfico: Tinta-da-china Brasil

Cardoso, Dulce Maria
C268 Os meus sentimentos / Dulce Maria Cardoso.
1.ed. – Rio de Janeiro: Tinta-da-china Brasil, 2012.
376 pp.; 21 cm

ISBN 978-85-65500-02-9

1. Literatura portuguesa – I. Título. II. Série

CDD P869 (22.ed)
CDU 869

R. Júlio de Castilhos 55, Cobertura 01
Copacabana RJ 22081-020
Tel. 0055 21 8160 33 77 | 00351 21 726 90 28
Fax 00351 21 726 90 30
infobrasil@tintadachina.pt
www.tintadachina.pt/brasil

Ao Luís, para sempre
À minha irmã, ao Coca e ao Paulo

Es el jardín de la Muerte que te busca y que te encuentra siempre... Es el jardín, que, sin saberlo, riegas con tu sangre,

DULCE MARÍA LOYNAZ, *Jardín, Novela Lírica*

inesperadamente

não devia ter saído de casa, não devia ter saído de casa, não devia ter saído de casa, durante algum tempo, segundos, horas, não sou capaz de mais nada,

inesperadamente paro

a posição em que me encontro, de cabeça para baixo, suspensa pelo cinto de segurança, não me incomoda, o meu corpo, estranhamente, não me pesa, o embate deve ter sido violento, não me lembro, abri os olhos e estava assim, de cabeça para baixo, os braços a bater no tejadilho, as pernas soltas, o desacerto de um boneco de trapos, os olhos a fixarem-se, indolentes, numa gota de água parada num pedaço de vidro vertical, não consigo identificar os barulhos que ouço, recomeço, não devia ter saído de casa, não devia ter saído de casa,

são tão maçadoras as lengalengas

durante algum tempo, segundos, horas, não sou capaz de mais nada, devo ter caído muito longe da autoestrada, a chuva estala no metal do carro, as rodas rolam em seco, gri-gri,

gri-gri, grilos, não, não podem ser grilos, tic-tac, os quatro piscas, dentro da gota de água, são apenas os olhos que não se conseguem desviar, são apenas os olhos, o meu carro capotado num baldio, o meu saco de viagem preso num arbusto, as embalagens das ceras, os brindes das clientes e o caderno das contas espalhados na lama, um sapato num charco mais distante, os faróis mantêm-se acesos, a chuva, fios de pirilampos que esvoaçam até morrerem no chão, gri-gri, não podem ser grilos, em todo o lado pedacinhos de vidro que brilham muito, cristais que afugentam a noite,

não devia ter saído de casa

o líquido quente que escorre da minha boca é sangue, reconheço o sabor, a minha boca uma massa, quente, demasiado quente, enjoativa, quero mexer-me, libertar-me do cinto de segurança, as mãos não me obedecem, dois atrapalhos inábeis, as minhas pernas, duas ausências, e os olhos pousados, inertes, na gota de água cheia de luz, uma gota inundada de luz, quase a apanhar-me, a vencer-me, resisto, recomeço, não devia ter saído de casa, não devia ter saído de casa,

inesperadamente

não sinto dores, não tenho medo, os meus olhos afogados na gota de luz, os meus ouvidos um albergue de grilos,

neste momento posso já não existir aqui

este momento pode já não existir para mim

rolo sobre as trevas

docemente, deslizo na autoestrada que é sempre igual, a que fica para trás, a que se renova à minha frente, uma língua caridosa que me engole, negra, infinita, avanço, guio-me pelos refletores que ladeiam a berma, os separadores de aço, o vento torce as árvores desfolhadas, esqueletos tristes, traços riscados a carvão contra o céu, os postes de alta tensão, espantalhos de mãos dadas numa fila para lado nenhum,

docemente

avanço no sentido único em que o infinito se cumpre, a minha cabeça num rodopio agradável, hoje à tarde vendi a casa, assinei a escritura com a caneta de prata, a minha mão não tremeu, não hesitei, se pensava que era fácil foi assustadoramente mais fácil, viajo na noite do temporal, nos últimos dias não se falou noutra coisa, o boletim meteorológico, a proteção civil, nos cafés, as minhas clientes, um assunto,

anunciaram um temporal

um tema de conversa, tanta confusão e se calhar não há nada, enganam-se a toda a hora, quem pode prever os caprichos da natureza, uma troca de palavras, no mar é que vai ser pior, a minha cabeça no rodopio que me sabe bem, estendo uma mão cega para o lado direito, procuro a minha cassete, a partir de hoje vai ser tudo diferente, repito, a partir de hoje vai ser tudo diferente, a chuva abate-se sobre o tejadilho num barulho que me devia assustar, engrossa os vidros, duplica-os, milhares de gotas esborrachadas contra os vidros, teias que o vento logo desfaz, rajadas de vento na ordem dos, desafio a noite do temporal,

rolo sobre as trevas

a minha mão cega à procura de uma voz que amanse o temporal, um raio, um resto da luz do princípio, no início apenas luz, no início apenas luz e nós já cegos para sempre,

bêtises, ma chérie, bêtises

custa-me respirar, uma dor no peito, um assunto, bebes sempre de mais, o meu corpo pesado seguindo a mão, a dificuldade de sempre nos gestos mais simples,

mostrenga, mostrenga

outro raio, um néon bonito que divide o escuro, encontro a cassete, um trovão, o escuro que ruge, não me custa acreditar que o mar tenha tomado o lugar do céu para se despenhar sobre a terra, avanço, penso que sobre o céu, um caminho que não para de crescer nas trevas, coloco a cassete no leitor, carrego no botão para a rebobinar, arranho o silêncio, um tema de conversa na área de serviço,

olha para aquela gorda perdida de bêbeda

uma troca de palavras, há por aí tanta desgraça, nem chega a uma conversa, vê-se cada coisa, tenho o porta-bagagens carregado de ceras, brindes, amostras, folhetos, o caderno das contas, as minhas clientes esperam-me amanhã cedinho, há anos que me esperam, não estas, não neste destino, outras, noutros destinos, um entendimento, sou uma boa vendedora, a melhor, sei de cor e salteado a composição das ceras, as temperaturas a que derretem, as peles a que se destinam, a minha vida uma luta contra milhões de pelos, de nada me orgulho tanto, talvez da Dora, talvez, conheço os meus inimigos, conheço-lhes as manhas, não me enganam, mesmo quando se partem para crescerem mais fortes, ou se encravam, ou, cobardes, desatam a crescer debaixo da pele, escondidos, conheço os meus inimigos e não perco uma oportunidade para os desmascarar, não os deixo fingir, ganhar tempo, uma guerra sem tréguas, quando olho para as pernas de uma desconhecida sei logo a força dos meus inimigos, como são combatidos, outra profissional olha e não vê nada, eu posso aceitar apostas, sobre as armas utilizadas, cera, creme, gilete, as maquinetas que fazem o barulho irritante das moscas, quando olho para as pernas de uma desconhecida avalio de imediato a força dos meus inimigos, distingo cicatrizes, pelos encravados, mesmo se quero pensar noutra coisa, especialmente se quero pensar noutra coisa, sou uma boa vendedora, a melhor, faço cem, duzentos quilómetros, os que forem necessários para vender as minhas ceras, não sei fazer mais nada, persigo os meus inimigos, milhões de inimigos em todo o lado, uma luta desigual, perdida, a partir de hoje vai ser tudo diferente, apesar de me sentir tão cansada, não deixo que me passe pela cabeça que, a partir de hoje, a partir de amanhã, nem uma diferença, uma única diferença, não posso aceitar um mar de dias iguais à minha frente, a minha vida a consumir-se na repetição dos dias, dos gestos, das palavras, o Ângelo

ninguém corrige o passado, ponto final

por que ouço o agoirento do Ângelo, faças o que fizeres não te livras de ti, do que foste, do que continuas a ser, faças o que fizeres, por que ouço o agoirento do Ângelo em vez das canções da minha cassete, a partir de hoje vai ser tudo diferente, vendi a casa, é verdade que ainda há pouco, na área de serviço, tornei ao mesmo, mais um homem e a mesma brincadeira, a mesma mentira, ou, para ser mais rigorosa, outra mentira, porventura mais grave, a todos os homens com quem fui e que calharam perguntar-me o nome respondi sempre com uma charada e

um nome de uma flor que também é uma cor

bêtises, ma chérie, bêtises

nunca nenhum acertou, talvez fosse estranho, talvez tivesse achado realmente estranho se tivesse pensado nisso, não pensei, até ele todos os homens que tentaram adivinhar responderam Rosa, a maior parte não arriscou, sorriu e pôs-se a andar, queriam lá saber o meu nome, era só uma pergunta, a mais vulgar, tinham pressa, apenas uma pergunta, a mais comum, para afastar o silêncio, o embaraço, a vergonha de terem estado dentro de uma mulher como eu, nunca conheci nada mais desapiedado do que a carne saciada, o que é certo é que até esta noite, até ele, todos os homens tinham respondido Rosa, um erro de que gostava, outro nome e não era eu que ali estava mas a tal Rosa, uma criatura que chegava a lamentar quando me dava para isso, portanto quando o homem me perguntou o nome repeti a charada certa de que não me ia dar uma resposta diferente de Rosa ou de um sorriso, estava tão convencida que me assustei quando ouvi o meu nome, tenho muito medo, quem se dedica a este tipo de caça tem sempre muito medo, qualquer presa aprende rapidamente o medo que a pode salvar, há qualquer coisa na estrada, a chuva não me deixa ver, os limpa-para-brisas já estão na velocidade máxima, há qualquer coisa ali à frente, travo, o carro foge-me, uma guinada, ziguezagueio, nem sequer me assusto, volto à marcha regular, franzo os olhos, é demasiado grande para ser o corpo de um cão ou de um gato, avanço com cautela, só muito perto percebo que é uma árvore tombada, os ramos aos pinotes no vento, um remoinho de folhas, rodo o volante, desvio-me da espiral de folhas que se eleva no escuro, dos ramos que esbracejam, ainda bem que esta árvore não morreu de pé, sempre me entristeceram as árvores que ficam a morrer de pé, ainda sonham com as primaveras seguintes quando lhes colam nos troncos, árvore para abate, ainda sentem o peso dos ninhos e o vento dos pardais em voo, entristecem-me as árvores mortas que esperam viajantes que lhes fogem, ninguém gosta da sombra da morte, ali ficam até que a serra elétrica as deita por terra, o tronco em rodelas de madeira, a copa um braçado de galhos que alguém há de recolher para atear uma lareira ou para, uma folha cola-se no para-brisas, levo-a comigo, a partir de hoje nada vai ser diferente, não posso corrigir o que passou, não tenho mão no que aí vem, o aviso de uma saída de emergência do lado direito, a folha voa, não quis ir comigo, não me quer como companhia, estou bêbeda, uma folha não tem querer, estou bêbeda, as folhas sabem tudo sobre nós, estou bêbeda, o coração magoa-me, o meu corpo ainda mais desconhecido do que os estranhos que o tomam, apenas o reconheço na dor, a aguardente deixou-me a cabeça num rodopio que me agrada, esfrego os olhos em vão, continuam turvos, desato a chorar, a folha não me quis acompanhar, sou tão risível, sinto as mãos do homem na minha pele, afago os pequenos sulcos que as unhas dele deixaram no meu corpo, caminhos, não sei o que fazer com o cheiro de um desconhecido entranhado na minha carne, estou assustada, e se nunca mais tiver lugar em mim, se nunca mais me pertencer, por que me deixo morrer,

por que me mata a vida

acelero em direção ao infinito que se tornou o meu destino, um único sentido, a partir de hoje tudo vai ser diferente, a noite assusta-me, seis porções de escuro que aguardam fora dos vidros do carro, já é muito tarde, 4:37 no relógio digital do tabliê, 4:32 na realidade, sempre me concedi cinco minutos de avanço, é certo que nunca me valeram de muito, nunca cheguei a horas ao futuro, ligeiros atrasos, desencontros, motivos comezinhos de que já não me recordo, avisto um carro à minha frente, é o primeiro que vejo desde que saí da área de serviço, acelero para me aproximar das duas luzinhas vermelhas que se duplicam na água da estrada, o carro segue devagar, decido ultrapassá-lo, vou ao lado de uma desconhecida na noite do temporal, dou-lhe uma cara, redonda, exageradamente redonda, um corpo, gordo, tristemente gordo, uma profissão, vendedora, uma casa, travessa do paraíso, n.º, uma filha, a Dora, entrego a desconhecida ao rasto de água que o meu carro deixa, uma serpentina que se encrespa no ar, em vez das luzinhas vermelhas duplicadas no chão duas luzes brancas no retrovisor, uma magia, se soubesse fazer magias desaparecia de mim, acelero, ganho distância das luzes brancas que ficam cada vez mais pequenas, roubo-lhes a cara, o corpo, a profissão, a família, uma bêbeda entretém-se com qualquer coisa, até com um jogo tão fraquinho como este, os faróis do carro que ultrapassei desaparecem do retrovisor, de novo apenas a noite, um aviso, um retângulo amarelo plantado na berma, que

conduza com prudência

leio em voz alta, conduza com prudência, a voz escorrega contra os vidros, outro retângulo, este pendurado, anuncia uma encruzilhada, quatro estradas devidamente numeradas, quatro destinos, posso finalmente mudar de rumo, inverter a marcha, desistir, é tentador pensar que posso escolher, e se a partir de hoje fosse realmente tudo diferente, a encruzilhada que conheço dos meus mapas, sempre colecionei mapas, quer dizer, coleciono mapas há muito tempo, centenas de mapas em minha casa, usados, imaculados, tanto faz, nos mapas escolho os caminhos sem medo, dou voltas e voltas aos meus mundos de papel, vou a todos os lugares, sítios a que não associo uma paisagem, uma cara, uma flor, nada, terras que só existem para cumprirem o meu desejo de partir nas tardes de muito calor, estendo os mapas no chão do meu quarto, não quero saber nada sobre o mundo, nunca quis, nas tardes de muito calor, corro os estores e o meu corpo cobre-se com fios de ovais luminosas, um amontoado de pontos de luz geometricamente dispostos, passo tardes inteiras de verão a viajar, aproximo-me da encruzilhada, dos quatro destinos numerados, a chuva cai translúcida ao pé dos candeeiros de cimento, fios de água tremeluzentes, uma chuva de pirilampos, e se mudasse o destino, e se desistisse

bêtises, ma chérie, bêtises

da Denise e da Betty, se por uma vez fosse para um sítio onde ninguém me esperasse, numa viajei sem ter quem me esperasse, sigo o meu caminho, não posso desistir da minha luta, todos os dias os meus inimigos me vencem no meu próprio corpo, nos outros corpos, os meus inimigos que vão ser os últimos a morrerem, o meu coração parado, os meus pulmões inundados, a minha carne gelada e os meus inimigos ainda a crescer por umas horas, um dia, não devia pensar nisso, sou uma boa vendedora, a melhor, amanhã estou de volta, pedi à Dora que comprasse pão, deixei-lhe um recado num daqueles papelinhos amarelos que se colam em qualquer sítio, compra pão se faz favor, não devo ter ouvido bem o que a Dora disse à saída do restaurante,

amanhã saio de casa

que disparate parecer-me ter ouvido que a Dora me abandonava, deixei-lhe o recado no sítio do costume, amanhã a Dora vai comprar o pão e pô-lo sobre a mesa da cozinha, nunca de costas que dá azar, a Dora sabe que o pão de costas dá azar, sabe tantas coisas a minha Dora, espanta-me que as aprenda com a mesma apatia com que passa os códigos de barras de centenas de produtos no leitor ótico na caixa do hipermercado, a mesma apatia com que posava nua para os estudantes de belas-artes, um corpo magro, quase de criança, visto de todos os ângulos, sem que ninguém tenha descoberto as covinhas que faz quando sorri, a maneira engraçada de fechar as mãos, uma bolinha de dedos, dezenas de desenhos de uma desconhecida, não da minha filha, a mesma apatia que a fez desistir da escola, garantir, nunca aprendi lá nada de jeito, uma apatia que lhe cresce no peito e que extravasa para me atingir no coração, carrego no acelerador, a estrada turva, os gestos amolecidos,

se queres espatifar-te na estrada é contigo

desato a rir me, por que morrem as minhas gargalhadas contra os vidros, por que me cerca este silêncio, o Ângelo está enganado, mais uma vez

o riso é o melhor que podemos oferecer aos outros

o desgraçado do Ângelo está enganado, um desentendimento com a vida, continuo a rir-me, da Denise, da Betty, da Dora, do Ângelo, dos brindes que tenho para oferecer às clientes, um galheteiro em inox e um paliteiro em porcelana, das ceras para peles sensíveis, para peles negras, para mulheres com tendências para varizes, gargalho, guinchos que esvoaçam no carro, estou tão cansada, o dia foi longo, muito longo, e a noite, uma manta preta que me abafa

> diz-me um segredo
> mantém-me acordada
> enquanto esta noite não chega ao fim

em vez de me contar os segredos que guarda, de me salvar, uma manta que me sufoca, e se voltasse para casa, para o pão que a Dora vai comprar, os quatro destinos, a encruzilhada, se pudesse escolher, é tarde, abandono-me ao meu destino, avanço, o vento verga os aloendros plantados a meio dos dois sentidos, agora no retrovisor pontinhos de luz da encruzilhada, a chuva de pirilampos à volta dos candeeiros de cimento muito altos, outro aviso na berma da estrada, este amarelo muito forte, um sol no meio da noite, se conduzir não beba, rio-me, as gargalhadas às voltas no carro até que encontram o silêncio que as mata, apetece-me um cigarro, procuro o maço, uma sucessão de gestos lentos, vagarosos, tenho tempo, levo o cigarro à boca, um afago nos lábios dormentes, silêncio,

> diz-me um segredo

por todo o lado silêncio, passo uma fábrica, um retângulo iluminado que visto assim de longe é bonito, não tenho medo do meu coração que adormece em batidas cada vez mais vagarosas, fecho os olhos por um bocadinho, estou cansada, daqui a umas horas garanto à Denise que as minhas ceras não provocam vermelhões, cicatrizes ou eritemas, que não encontra no mercado ceras mais eficientes na destruição da matriz germinadora do pelo, um chorrilho de palavras em que sou a melhor, não há dúvida, sou a melhor vendedora, conheço as ceras indicadas para peles sensíveis, a estrada sempre igual, o tracejado branco numa linha contínua, cada vez mais veloz, estou cansada, fecho os olhos um bocadinho, mais um bocadinho como as ervas que crescem nos baldios

fazer o que tenho de fazer ainda que depois me envergonhe, na verdade não chego a envergonhar-me, apenas um ligeiro desconforto, um nó na garganta que se vai desfazendo à medida que me afasto, um ligeiro mal-estar, a ideia vaga de um pecado de que não tenho intenção de me redimir, tomo o acesso para a área de serviço, tenho fome, passo pela cafetaria, paro em frente das janelas grandes de vidro, a chuva não me deixa ver bem o interior, acendo os máximos, um empregado vira-se surpreendido, um coelho encandeado na estrada, a cafetaria está quase vazia, uma sala enorme com mesas e cadeiras vazias, um casal e do lado esquerdo um grupo de rapazes, poucas pessoas viajam em noites como esta, e já é tão tarde, desligo os faróis, o motor,

> fazer sempre o que tenho de fazer ainda que depois me envergonhe

saio do carro com vagar, abro o chapéu-de-chuva, aperto a gabardina, todos os meus gestos são disparatadamente calmos, destoam da chuva que cai violenta, dos pequenos charcos no asfalto, aproximo-me das portas de vidro que se abrem automaticamente, gosto destas portas que se abrem sozinhas, das máquinas que vendem cigarros ou selos e dão o troco certo, entro na cafetaria e dirijo-me ao balcão, os rapazes calam-se por segundos quando me veem e depois um deles, tanto faz, são todos tão parecidos, diz, large, extra extra large, todos se riem, ainda a gargalhada não se desfez e já estão enredados em suposições, come para aí o triplo de uma pessoa normal, pode ser uma doença, a cama, já imaginaste a cama,

era uma mulher tão gorda, tão gorda, que quando caía da cama caía para os dois lados

mais gargalhadas, ainda bem que são novos e, talvez por isso, impiedosos, gosto menos dos mais velhos que escondem o prazer de contemplarem uma desgraça, ainda bem que são novos e, talvez por isso, indiferentes, daqui a nada um dos rapazes diz, noutro dia vi uma ainda mais gorda e este facto é suficiente para se esquecerem de mim, para passarem a outro assunto, a juventude não se detém, uma pressa insensata que a consome, um empregado aproxima-se de mim, peço dois bolos e um café, pré-pagamento, o barulho da máquina registadora, as minhas mãos à procura na carteira,

o porte monnaie ma chérie, o porte monnaie

as pequenas tarefas sempre tão complicadas para mim, cai-me da mão uma moeda, agacho-me para a apanhar, a dificuldade dos gestos mais simples, sigo para o balcão para indicar os bolos que pré-paguei, não preciso de apontar, sei os nomes, sei pedi-los com boa pronúncia, uma senhora deve, em qualquer circunstância, ser chic, très chic, um éclair e um mille feuille, por favor

o empregado não percebe, a língua mais bonita do mundo desperdiçada num empregado ignorante, refaço o pedido, um eclere e um mil folhas, ah, e ele, ah um eclere e um mil folhas, e com a pinça metálica aos círculos no ar procura o meu pedido nas prateleiras onde jazem os bolos com cremes de ontem, de antes de ontem, ora cá está, o ar satisfeito de quem resolveu um enigma, a pinça metálica apanha os bolos e atira-os para um prato, o empregado não se incomoda que um bolo estrague o outro, que os cremes se misturem, os bolos num prato que o empregado pousa no balcão para se dirigir para a máquina do café, enche a medida de pó, um gesto brusco, põe a chávena em baixo, o empregado julga-se um bom empregado mas não o é, uma pressa que o prejudica, um descuido, a chávena não ficou bem colocada e o café cai onde não deve, o empregado entrega-me o prato com dois bolos em cima um do outro e uma chávena de café entornado que

onde andas com a cabeça Maria da Guia, onde andas com a cabeça

aceito, afasto-me do balcão com o prato dos bolos numa mão e o café na outra, hesito, sinto o sorriso trocista do empregado nas minhas costas, quanto mais insignificantes as decisões mais me demoro, escolho uma mesa donde possa ver o carro, um critério, é certo que irrelevante mas todavia um critério, sento-me, coloco os bolos e o café sobre a mesa, todos os meus gestos são calmos,

fazer o que tenho de fazer ainda que depois

a Denise e a Betty esperam-me de manhã bem cedo, se o Ângelo tivesse vindo comigo como tínhamos combinado os meus gestos eram outros, apressados, muito apressados, não consigo estar acompanhada por muito tempo, nunca me habituei à presença dos outros, ainda não deixei de me espantar com os que não conseguem comer ou dormir sozinhos, com os que se queixam da solidão, talvez sejam felizes os que conseguem suportar os outros, mais felizes ainda os que precisam dos outros, o casal da mesa do fundo levanta-se e sai, as portas de vidro abrem-se, são competentes as portas de vidro ao contrário do empregado, um mau empregado, desleixado, que coça a cabeça e boceja, já lá fora o casal protege-se num chapéu-de-chuva, o homem beija a mulher na cara antes de entrar para o carro, amantes que se despedem de um serão clandestino, corrijo-me imediatamente, é tão óbvio, não pode ser tudo tão monótono, não permito que o tédio contamine a vida, penso noutras hipóteses, todas me parecem inverosímeis e ainda mais maçadoras, rendo-me, é sempre na realidade que reside o espanto, a minha imaginação, a imaginação nada pode contra a realidade, a mulher diz qualquer coisa que faz o homem rir, evito olhar para a mesa dos rapazes, trinco o mille feuille, não é de hoje, de ontem, de antes de ontem, sei lá, a massa folhada está dura, não me importo, a papa exageradamente doce que se forma na minha boca dá-me prazer, devoro o mille feuille e passo ao éclair, a cobertura de açúcar prende-se nos dentes, passo repetidamente a língua na cola doce, sei que neste momento na minha cara o alheamento que me assenta tão bem, as parceiras da canasta da minha mãe a olharem para mim às vezes dá ideia que também não regula lá muito bem

enquanto a Maria da Guia torcia as mãos no avental, mais aflita do que os pássaros que o meu pai perseguia nas gaiolas,

menina, não ponha essa cara, que a sua mãezinha se zanga

não coma bolos, menina, que a sua mãezinha fica muito arreliada

a menina é má, a menina é uma menina mesmo muito má

a Maria da Guia que está a definhar num quarto alugado, não mais do que cinco metros quadrados, depois de ter desperdiçado a oportunidade de ter outra vida com o namorado comunista,

quando nos põem numa vida não sabemos ter outra, menina

o éclair desfaz-se na minha boca, um dos rapazes repreende os outros, fala mais alto,

não gozem que dá azar

o rapaz não é bondoso, é o medo que o faz repreender os outros, um dos rapazes, não o mais medroso, tem escrito na camisola smile, outro um homem a esquiar e um nome, uma estância de neve, estive aqui, ou, alguém que eu conheço esteve aqui, concentro-me numa estratégia para despachar as ceras ecológicas que tenho no porta-bagagens, uma boa vendedora tem de arranjar o argumento imbatível, não é nada fácil convencer a Denise,

quero que o ambiente se lixe

talvez peça ajuda ao ucraniano da Denise, como é que este se chama, Serguei, ou era o anterior que se chamava Serguei e este é Alexandre, não sei, são todos tão parecidos, Serguei, penso que este é Serguei, de qualquer maneira não me parece boa ideia tentar a cumplicidade do ucraniano que a Denise trata como um cão, ninguém tem em conta as opiniões dos cães, tenho de pensar noutra coisa, convencer a Betty é fácil, basta falar do mundo que vamos deixar aos nossos filhos, a Betty está sempre preocupada com os dois miúdos pálidos que trouxe a esta vida, as gargalhadas dos rapazes interrompem-me, bebo o café, estou satisfeita, vendi a casa, nunca mais lhe pertenço, finalmente livre, a partir de hoje vai ser tudo diferente, não sei por que levei o Ângelo e a Dora àquele restaurante, sabia que a minha criança

é tão triste este restaurante

e o Ângelo não gostam daquele restaurante, o Ângelo convenceu-se de que é alérgico às especiarias, a Dora, bem, a Dora é sempre um caso especial, ambos acreditam que fiz de propósito para os irritar, e no entanto da minha parte era uma sincera proposta de tréguas, o desejo de que no futuro, quando regressar convido-os novamente, vou fazê-los perceber a minha intenção, a minha vontade de paz, procuro o maço de cigarros na carteira, fumar mata, em letras enormes, de um lado, do outro, fumar causa o envelhecimento da pele, se por um acaso não morrer, se me der para ser eterna, tenho direito a uma indemnização já que me asseguram de que fumar mata, desde quando é que todas as coisas desataram a falar, a estrada, conduza com prudência, respeite a margem de segurança, se conduzir não beba, imagino que qualquer dia o hall de um prédio, se tiver uma vizinha boazona por favor não a apalpe, ou, apalpar vizinhas depende da autorização prévia do condomínio que reserva o direito de, outro aviso, quando pisar merda de cão na rua não limpe os sapatos no capacho do vizinho, procure antes os capachos de outros prédios, acendo o cigarro, hoje à tarde o banco, subscreva um plano poupança-habitação, um plano poupança reforma, qualquer dia o banco, subscreva um plano infalível de assalto à mão armada, pode ainda subscrever os complementos, especial perversidade, ou fuga para país tropical, a farmácia onde ontem fui comprar pingos para o nariz, já não se usa morrer de amor, use preservativo, vigie o seu colesterol, meça a sua tensão, beba um litro e meio de água por dia, evite as gorduras, faça exercício, a farmácia estranhamente calada quando a mando à merda, a farmácia e o rol dos conselhos, não acho bem que as estradas, os bancos, as farmácias, as roupas tenham desatado a falar, os disparates dos falantes tradicionais chegavam, levanto-me para ir até ao balcão, vou pedir uma bebida, nas áreas de serviço não há muita escolha, peço um gim, não gosto muito, sabe a perfume, outra vez o pré-pagamento, as moedas, as pequenas obrigações que me tolhem, agora fala a caixa registadora, nos termos do decreto-lei os alimentos que, deixo de a ouvir quando o empregado me serve o gim com um esgar que quer dizer num código que só a ele parece discreto,

este aspeto e ainda por cima bêbeda

vê-se cada uma, regresso à mesa, continuo à procura do argumento para despachar a cera feita com produtos cem por cento naturais, o símbolo que garante a amizade ao ambiente, nada disto interessa à Denise, qualquer vendedora, por mais fraca que seja, sabe que não pode desperdiçar argumentos, tenho de convencer a Denise a pagar o dobro pela cera ecológica, tenho de pensar muito bem, de vez em quando os rapazes dão murros e pontapés uns aos outros que acabam em gargalhadas, o que estão a fazer a uma hora destas estes rapazes aqui, os empregados riem-se com os rapazes, conhecem-nos, não consigo conceber uma razão para os rapazes estarem aqui a esta hora numa noite como esta, moram por aqui, vão de viagem, são filhos dos funcionários, funcionários de outros turnos, as vidas dos outros por mais vulgares são sempre um mistério,

fazer o que tenho de fazer ainda que

bebo o gim de um trago e saio da cafetaria, os rapazes e os empregados olham para mim, também eles devem pensar no que faço aqui a uma hora destas, para onde vou, ou então já me conhecem, já conhecem os meus hábitos, não acredito, passa tanta gente na área de serviço, a não ser que me fixem pelo aspeto, não me interessa, abro o chapéu-de-chuva, passos rápidos para o carro, o vagar de há pouco desapareceu, está provado que os gordos são seres inconstantes, talvez um problema de autoestima, sigo para o parque dos camionistas, as viagens são longas e os corpos sempre vorazes no desejo de outros corpos,

> fazer o que tenho de fazer ainda que depois me envergonhe

sempre encontrei o que preciso nos parques dos camionistas, não me queixo, também não me orgulho, devo-o apenas à gula que todos os corpos têm, estaciono num local estratégico, se o Ângelo tivesse vindo comigo esta viagem era diferente, outra viagem, um pormenor e a realidade torna-se outra, quase nada, ou mesmo nada é essencial, se o Ângelo tivesse vindo esta viagem era outra, se não tivesse ficado em casa esparramado no sofá a ver na televisão séries que há anos se repetem pela noite, acaba mais uma cerveja e levanta-se para deitar fora a garrafa, não consegue deixar uma garrafa vazia sobre a mesa nem um cinzeiro por limpar, não se deita sem vistoriar cuidadosamente a casa e se encontra qualquer coisa fora do lugar arruma-a de imediato, não adormece sem saber todos os objetos no lugar que julga pertencer-lhes, as toalhas da casa de banho dobradas em três e os panos da cozinha estendidos na porta do forno, tem uma única maneira de abrir a cama, de dobrar o edredão dos folhos pelos vincos, os chinelos ficam sempre na ponta esquerda do tapete, o despertador sempre à mesma distância do candeeiro e do rádio de pilhas, segundo o Ângelo cada coisa tem um, e não mais do que um, lugar, para que possa viver em paz, o Ângelo que todos os dias limpa o pó dos objetos que enxameiam as duas assoalhadas, tem especial cautela com o elefante de jade que está à entrada com a tromba virada para a porta da rua para dar sorte,

não gozem que dá azar

com as bailarinas de louça que encimam a cristaleira e com a fruteira dos cisnes que coloca no centro da mesa polida com óleo de cedro, não imagino o que acontecia se o Ângelo ficasse sem o elefante, sem as bailarinas ou sem os cisnes, não me custa aceitar que enlouquecesse, já vi motivos menos relevantes, quando se levanta, a primeira coisa que o Ângelo faz é abrir as janelas para que a casa receba o ar limpo da manhã, dois ou três raios de sol em dias bonitos, nunca mais do que isso já que a casa é rente ao chão duma rua esconsa onde o sol quase não cabe, depois lava a cozinha e a casa de banho com lixívia e quando é altura encera os soalhos da sala e do quarto, se não tivesse a casa para cuidar a vida do Ângelo era muito mais triste ou nem sequer existia, de tal maneira estas duas assoalhadas o prendem à vida, não se importa de ser vaiado nos espetáculos das sociedades recreativas, que as crianças lhe atirem pedaços de bolos quando faz de palhaço nas festas infantis aos fins de semana ou que as excursões da terceira idade reclamem sempre do comediante por ser tão fraquinho, nada lhe importa desde que possa regressar às duas assoalhadas e encontre os bibelôs limpos e nos sítios certos, as mobílias enceradas e o edredão esticado com o franzido do folho devidamente caído, a banheira imaculadamente branca e a tampa da sanita fechada, nada mais tem importância, daí que não me custe aceitar que o Ângelo enlouqueça se perder a casa dele, se o Ângelo tivesse vindo comigo não estava agora

quando nos pomos numa vida não sabemos ter outra

estacionada no parque para camionistas, com os máximos acesos, aguardando a minha presa desta noite, o camionista mais curioso, mais inquieto, uma vez identificada a presa ajo segundo as regras que a minha experiência neste tipo de caça me permitiu construir, sou sempre cautelosa, e numa noite destas não me convém espantar a presa, os homens são os animais mais medrosos que conheço, a minha primeira regra consiste numa troca de papéis, torno-me a presa perfeita de qualquer caçador, mesmo do mais inexperiente, quando tiver saciado a carne não me incomoda que descubram a verdade, até me divirto quando isso acontece, se por acaso me dizem, tu sabes é muito, ou outras coisas piores, quer dizer, outras coisas que julgam piores, por exemplo, saíste-me cá uma putéfia, tanto se me dá, depois da carne saciada tanto se me dá que me insultem ou me elogiem,

fazer o que tenho de fazer

sem o temporal era mais fácil, dava uma volta pelo parque, nestas ocasiões uso sempre sapatos de salto alto para que facilmente se perceba que é uma mulher que anda às voltas, em noites normais, após uma dúzia de passos, as presas começam a espreitar, costumo até ir dizendo, baixinho, uma lengalenga, a curiosidade matou o gato e o lagarto, o gato perguntou a idade ao lagarto, e o lagarto a idade do gato, o lagarto não sabia a idade e o gato também não, morreram os dois, não pela idade mas por curiosidade, em noites normais dou-me ao luxo de escolher e para isso também tenho as minhas regras, com este temporal tenho de me sujeitar ao primeiro que aparecer, permaneço com os faróis acesos, tiro do porta-luvas um dos mapas que trago sempre comigo e abro-o sobre os joelhos, transformo-me para qualquer efeito numa mulher que se perdeu, enquanto ajeito o mapa, digo com voz de falsete, oh, meu herói que me queres salvar, vou matar-te com um punhal com cabo de esmeraldas que guardo junto ao coração, oh, meu herói, vem conhecer o sabor da morte, a Maria da Guia sempre me contou a mesma história, uma

quando nos contam uma história ouvimos sempre outra

história aborrecida que em vez de princesas e fadas tinha uma mulher que se ia desfazendo dos filhos, uma história tão enfadonha que nem chegava a ser triste, ou então era a Maria da Guia que não sabia contá-la, para tudo é preciso jeito, agora distraí-me, posso já estar a ser observada, regresso ao meu papel, numa noite destas qualquer deslize pode ser fatal, reponho-me no aspeto assustado e coloco as mãos ansiosas sobre o mapa, tive o cuidado de mudar a cassete e a canção pegajosa que se ouve é um facto nesta noite escura à espera do significado óbvio que lhe dão, espero, sinto nesta espera, neste tempo que antecede a descoberta da presa, um prazer indescritível, acendo um cigarro, nenhum homem enjeita a sedução que um cigarro possui nas mãos de uma mulher, ainda que eu não tenha os dedos longos e o fumo não se ordene em espirais que me sombreiem o rosto como acontece nos filmes a preto e branco que costumava ver na televisão, deixo o cigarro a queimar-se entre os dedos, sou uma obesa indecisa entre o tipo I e o tipo II, da tabela que os profissionais da saúde tiveram o cuidado de elaborar, não fosse essa tabela e o mais certo era andar perdida nesta vida, assim, ainda que oscile entre o tipo I e o tipo II, sei a que tabela pertenço e em relação a que categorias hesito, é importante para mim este tipo de informação, são sempre as questões mais comezinhas que me tornam mais indecisa, com o semblante assustado, de forma tão autêntica que quase sinto o medo que finjo, o mapa estendido sobre as pernas, a música pegajosa a tocar e o cigarro esquecido na mão, estou perfeita no meu papel, saboreio o prazer da espera com a certeza de que vou ser bem-sucedida, os corpos nunca me desiludiram na fome que têm de outros corpos, a carne tem sempre presente o desejo que me obriga a estar aqui, e a ir, se for preciso, para as cabinas exíguas dos camiões que cheiram a suor, têm terços pendurados no espelho retrovisor e as fotografias das mulheres e dos filhos em molduras plásticas presas por íman, sempre subi com dificuldade os degraus do camião e mal me mexo num espaço tão pequeno, mas sigo-os prontamente, uma obediência tão cega que até a mim me incomoda, espanto-me, é essencial que não me esqueça de me espantar, para os homens tem de ser sempre a primeira vez que entro num camião, justifico a facilidade com que acedo ao convite que me fazem com a curiosidade, a curiosidade matou o gato e o lagarto, o que me torna ainda mais credível, as vítimas são naturalmente curiosas, se os homens trancam as portas, o que frequentemente fazem, também não me esqueço de me assustar, tenho sempre presente o meu papel, nenhuma atriz profissional o desempenhava tão bem,

a vergonha que tenho de ti

a maioria dos camionistas precisa de conversar por isso tenho de manter qualquer conversa por mais desinteressante que se torne, outra das minhas regras, fazer com que estes homens acreditem que foram eles que me convenceram a aceitá-los, não fossem tão medrosos e não nos demorávamos tanto, não tinha de me espantar, oh, nunca pensei que ficasse tão alta, como a estrada parece tão longe, os carros devem parecer formigas, não tinha de me deter em coisas tão enfadonhas como os espelhos, tão grandes, os botões no tabliê, digo quase sempre as mesmas coisas naquelas cabinas apertadas, vou falando até que os homens, mais seguros, começam a chegar-se a mim, os mais receosos trancam as portas do camião, o que quero está prestes a acontecer e mesmo assim, apesar do ferrão que me atormenta a carne, não paro de conversar, represento tão bem o meu papel

a vergonha que o teu pai tem de ti, Violeta

que encontrei alguns homens que, apiedados, me avisaram das suas intenções, do perigo que corria, mudei imediatamente de estratégia, os bons caçadores têm sempre alternativas, aos homens piedosos contei a tristeza de nunca ter sido amada, tornei-me uma mendiga ávida de qualquer migalha que pudessem dispensar e o resultado foi o mesmo, os piedosos tomaram o meu corpo para saciarem o deles, a única diferença é que se protegeram no dever de dar uma esmola a quem dela verdadeiramente necessitava, felizmente são poucos os piedosos já que são os que menos me agradam, ao argamassar assim os homens corro o risco de ser injusta, nunca encontrei um homem que se confundisse com outro, a diversidade é o único aspeto que ainda me espanta na natureza humana, é certo que uma diversidade aparente já que na essência, não cometo nenhuma injustiça, quando penso nos muitos homens que conheci ao longo dos anos o que me vem à cabeça é logo o que me pareceu ser a solidão, um mal-estar que tinham nos olhos, na força com que me agarraram e, talvez mais importante, no facto de precisarem do meu corpo, de um corpo como o meu, à medida que os homens vão ganhando confiança, e não me canso de repetir, o medo dos homens é realmente espantoso, aproximam-se e

> os gatos do quintal fugiam sempre de mim

sinto-lhes o hálito enjoativo, por vezes sono misturado com cigarros, dentes cariados, o refogado do jantar, ao fim de uns tantos homens também os hálitos se repetem, mas nem isso me impede

> em vez de fugirem do meu pai que os envenenava com leite

de os procurar, estes homens quanto mais indefesos mais confiantes se tornam, um absurdo, os gatos também confiavam no homem que os matava e que pegava sem remorso nos corpos entesados com olhos de vidro verde para os queimar, de mim fugiam, fugiram sempre de mim, tinham o castigo que mereciam, se não fugissem de mim talvez se salvassem, anos depois o meu pai encontrou a justificação,

> se não os mato vão às gaiolas

o ato mais cruel acaba por encontrar sempre uma justificação, o mais insignificante também, uma mania de compreendermos tudo, de evitarmos, assustados, o mistério que a morte encerra, o último mistério, os homens que encontro nas áreas de serviços há muito que não têm mistérios, adivinho-lhes as respostas às perguntas que lhes faço, há quantos anos anda na estrada, gostam de perguntas que lhes permitam fazer contas, na primeira viagem tinha vinte e três anos, ora já tenho cinquenta e dois, portanto, ou então vão pelo ano, comecei a trabalhar em mil novecentos, outros respondem sem hesitar, há dezassete anos e dois meses, é sempre bom ter a certeza de alguma coisa mesmo que de uma coisa tão inútil como esta, outra pergunta de que estes homens costumam gostar, quantos quilómetros, por exemplo, o que encontrei na semana passada, milhares e milhares, um escudo por cada quilómetro e estava milionário, um cêntimo, que já não existem escudos, cêntimos ou escudos tanto faz, tanto custam a ganhar uns como os outros, e o anterior, não sei se o da outra semana, se a estrada fosse sempre a subir já tinha chegado ao céu, tinha a ideia de que era sensível, contou-me que chorava quando passava pelas florestas ardidas, na verdade as almas sensíveis maçam-me bastante, claro que não deixo que percebam, felizmente que a maioria não é assim, de qualquer maneira são todos semelhantes na forma de se aproximarem, primeiro o hálito, depois as mãos, como que por descuido, escolhem quase sempre as coxas, quando me tocam assusto-me sempre, já nem eu sei se a fingir se de verdade, pode ser realmente perigoso, não conheço os homens que me trancam nas cabinas e sei que não me é fácil descer do camião, que se gritar ninguém me ouve, no entanto, quanto mais provável o perigo melhor me sinto nas cabinas fétidas, virada para o emblema de um clube de futebol ou para a fotografia de uma mulher feia, de um cacho de miúdos igualmente feios, de um quadrado de pano com letras bordadas, feliz foi o Adão que não teve sogra nem camião, o Ângelo podia usar esta piada nos espetáculos, sempre é melhor do que as dos elefantes de que tanto gosta e a que já ninguém acha graça, nestas cabinas ao longo dos anos vi quase sempre as mesmas coisas, de vez em quando uma surpresa, uma botinha de bebé pendurada no espelho retrovisor, um dente humano, uma rosa seca, na maior parte emblemas dos clubes de futebol, o terço e duas ou três fotografias da família, uns posteres de mulheres nuas, a verdade é que é tão difícil diferenciar estes homens, poucos são os que me beijam, não lhes levo a mal, não fico zangada, digo isto apenas para provar que são parecidos, bem sei que os beijos trocados por necessidade são amargos, um travo desagradável que mesmo a língua mais ávida reconhece, os homens não me beijam apesar de sôfregos da minha carne, nessas alturas os meus gestos são ainda mais comedidos, não posso permitir que a gula da minha carne os amedronte, mesmo se o desejo me dificulta a respiração, são tão medrosos os homens, têm de acreditar que me convenceram a consenti-los no meu corpo, finjo-me surpreendida, resisto, garanto que nunca me tinha acontecido, dou a entender que não acho bem, mas não insisto com receio de encontrar algum misericordioso que desista, cumpro as regras a que me fui obrigando, dei a cada um dos homens com quem estive a vaidade de ser único, disse-lhes o que queriam ouvir, sou a presa mais indefesa, mais vulnerável, a forma cega como obedeço excita-os, agarram-me na cabeça e empurram-ma contra o sexo, a minha cabeça uma bola arremessada contra as pernas deles, beijo-lhes as mãos transpiradas, submeto-me ao desespero que lhes desperto, a minha cabeça uma bola contra o terço pendurado, a moldura da família, o emblema do clube de futebol a abanar ao ritmo dos nossos corpos, a filha adolescente cada vez mais enjoada, mais sonsa do que a mãe feia, a cabina cada vez mais pequena, apertada, se fosse menos volumosa podia deitar-me, não caibo nas camas dos camiões,

tamanhos únicos, desculpe

quando está bom tempo levo-os, ou melhor, finjo que me deixo levar, para os baldios que rodeiam os parques, deixo que tomem o meu corpo sobre as ervas que me espicaçam a carne, depois de saciados o excesso da minha carne torna-se intolerável, dizem, nunca tinha estado com alguém assim, acho que nem eles sabem por que precisam de me magoar, desprezam o desejo que os obrigou a chafurdar na carne que agora veem disforme, enjeitam-se, envergonham-se, podia ter pena deles se me desse para isso, nunca tive, apago o cigarro que chegou ao fim, passo a língua pela boca e encontro um resto de bolo, respiro para a minha mão em concha para ver se o cheiro do gin já desapareceu, os homens raramente confiam em mulheres que cheiram a álcool, o que eu quero está prestes a acontecer, a voragem da carne nunca me desiludiu, espero, olho para o mapa que tenho sobre as pernas, regresso aos camiões, leio as matrículas, procuro coincidências entre números, letras, procuro um sinal que me permita atirar a matar, ouço fazer o que tenho de fazer

três pancadas secas próximas da minha cabeça, sobressalto-me, o vulto de um homem no vidro do meu lado, não consigo ver-lhe as feições com nitidez, uma cortina de água, o homem torna a bater com os nós dos dedos, uma mão fechada na minha direção, carrego no botão e o vidro desce silenciosamente, o meu vidro tão eficiente como as portas da cafetaria, o homem aproxima-se, a cara quase encostada à minha, afasto-me, está encharcado, a água escorre-lhe em fios pela testa, molha-lhe as asas do nariz, tem os lábios arroxeados,

são feios os lábios dos moribundos, não acha senhora voluntária

pergunta, está perdida, a chuva não me deixa ter a certeza do que me pergunta, ouvi, está ferida, ele repete, ah, perdida, claro, não podia ser ferida, olho para o mapa que tenho sobre as pernas, desligo o leitor de cassetes, desfaço a encenação numa série de gestos que recomeçam outra encenação, um bom caçador tem sempre alternativas, olho para o homem a quem, estranhamente, a chuva não incomoda, está todo molhado, o blusão, a camisola, a carne, os ossos, o sangue

precisa de alguma coisa

nunca mais preciso de nada

que parece não correr nas mãos que continuam pousadas no meu carro, o homem percebeu o meu receio e recua dois passos, sorri, agora que não está debruçado é um homem alto, magro, o cabelo deve ser preto e liso, olha para mim, não se protege da água, não limpa as gotas que lhe escorrem na testa e que o fazem franzir os olhos, afasta-se mais, quer sossegar-me, entra numa zona escura, um fantasma gentil, precisa de alguma coisa, não, não preciso, respondo-lhe ainda sem saber como aproveitar a oportunidade, assustei-me com o temporal, e aponto para o corpo dele encharcado como prova, o vento impede-me de o ouvir, aproxima-se novamente e já não é um fantasma, um homem, pousa novamente as mãos na janela aberta, as mãos pálidas e magras, sorri, parece saber que lhe minto, reparo num volume num dos bolsos do blusão que me parece suspeito, não perco um segundo a convencer-me de que é uma arma, estremeço ligeiramente, uma arma, não consigo desviar os olhos do bolso do blusão, deixo que ele os siga, tenho medo, uma sensação agradável na barriga, nas pernas, na língua que se enrola involuntariamente, o homem leva a mão ao bolso devagarinho, engulo a saliva que me cresce na boca, um barulho característico, o medo a crescer-me na boca, no coração que bate mais depressa, o coração torna-se tão presente que não sei por quanto tempo o aguento, o homem enfia a mão no bolso sem deixar de sorrir,

a natureza também se enfurece

vai tirar a arma e vai apontar-ma, um ladrão, um assassino, quanto tempo posso demorar-me nesta brincadeira, fixo-me nas mãos dele, está divertido, farejou o meu medo

quando o céu se revolta é um caso sério

que não é tão verdadeiro como pretendo, se tivesse realmente medo gritava, tentava fechar o vidro, trancava a porta, se o meu medo fosse verdadeiro dava a volta à chave que está na ignição e fugia, não tenho medo, nunca tive medo de nenhum homem e de todos me convenci que tinha, uma brincadeira, deixo-me estar, outra regra, nunca virar as costas à presa, mesmo numa situação de aparente desvantagem, deixo-me estar, desvio os olhos, carrego no botão para que o vidro suba até metade, a água fria que me salpica a cara incomoda-me, desligo a luz do teto, começo a dobrar o mapa, o homem continua parado, leva a mão ao bolso, penso, e se for agora, uma faca, uma pistola, uma faca brilhante encostada ao meu pescoço, a lâmina mais fria do que a água, diz, sai do carro, não me mexo, grita, sai do carro sua puta gorda, quanto tempo falta para que isto aconteça, o homem tira do bolso uma garrafa, mostra-ma, não reconheço imediatamente o objeto, o medo demora-me uns instantes a perceber que é uma garrafa, que o homem, que garante a revolta do céu está bêbedo, suspiro, é a primeira vez que encontro um bêbedo preocupado com a revolta do céu,

quer um gole para aquecer

acho graça ao bêbedo que continua à minha frente, uma bebida sabia-me bem, esta noite no restaurante a minha criança

pára de beber, estás a fazer uma triste figura

repreendeu-me, tem vergonha de mim, sorrio, como pude ter medo de um bêbedo, esta caçada está ganha, não me compadeço com a desvantagem da presa, a falta de discernimento de um bêbedo não me incomoda, não costumo ser escrupulosa e muito menos quando estou à caça, já estive com homens que me esqueceram no segundo seguinte de tão bêbedos que estavam, outros se lhes tivesse dado oportunidade tinham corrido para as mulherzinhas de tão culpados que se sentiam, arrependidos, nunca traí a minha mulher, enrosquei-lhes as minhas pernas nas costas, há sempre uma primeira vez, vais ver que depois ainda gostas mais dela, nunca lhes dei uma segunda oportunidade e nunca disso me arrependi, tenho de arranjar um pretexto para sair do carro, não permito que estes homens entrem no meu carro, isto não é uma regra, apenas uma mania, sigo-os aonde for preciso mas nunca deixei que entrassem no meu carro, é verdadeiramente insuportável o nojo de que o corpo saciado é capaz, basta-me o cheiro no meu corpo de que não consigo livrar-me, é tão difícil livrarmo-nos do cheiro dos corpos dos outros, dos corpos dos outros, não o quero no meu carro, preciso de um pretexto, tomar um café, ir à casa de banho, qualquer coisa, o homem sorri,

posso entrar

tire as mãos, grito, não o quero no meu carro, não vos quero no meu carro, enquanto a minha voz no tom habitual, talvez um pouco mais dengosa, preciso de tomar um café, um café sabia-me bem, o homem não ouve os meus gritos como não ouve a minha mãe

um café, Baltazar, um café

a chauffage, Baltazar, a chauffage

que está morta, mas se está morta há tanto tempo por que continua, nestas noites mais frias, a pedir ao meu pai,

a chauffage, Baltazar, a chauffage

um café, Baltazar, um café

minto ao homem, o aquecimento avariou-se, com este frio é preciso azar mas o azar prova que a sorte existe, finjo que concordo, o homem repete, o azar prova que a sorte existe,

não gozem que dá azar

talvez mais tarde tente compreender o método de prova que o homem me propõe, mais logo, e se fôssemos, vai convidar-me para o camião, e se fôssemos, não sabe como me dizer, tenho de esperar que o homem escolha as palavras que julga adequadas, não me posso antecipar, o homem continua calado, talvez queira desistir, não posso permitir que isso aconteça, sirvo-me da manha habitual, tenho de ir à casa de banho, e aponto para as casas de banho exteriores, um barracão ao alcance dos olhos, carrego no botão e o vidro sobe silenciosamente, saio, chove muito, o homem abre a garrafa e oferece-me aguardente, e se bebesse só um gole, um gole de aguardente para me aquecer numa noite tão fria, recuso, não posso correr o risco de estragar tudo, ele bebe, engasga-se, bebe novamente, a aguardente queima-lhe a língua, a garganta, não quero que pare, não o protejo da vontade de arder, não me importa que a bebida lhe incendeie o corpo, uma labareda a crescer no peito, a carne em chamas, o homem agarra-me o pescoço, tem a mão muito fria, estremeço, puxa-me para ele, chove tanto, o homem sussurra, não te faço mal, sinto-me indefesa, um dos pássaros que o meu pai perseguia na gaiola,

anda cá, bichinho

um dos pássaros que foi preso nos dedos em tenaz, um leve estalido e o pássaro sem outro céu para além da mão onde jazia, anda cá bichinho, um corpinho de penas com os olhos muito abertos, se o Ângelo tivesse vindo comigo esta viagem era diferente, outra, se, um hábito inútil, o homem alisa o meu cabelo que a chuva encrespou, puxa-me, agarra-me, a mão muito magra, uma tenaz dentro da gaiola, anda cá bichinho, um leve estalido e um corpinho de penas sem vida, os olhos muito abertos, os pássaros também se espantam com a morte, o meu pai enfiava os montinhos espantados de penas num saco,

é melhor queimar

sem se incomodar com os olhos que o fixavam já de outro sítio, um sítio distante, os olhos nunca mais se conseguem fechar depois de verem a morte, um espanto que não cessa, o homem pede que o siga, obedeço-lhe, debaixo da chuva forte sou tão ridícula com os sapatos de salto alto e a saia justa, o homem põe a mão na minha cabeça para me proteger, formamos um casal risível, tenho a certeza de que qualquer pessoa que nos visse se desatava a rir, os sapatos do engate atrapalham-me, descalço-me, apanho os sapatos, sinto-me bem com os pés livres, gelados, corremos em direção às casas de banho exteriores, já protegidos da chuva, pergunto, qual é o teu camião, aponto para os camiões estacionados, qual é o teu, nenhum, insiste o homem sem perceber que para mim deixou de ter justificação para ali estar, o medo regressa, o homem puxa-me para dentro do barracão das casas de banho, abro a mão e deixo cair os meus sapatos, o sapato esquerdo deitado de lado e o sapato direito de pé mas à esquerda do esquerdo, é assim que aparecem nos filmes os pés das mulheres assassinadas, desconjuntados, um desacerto de que a morte não se compadece, olho para os sapatos, o homem baixa-se para os apanhar, o que está aqui a fazer esta noite, não lhe pergunto, ele sacode-se, um abanar de cão, a luz é áspera, um branco que fere os olhos, o chão sujo, as portas das retretes estão todas abertas, estamos sozinhos no barracão,

como te chamas

o que faço aqui descalça com um homem que tem uma garrafa de aguardente na mão, um agressor só o é após a existência de uma vítima, o método de prova que o homem me propôs, uma vítima prova que existe um agressor, como te chamas, talvez queira o meu nome para o apontar no caderno das vítimas, um caderno preenchido com os nomes das mulheres que apareceram mortas nos arredores da autoestrada, ou para o tatuar sobre o coração, talvez me queira simplesmente chamar, a brincadeira de sempre,

bêtises, chérie, bêtises

um nome de flor que também é uma cor

Violeta

não há dúvida que me conhece, se não me conhecesse respondia Rosa como todos os que tentaram adivinhar, conhece-me, sabe tudo sobre mim, que o Ângelo não me pôde acompanhar, que a Dora está em casa, que vou ter com a Denise e com a Betty, sabe tudo sobre mim, escolheu-me, trouxe-me para estas casas de banho que ninguém utiliza, muito menos numa noite destas, caí no engodo de um criminoso, estou sozinha com um criminoso que me escolheu, por que motivo, não gosta de mulheres gordas, ou de gordas com sapatos altos, os motivos dos assassinos são sempre absurdos, e há quanto tempo estes olhos febris que me fitam me condenaram, há quanto tempo estas mãos de morte me perseguem, peço um pouco de aguardente, se estiver bêbeda custa-me menos, não penso oferecer resistência, peço que me beije, o meu último desejo, um beijo longo que me adormeça, um beijo que não me deixe sentir as mãos que me estrangulam, ou a faca que me esventra, pergunto-lhe como vai ser, como me vais matar, puxa-me, olha-me nos olhos, beija-me, raramente me beijam, saboreio-lhe a boca, passo a minha língua pelos dentes dele, um a um até que encontro um dente podre que sabe mal, deixo-me ficar no sabor da podridão, empurra-me contra a parede, podia gritar, pedir clemência, deixo-me apanhar com facilidade, os pássaros a voarem contra as grades da gaiola, agarrados aos poleiros, por detrás do comedouro, e a mão do meu pai em todo o lado, um céu grande como os pássaros nunca tinham visto, não espero misericórdia, um carrasco não deve ser misericordioso, desaperta-me a saia e sou eu que a puxo para baixo e que a amarroto com os pés, dispo a camisola, as minhas costas contra a parede fria, as mãos dele nas minhas pernas, desfaço-me das meias, tenho frio, um frio de natureza diferente, do corpo que está preparado para perder a vida, o homem tateia os colchetes do sutiã, ajudo-o, as mamas caem-me desamparadas sobre a barriga, dois pedaços feios de carne, não tenho vergonha, nunca tive, o homem baixa-se e toma-me um dos mamilos, afago-lhe a cabeça, um recém-nascido a mamar, a Dora, a minha Dora uma cadelinha cega à procura das tetas, sabes tão bem, peço-lhe que repita, repete, por favor, sabes tão bem, ofereço-lhe a outra mama, uma cria ainda cega a alimentar-se, está esfomeado, deixo-me escorregar pela parede, estou nua, um corpo à espera do fim, deito-me no chão sujo da casa de banho, puxo-o, peço, mata-me, mata-me o desejo que em mim cresce com a mesma força, ainda com mais força com que as ervas crescem nos baldios,

conheço o amor de ouvir falar

um corpo a repousar sobre outro corpo, a respiração acertada peito contra peito, uma mão caída e logo outra que a segura, o silêncio que cobre os corpos transpirados, pode o amor ser isto, pode o amor

os rapazes gostavam de mim nas matinées

ser esta paz da carne saciada, o homem mexe-se com cuidado, enquanto puder vou fingir que durmo mas não aguento muito mais tempo este chão frio, habituei-me ao cheiro a mijo e já não o sinto como mau, mas ao frio não há corpo que se consiga habituar, talvez por isso a morte os apanhe tão facilmente, o cheiro a aguardente que se desprende dele, de mim, não me desagrada, flores, flores de aguardente, vendidas ao pé ou arranjadas, um bocadinho de verdura, uma folha de celofane e um laço numa fita lustrosa, devem ficar tristes as flores fechadas no chinfrim do celofane, e o espalhafato do laço deve envergonhá-las,

bêtises, ma chérie, bêtises

para de beber que estás a fazer uma triste figura

vais sempre longe de mais

abro os olhos devagar, fixo-os no teto, a mancha de uma infiltração antiga, a lâmpada fluorescente não consegue assegurar luz constante, não sei se sempre, se por causa do temporal, os pedaços que vejo dos nossos corpos nesta luz incerta são bonitos, fecho novamente os olhos, sinto o peso do homem que está sobre mim, o medo das palavras que se estão a formar em mim, como pôr-me a pensar que o amor pode ser isto, afago as costas do homem, quero dizer-lhe que o amo porque nunca o disse, experimentar dizê-lo, experimentar, não custa nada, continuo calada, acobardo-me, a garganta dói-me de medo da palavra que silencio, conheço o amor de ouvir falar, e se for só isto, um corpo a repousar sobre outro corpo, a respiração acertada peito contra peito, uma mão caída e outra que a segura, o silêncio que me arrasta para um sítio onde nunca estive, aqui na rua todos dizem que a menina anda a fazer coisas feias com os rapazes

o que se está a passar tem de ser rapidamente devolvido à normalidade, as nossas vidas têm de prosseguir sem nós, a vida do homem que tem a cabeça pousada sobre o meu ombro esquerdo, a minha vida, estou disposta a aceitar que o amor pode durar apenas o instante da respiração acertada,

bêtises, ma chérie, bêtises

tenho frio, o corpo do homem é insuficiente para cobrir o excesso do meu que espreita por todo o lado, vejo-nos com os olhos que aprendi com os mapas, de cima, um olhar distante, as costas dele magras e peludas, a anca estreita, as pernas compridas, os calcanhares maltratados, os braços estendidos, a cabeça pousada no meu ombro, as minhas pernas enroscadas nas pernas dele, troncos arroxeados, as unhas dos pés tristemente pintadas de rosa berrante, os meus braços, gomos gelatinosos que lhe rodeiam as costas, os meus olhos fixos no teto, veem-nos abraçados, olham para a luz incerta,

quando as luzes do cinema se apagavam os rapazes vinham ter comigo

desistem, fecham-se, se o homem falasse era mais fácil, se repetisse um dos erros dos anteriores, por exemplo, nunca tinha estado com uma mulher tão gorda como tu ou outro disparate semelhante, como se torna impiedosa a carne saciada, respondia que a mim, pelo contrário, nada me surpreendeu, todos os homens que me trataram mal foram devolvidos ao lugar a que pertencem, uma argamassa em que não os distingo, nada os distingue uns dos outros, poucos aceitam calados a humilhação, a maior parte insulta-me sem que eu me rale com isso, depois da carne saciada tanto me faz o que eles dizem,

> quando o filme acabava e os rapazes deixavam de me conhecer eu não me importava

o homem continua calado, tenho de me afastar do que está a acontecer, pensar noutra coisa, numa estratégia para vender a cera ecológica à Denise que me espera amanhã antes da abertura do cabeleireiro, um cubículo envidraçado num centro comercial, vou encontrá-la com as pálpebras inchadas de azul e os lábios secos, o ucraniano, o Serguei, penso que se chama Serguei, diz com o sotaque que quase todos os órfãos de línguas têm, Denise, dórmirr mal, estarr poca bem, pronuncia corretamente a palavra bem e a palavra mal e isso não significa nada, é apenas uma curiosidade, simpatizo com este ucraniano como simpatizava com o que o antecedeu, e com o moldavo que antecedeu os dois, dos outros rapazes, bonitos e afáveis, já não me lembro, a Denise julgando que tem graça costuma dizer, passei a aviar-me nos países de leste, onde é que cá se encontra disto, para provar que tem razão manda, com maus modos, o ucraniano ir buscar os cafés, o ucraniano tira o avental com que limpa o chão, dirige-se para o café, outro cubículo envidraçado no centro comercial, quando sai a porta do cabeleireiro é um homem enorme que se mexe com dificuldade pelos corredores estreitos, um monstro simpático que se vai multiplicando nos espelhos das lojas, na ausência dele a Denise comenta, é tão humilde que até chateia, olha que não encontro grandes diferenças entre ele e um cão, quando começa com esta conversa dos cães a Denise já está a pensar trocá-lo, o cão louro volta com dois cafés, agradeço-lhe e tenho a impressão de ter visto uma cauda a abanar, o ucraniano põe novamente o avental, está satisfeito por ter cumprido a tarefa, começa a arrumar as embalagens das tintas dos cabelos, de vez em quando abana a cabeça e diz qualquer coisa na língua dele, a Denise tem razão, não se consegue perceber um cão a ladrar, o ucraniano sorri e a Denise faz-lhe uma festa, vai arranjar-lhe uma nova dona, quando o der chora um bocadinho e oferece-lhe um saco de biscoitos, a Denise está convencida de que é uma pessoa sensível, costuma dizer, não há pessoa mais sensível do que eu, pode haver pessoas tão amigas de ajudar como eu mas mais não acredito, dá como prova o facto de continuar a comprar-me ceras

isto vai de caixão à cova, o mês passado nem para a renda deu

apesar de o negócio lhe correr mal, menospreza o facto de comprar sempre as mais baratas, tenho de me esforçar para lhe vender a cera ecológica, nunca mais aceito esta cera, não posso perder tempo com uma cera tão cara por ser amiga do ambiente,

por esse preço nem que fosse amiga do rei da China

a Denise tem este tipo de respostas e uns cheques que dão sempre problemas no banco mas dá-me jeito, uma vendedora aperfeiçoa-se com clientes como a Denise, difíceis de convencer, se lhe quero vender uma cera especial, por exemplo, a indicada para peles sensíveis, atira-me à cara uma baforada de fumo do cigarro e

> quero que essas sonsas das peles sensíveis se lixem

negoceia com habilidade, pede um brinde extra, o paliteiro de inox, ou o porta-colheres, umas amostras, regateia os preços, e no fim diz-me que o meu cabelo precisa de um corte decente, uma mão ajuda a outra, lamento-me, quase não ganho para a gasolina, e o tempo, com tantas clientes para visitar posso lá perder tempo a cortar o cabelo, a Denise abana a cabeça e acende outro cigarro, quando me despeço o ucraniano acena muito com a cabeça e com as mãos, não é um cão, um cão não consegue coordenar este tipo de gestos, quando já vou no corredor ainda ouço a Denise

> a tua sorte é teres encontrado uma estúpida com um coração de manteiga

a falar de mim, está cada vez mais gorda, a pena que tenho dela, ao fim destes anos todos não posso mandá-la embora, aqui nas redondezas já todas a puseram com dono, tenho pena dela, só aquele aspeto, eu morria de vergonha, parece que os pais eram pessoas importantes, o pai até passou um mau bocado na revolução, era um daqueles importantes que foram presos, mas aquele aspeto, para mim não havia desgosto maior, a Denise está sempre a dizer que tem um coração de manteiga por isso não é de admirar que se queime facilmente, ou que fique rançoso, é engraçado o que se diz do coração, a Betty, por exemplo, está convencida que tem um coração grande, tenho a certeza de que ficava triste se lhe dissesse que, mais coisa menos coisa, os corações são todos iguais, também ficava triste se lhe dissesse que a Vivenda Elizabete de que tanto se orgulha é feia, as letras de ferro por cima da varanda, inclinadas, quase diagonais, Vivenda Elizabete, são feias, o verde que escolheu para as pintar é feio, os azulejos e os vasos de muitos tamanhos e cores são feios, a escada mal lançada é feia, as roseiras e as buganvílias sempre podadas são feias, se lhe dissesse que para lá do portão ladeado por dois vasos com árvores-da-borracha é tudo feio, não sei se o coração da Betty continuava grande, não posso saber, sou uma boa vendedora e por isso gabo-lhe a vivenda, as letras diagonais que a nomeiam, os azulejos, os vasos, as buganvílias e as roseiras, gabo tudo, sou uma boa vendedora, a melhor, é tão fácil enganar a Betty, pensando bem, tudo o que rodeia a Betty é tão pequeno que é fácil que o coração lhe pareça enorme, depois de deixar a Denise e o ucraniano vou para a Vivenda Elizabete, quando lá chegar toco à campainha e o rafeiro começa a ladrar das traseiras, um cão de pelo raso e claro que se aproxima arreganhando os dentes, passados uns minutos aparece a Betty e enxota-o, Jardel, já para a casota, Jardel, o cão obedece com a cauda caída, certamente envergonhado por ser repreendido, a Denise faz bem em aviar-se no leste, pelo menos o ucraniano sabe quando deve ladrar ou estar calado, amanhã a Betty recebe-me com o cheiro forte a limão do desodorizante que compra nas promoções do hipermercado que fica a mais de vinte quilómetros da Vivenda Elizabete, todos os sábados a Betty vai para o hipermercado com o marido e os filhos, uma família feliz, eu e a Dora costumávamos escolher uma família feliz no restaurante chinês, têm piada os nomes dos pratos dos restaurantes chineses, devia ter levado a Dora e o Ângelo ao chinês, pedíamos uma família feliz, amanhã a Betty recebe-me com o cabelo apanhado num elástico, a pele de uma noite descansada, os olhos que se dão bem com as manhãs, manda-me entrar e eu fico enjoada com o cheiro a mofo das divisões fechadas, a Betty leva-me para um quartinho a que chama o gabinete de estética e pede-me que me sente enquanto vai buscar o caderno onde tem apontado o que necessita, é muito organizada, quando regressa bate levemente com a ponta da caneta na testa, tem frequentemente os gestos de quem matuta, surpreende-me sempre com um pormenor científico

> sabia que a pele é o maior órgão do corpo humano, que representa cerca de dez por cento do nosso peso

de que invariavelmente duvida, ainda há poucos dias ouviu na televisão mas não tem a certeza, dez por cento parece muito, cinco por cento, talvez seja cinco por cento, afinal a Betty tem uma opinião sobre quanto deve pesar a pele, fala do programa, muito bom com aquela jornalista muito boa, não se lembra do nome, tento ajudá-la com nomes que rejeita de imediato, não, também não é essa, esforço-me por dar por terminada a conversa mas a Betty cisma, como é que me esqueci do nome, daqui a pouco lembro-me, é aquela jornalista que tem os cabelos pretos e uns modos muito femininos, ultimamente não vejo muita televisão, desculpo-me, mas esta já é das antigas, ah, estou outra vez em falta, a conversa esmorece, agora há tanto programa e tanta jornalista que a gente confunde tudo, daqui a pouco quando já não estiver a pensar nisso lembro-me, é isso que me dá uma zanga, a Betty cala-se aborrecida com o que julga serem os caprichos da memória e eu começo a minha lengalenga,

são tão maçadoras as lengalengas

decomponho as ceras, à base de resina, a percentagem de mel que amacia a pele mas a Betty não me ouve, tenta lembrar-se do nome da jornalista, está debaixo da língua, a cera ecológica, a Betty dá-me atenção, todos temos o dever de preservar o ambiente, que mundo vamos deixar aos nossos filhos, pergunta-me a Betty, exatamente o mesmo, penso, mas não o digo, não estrago um argumento tão precioso, a Betty regressa ao que a apoquenta, ainda no outro dia queria dizer a uma cliente, não desfazendo uma joia de pessoa, o nome de uma atriz da telenovela que encontrei no restaurante, olhe, foi no dia dos meus anos, fui com o marido e com os miúdos almoçar a um restaurante, entrámos e estava a tal atriz na mesa ao lado, no dia seguinte queria contar à cliente e não me consegui lembrar, quando a cliente saiu veio-me logo o nome à boca, daqui a nada sei que me lembro do nome da jornalista, a Betty tem uma conversa aborrecida mas paga-me a pronto e faz-me dois ou três elogios, o brilho do meu cabelo, a funcionalidade de uma carteira absolutamente vulgar, ou quando não encontra nada, o que é raro, basta-se com considerações genéricas, está com muito bom aspeto, agradeço, a Betty além das depilações faz massagens e tratamentos anticelulíticos, tem sempre a marquesa preparada com um lençol a cheirar a lixívia, não gosta de porcarias, com as doenças que para aí há todo o cuidado é pouco, o para aí é um mundo de perdição que não frequenta, os miúdos pálidos também passam os dias fechados na Vivenda Elizabete protegidos do sol e do mundo perdido, a Betty tem sempre as persianas corridas porque o sol come tudo, se deixasse entrar o sol arriscava-se a ficar sem a coleção das miniaturas de serviços de chá que compra no hipermercado por altura do natal, a minha Dora nunca a atendeu, se a atendesse aposto que se admirava, as coisas que as pessoas compram, bules e chávenas em miniatura, as coisas que as pessoas se convencem que precisam, a Dora está contente neste emprego como estava contente nos anteriores, a minha criança possui a insólita qualidade de estar sempre contente, de nunca dizer nada a propósito do coração, mesmo se as atuais colegas se queixam, o nosso mal é termos o coração ao pé da boca, ou se o dono do café onde servia galões e torradas fazia das tripas coração e nem mesmo assim o negócio dava, ou se ouvia os estudantes de belas-artes exagerarem os males de coeur, ou mesmo quando vendia roupas de marca contrabandeadas num pronto-a-vestir,

a praga do prêt-à-porter

nos muitos empregos que teve, a Dora nunca falou do coração mas não me admirava que os colegas garantissem, não tem, uma pessoa sem coração, não me admirava mesmo nada, todos os dias a Dora muda de caixa, um metro quadrado, hoje calhou-lhe a 37, ajustou a cadeira e colocou o urso muito pequeno na gaveta dos cheques, uma prenda do dia dos namorados, o artista com o urso na mão e a Dora feliz, penso que a fingir-se feliz, duas ou três lágrimas até, são tão patéticas as manifestações do amor, de qualquer maneira o urso de pelúcia é tudo o que dela existe naquela gaiola, a minha Dora fechada na gaiola a espantar-se com a quantidade de coisas que as pessoas compram, a ver as casas como depósitos de detergentes, velas de cheiro, amendoins, conjuntos de duas peças para forno e micro-ondas, a minha criança que aprendeu depressa a resolver os problemas mais comuns para não ter de falar com as colegas, com as chefes, e que por causa disso ganhou a antipatia de ambas, arrogante segundo as chefes, ambiciosa segundo as colegas, de qualquer maneira o desembaraço pode dar-lhe a promoção, operadora de segunda, se tiver paciência, o sonho que neste momento está ao alcance da Dora, operadora de segunda, a minha Dora que julguei ter ouvido dizer um disparate à saída do restaurante,

amanhã saio de casa

a minha Dora disse, amanhã espero-te em casa, não disse, amanhã saio de casa, o Ângelo, como sempre, devia estar a contar uma piada, daí que eu tenha feito confusão, a Dora e o Ângelo não gostam de comida indiana, devia ter escolhido outro restaurante, quando sair daqui tenho de comprar cigarros, devo ter só um, no máximo dois, não gosto de estar sem cigarros, a chuva bate com muita força na folha-de-flandres que cobre a casa de banho,

amanhã saio de casa

o que estou aqui a fazer, penso na casa que hoje vendi, no maço de cigarros que tenho de comprar, nas mulheres que amanhã vão lavar o chão onde estamos deitados, um balde de água e uma esfregona e somos enxaguados, esfregados, desaparecidos, o homem mexe-se com cuidado, levanta-se, fica ao meu lado sobre os joelhos, uma figura quase bonita, um santo em tamanho real, põe-se de pé, estendo-lhe a mão, o homem mantém-se silencioso, estende-me a mão magra a que me agarro com força, levanto-me, não lamento o meu corpo gordo, feio, o meu desmazelo, as minhas unhas mal pintadas, o homem olha carinhosamente para as mamas que repousam sobre as pregas da barriga, dois sacos de carne arrepanhados por mamilos demasiado escuros, baixa-se para apanhar o sutiã que está no chão, fico à espera, as minhas pernas, dois cepos arroxeados, conheço de cor o meu aspeto de puta barata, devia incomodar-me, apoio-me no homem para me vestir, ainda não dissemos uma palavra, o homem oferece-me aguardente, aceito, posso beber o que quiser, correr o risco de passar por bêbeda, o contacto da roupa molhada com o corpo é muito desagradável, não consigo evitar os arrepios que assanham as pregas de gordura da minha barriga, das minhas coxas, que me espetam os mamilos, ele abraça-me para me aquecer, passa vigorosamente as mãos pelos meus braços, os meus dentes não param de bater, tenho frio, abraçados abeiramo-nos da porta da casa de banho,

conheço o amor de ouvir falar

ficamos espantados com a força do temporal, um vulto rodeia um dos camiões, parece uma mulher, desaparece atrás de outro camião, olhamos um para o outro, não sei se o homem também tem a ideia de ter visto uma mulher, não me apetece perguntar-lhe, a mulher reaparece, agora ambos temos a certeza do que estamos a ver, o homem franze os olhos para os apurar, sacode-se incomodado, a mulher aproxima-se, tem um saco de plástico a tapar a cabeça e uma gabardina que lhe chega aos pés, uma gabardina demasiado grande, de outra pessoa, uma pessoa bastante mais alta do que ela, o homem leva a garrafa à boca e bebe, a mulher está mais perto, dirige-se para nós, percebo que anda à nossa procura, procurava-nos entre os camiões, a mulher caminha para nós, parece satisfeita por nos ter descoberto, olho para o homem, não tenho a certeza de ele ter percebido o mesmo que eu, pode ter uma justificação, o homem baixa os olhos e a mulher está cada vez mais perto, a gabardina enorme, de outra pessoa, e o saco de plástico na cabeça dão-lhe um aspeto amalucado, se ficasse sempre a esta distância era uma doida no parque de camionistas, à medida que se aproxima vou corrigindo o que penso dela, não é uma doida, é uma mulher zangada, muito zangada, o que a faz andar tão depressa não é a satisfação de nos ter visto, é a raiva, a mulher caminha com raiva nos passos, de repente percebo, a mulher viaja com o marido para o proteger e desta vez falhou, além da raiva sente-se culpada por ter adormecido, por não ter sentido o marido sair do camião, por só ter acordado passado muito tempo, a mulher esperava encontrar o marido caído no chão, olha-me incrédula, pergunta ao marido, com uma puta destas, o homem faz-lhe um sinal com a mão, pede-lhe que pare, a mulher não obedece, avança, não sinto pena desta mulher, não tenho remorsos, o saco de plástico na cabeça com que se protege da chuva dá-me vontade de rir, a mulher aproxima-se para me cuspir na cara, desvio--me, a mulher grita, sua puta, o homem puxa-a pelo braço e tenta calá-la, deve ser habitual bater-lhe porque a mulher encolhe-se protegendo a cara, afasto-me, a mulher chora, sua puta, repete, puta, vais ter o que mereces, o homem torce-lhe um braço, afasto-me em direção ao meu carro, deixo-os, a mulher chora, não sinto nada por esta mulher, talvez me irrite o facto de chorar tão alto, o homem pede--me para ficar, não te vás embora, empurra violentamente a mulher para o lado do camião, não te vás embora, a mulher tenta libertar-se do homem que a prende, grita, um dia destes dou cabo de ti e de mim, um dia destes acabo connosco,

conheço o amor de ouvir falar

o homem levanta a mão e a mulher torna a proteger a cara, vou-me embora, sigo o meu caminho, não estou zangada mas não me apetece ficar, entro no carro, quero aquecer--me, ligo o aquecimento no máximo,

a chauffage, Baltazar a chauffage,

engato a marcha atrás, o homem e a mulher vão ficando longe, dois bonecos que gesticulam no meio de uma tempestade, acelero, o carro ziguezagueia, para tomar a auto-estrada passo novamente pela cafetaria, espreito para verse o grupo de rapazes ainda lá está, não consigo vê-los, gosto do atordoamento que desloca as janelas da cafetaria ligeiramente para a esquerda, do néon que brilha mais, olho para os carros estacionados, paro com uma travagem que se revela brusca, não estou capaz de travar normalmente, procuro com dificuldade dinheiro na carteira para comprar tabaco, encontro os papelinhos dos recados, os papelinhos amarelos que se colam em qualquer sítio, fico com o bloco de recados na mão sem saber o que fazer com ele, começo a arrancar folhas que atiro para o chão do carro, estou numa área de serviço muito longe de casa,

vais sempre longe de mais

o que sabe o desgraçado do Ângelo acerca de distâncias, o Ângelo, que nunca desassossegou a vida, como se atreveu a censurar-me ao jantar, vais sempre longe de mais, o que sabe o Ângelo de limites quando desconhece a minha dor, sempre tão perto, o desejo de me esquecer de tudo, sempre tão perto, nem bêbeda consigo ir além de mim, nunca consegui ir longe de mais, tenho frio, tenho medo da tempestade, o bloco dos recados entristece-me, não tenho ninguém a quem deixar um recado, fico quieta, tenho de estabelecer uma ordem no que devo fazer, comprar tabaco, ir à casa de banho para me livrar do cheiro do homem, tomar café, comprar comida, ficar sóbria, fazer-me à estrada, procuro uma caneta para apontar a ordem, começo a escrever num dos papelinhos, comprar tabaco, noutro, ir à casa de banho, de repente, não te vás embora, sinto um grande alívio ao escrever, não te vás embora em todos os papelinhos, aproveito os sulcos que a caneta deixa, a minha mão tão pesada, demoro algum tempo, gasto o bloco, termino a tarefa, uma mão cheia de recados, abro a porta e saio do carro, ainda não sei o que vou fazer, vacilo, um dos empregados, não o que me serviu há bocado, observa-me através dos vidros da cafetaria, aponta-me a outro que se junta, levanto o limpa-para-brisas do primeiro carro que encontro e prendo um dos bilhetes no vidro, vou até outro carro mais à frente, talvez o do grupo dos rapazes, há poucos carros, colo mais um bilhete que a chuva molha, a minha letra desliza vagarosamente nos papéis, tenho na mão um molho de manchas azuis, os dois empregados da cafetaria espreitam intrigados, junta-se-lhes o que me serviu os bolos e o café, aceno-lhes, mando-lhes beijos com a mão, tropeço, os empregados riem-se,

olha aquela gorda perdida de bêbeda

procuro carros onde deixar recados mas ninguém viaja numa noite de temporal, foi o que o Ângelo me disse, cancelaram a excursão, ninguém viaja com um tempo destes, é muito perigoso, faço o caminho de volta para o meu carro, concentro-me em não tropeçar, tenho na mão os papéis, atiro-os para o chão, aceno aos empregados que estão colados ao vidro, bilhetes que não consigo ler, estou bêbeda,

se te queres espatifar na estrada é contigo

faço-me à estrada, daqui a umas horas vendo a cera ecológica que trago no porta-bagagens à Denise e à Betty, sou uma boa vendedora, a melhor, apanho a ilusão do infinito, um acesso único,

docemente

deslizo na autoestrada que é sempre igual, a que fica para trás, a que se renova à minha frente, uma língua caridosa que me engole, negra, infinita, avanço, guio-me pelos refletores que ladeiam a berma, os separadores de aço, o vento torce as árvores desfolhadas, esqueletos tristes, traços riscados a carvão contra o céu, os postes de alta tensão, espantalhos de mãos dadas em fila para lado nenhum o riso é o melhor que podemos oferecer aos outros

sentamo-nos, o empregado levanta o retângulo plástico que diz reservado e peço-lhe o favor de levar também a rosa murcha enfiada no boião de vidro que lhe serve de jarra, o empregado atende ao meu pedido sem disfarçar a estranheza, em cada mesa do restaurante há uma rosa enfiada num boião de vidro e nunca ninguém as manda retirar, tento a cumplicidade da Dora mas a minha criança está contrariada, não queria vir jantar e não me perdoou o pedido ou a ordem, já não me lembro do que a fez ceder, se o pedido se a ordem, sei que a forcei, como aliás faço sempre, no pressuposto de que me pertence, um sentimento de posse que nunca experimentei por mais ninguém, nem por mais nada,

> somos uma família, mal de nós quando deixarmos de nos portar como uma família

o Ângelo, indiferente às rosas murchas nos boiões, à contrariedade da Dora, conta outra piada, já é a terceira e ainda agora nos sentámos, no fim do jantar contou dezenas de piadas e eu e a Dora rimos as vezes correspondentes, se não nos ríssemos era igual, o Ângelo não interpretava a ausência do nosso riso como sinal de não ter jeito para comediante, pensava que estávamos zangadas, indispostas, todos os comportamentos têm uma justificação conveniente, não há nada que escape ao entendimento, o fim do Salão Princesa também é facilmente compreensível, aqui era o Salão Princesa, a Dora e o Ângelo respondem em uníssono, já sabemos, são previsíveis, ao fim de uns minutos não há quem não se deixe adivinhar quanto mais ao longo de uma vida,

tenho de sair, ma chérie

a letra da minha mãe num papel, não amarelo, não dos recados, um papel que não se cola em qualquer sítio sobre a mesa da cozinha, a Maria da Guia, não chore menina, a sua mãezinha foi arranjar o cabelo, foi pôr-se ainda mais bonita, não chore menina, a Maria da Guia uma criatura ignorante que nunca entrou no Salão Princesa, quer dizer neste restaurante de comida indiana que tem nas paredes desenhos de camelos e duas mulheres a dançar para um sultão, parece impossível que compreenda a necessidade de a minha mãe ir todas as sextas ao Salão Princesa,

deixa de fazer fita, ma chérie

o chão ainda é o mesmo, um tabuleiro gigante de xadrez, foi aqui que vendi as primeiras ceras, foi aqui que, a Dora diz, este restaurante é triste, respondo-lhe secamente, o que queres dizer é que o restaurante é feio, convencida de que sei sempre o que a Dora quer realmente dizer, não há nada que não saiba sobre o pedaço mais perfeito de mim, não há nada que desconheça na minha criança a não ser a maneira como existe, o que a faz estar sentada o dia inteiro a passar códigos de barras, leite meio gordo com cálcio vitaminas e fibra, picadora de 400 w capacidade de um litro, top de menina 93% poliamida e 7% licra, dias inteiros numa tarde ridícula, impedida de ver o céu azul, as noites estreladas, dias inteiros debaixo da luz morta do teto de contraplacado, dias inteiros com o barulho das máquinas a apitar, sem perceber que quando os dias são todos iguais há forçosamente um desentendimento com a vida, se disse triste era triste que queria dizer, é assim que me vai responder, está zangada, ainda me detesta mais quando a corrijo, não permito que me escape nada sobre o pedaço mais perfeito de mim, passo tardes inteiras nos corredores da luz morta a ver a minha criança passar códigos de barras de alimento seco para 5 kg, massajador de pés potência 75 w 3 posições massagem através de bolhas de ar função infravermelhos garantia 24 meses, maçãs Golden Cat 70/75 embaladas, Corn Flakes vitaminas e ferro nova fórmula original e mais crocante 1 kg, almofadas decorativas lisas, trem de cozinha 4 peças aço inox 18/10, a minha Dora com o nome pendurado no peito, de vez em quando distrai-se com os topos das promoções, polpa de tomate 100% natural ideal para refogados e molhos, guardanapos Tipo E–Duplo, custa-me acreditar que a minha criança goste deste emprego, que gostava dos outros, quando fica sem clientes a Dora olha divertida para as meninas dos patins, as bailarinas que deslizam pelos corredores, víamos sempre a patinagem artística na televisão, tenho a certeza de que é disso que a Dora se lembra quando olha para as meninas dos patins, aquele sorriso, como explicar o sorriso da

Dora, é semelhante ao sorriso da Dora quando acreditava que ia ser patinadora, nessa altura ainda podia ser tudo, não a corrigia, foi só mais tarde, quando a senti fugir de mim, que comecei a corrigi-la, ponho-me na fila, atrás da família que coloca no tapete rolante carne de novilho costelão que está na modalidade pague dois leve três, cherne em postas congelado capturado em alto mar, um pack de dois collants haute résistance, leite meio gordo UHT selecionado válido até 10/07/04, pão de forma 4 cereais sem colesterol fresco e macio com azeite de oliva, pão de trigo american sandwich grandes fatias para sandwiches quentes frias doces ou salgadas, a Dora regista os produtos e a mulher arruma-os em sacos plásticos, o marido tira do escaparate uma revista de automóveis para ver a cotação do carro que deixou no parque de estacionamento, no lugar F 78, piso II, o marido tem a obrigação de decorar o lugar do carro, os filhos, um casalinho de adolescentes, uma Sónia Rosa e um Sérgio Ivan, desentendem-se, o rapaz escolhe uma caixa de pastilhas elásticas, sabor a morango, abre a caixa e põe umas quantas na boca, a rapariga denuncia-o, o Sérgio está a roubar pastilhas, a mãe finge que não ouve, o rapaz coloca a caixa ao pé das outras e abre a boca para mostrar à irmã a pasta cor-de-rosa, a irmã diz seu estúpido e vai ajudar a mãe a pôr as compras nos sacos, isto quando não está a passar a mão pelo cabelo, para o pôr atrás da orelha, para o soltar das costas, para o arrumar atrás do pescoço, ou a chamar estúpido ao irmão, o pai repreende-a, Sónia Rosa não chames estúpido ao teu irmão, a mãe, uma máquina de encher sacos e de encher de sacos o carro das compras continua calada, a irmã defende-se, o Sérgio Ivan está a fazer porcarias, o pai desinteressa-se do desentendimento dos filhos, vê a cotação do carro do vizinho, diz para o filho, o carro do Moreira está a valer menos do que o nosso,

> somos uma família, mal de nós quando deixarmos de nos portar como uma família

a Dora gosta de famílias às compras, está convencida que uma família às compras não tem segredos, que conhece todas as famílias que atendeu, a Dora está zangada neste restaurante rasca que ainda tem o chão do Salão Princesa, se disse triste era triste que queria dizer, no emprego a Dora nunca está zangada, não pode, tem de estar sempre a sorrir, quando se despede da família, quando cumprimenta o cliente seguinte, um homem que levanta uma dúvida sobre uma câmara de vídeo, mini DV–LCD 2,5" 123 Kpíxeis 800 Kpíxeis CCD Zoom 10 x 800 x Modo foto, a Dora não o sabe ajudar, pega no telefone e uma voz feminina interrompe o bolero que se ouve em todos os corredores, funcionário dos eletrodomésticos à caixa 48, funcionário dos eletrodomésticos à caixa 48, o bolero regressa um bocadinho mais à frente, a Dora atende o homem da câmara de vídeo sem me ver, nunca me vê, na fila, nos corredores de luz muito branca, no topo das promoções, nos bancos que estão em frente às caixas, para me magoar a Dora nunca me vê, para me magoar continua em silêncio,

> não há nada que o silêncio não mate

o Ângelo não suporta o silêncio, vence-o com piadas sem graça, o que dá o cruzamento da girafa com o papagaio

perguntas a que não podemos dar respostas certas porque também faz parte da nossa obrigação fazer de conta que não sabemos a resposta, desarmo a Dora com um golpe baixo, queres magoar-me com o teu silêncio,

um altifalante

a Dora ri-se, cumpre sempre a obrigação de se rir, apesar de a piada ser fraca a Dora ri-se, diz-me, nem tudo tem de ter uma utilidade, raramente uma de nós sai vencedora nestes confrontos, somos adversárias do mesmo nível, a Dora sabe retribuir o meu azedume, instigá-lo, cada uma de nós sabe exatamente como infligir à outra a dor maior, mais insuportável, conhecemo-nos, não devem existir no mundo adversárias de maior categoria, se o Ângelo se convencesse de que estas piadas já não se usam, se é que algum dia se usaram,

e um ouriço com uma cobra, o cruzamento de um ouriço com uma cobra

as piadas dos elefantes que o Ângelo insiste em contar nos espetáculos tiveram o seu tempo mas agora já não se usam,

as modas são mesmo assim

houve um tempo em que toda a gente se ria, como é que um elefante passa debaixo de uma porta, mas agora ninguém se ri, quando muito um esgar a fazer as vezes de um sorriso, como é que se mata um elefante roxo, e os velhos das excursões em uníssono, com uma espingarda roxa, estragam a piada do Ângelo sem compaixão, não há como os velhos para serem cruéis, nas excursões há sempre um engraçadinho que diz, essa ainda é mais velha do que eu, o que faz rir os companheiros, riem-se mais uns com os outros do que com o cómico, contam entre eles anedotas de louras e de pretos, no fim do espetáculo reclamam junto do guia,

onde é que foram buscar um animador tão fraquinho

como os noivos ou os pais dos noivos reclamam nos casamentos, os casamentos até podiam ser um bom negócio se o Ângelo percebesse que ninguém quer

era uma noiva tão generosa, tão generosa, que logo na noite de núpcias ofereceu um par de cornos ao marido

quantos dentes deve ter uma sogra, dois, um para doer e outro para abrir garrafas

ouvir coisas desagradáveis num dia tão feliz, os noivos ou os pais dos noivos não o deixam chegar às piadas sobre convidados porcos ou esfomeados, exigem-lhe que cante, que faça magias, que se vá embora, proíbem-lhe as piadas, não há como os noivos ou os pais dos noivos para serem cruéis, nas festas infantis dos sábados à tarde não é hábito haver reclamações, vestido de palhaço o Ângelo até tem algum sucesso

qual é a diferença entre um penico e uma panela

entre as crianças que se riem mal ouvem falar em penicos, as crianças acham-lhe graça até se aperceberem de que se divertem mais se entornarem laranjada nos pés do palhaço, ou se lhe atirarem pedaços de bolo, o Ângelo insiste num espanhol arrevesado, então os meninos não adivinham, entre as crianças há sempre um engraçadinho que diz, vamos atirar um sapato ao palhaço, não há como as crianças para serem cruéis, começa o ataque ao palhaço que é sempre a parte do espetáculo que diverte mais as crianças, mesmo assim o Ângelo continua a contar piadas até que os pais o mandam embora, quando o Ângelo sai os pais dizem, este palhaço não tinha jeitinho nenhum, para o ano temos de escolher melhor, se calhar pedir referências, a verdade é que o Ângelo não consegue divertir ninguém,

um mau cómico não tem utilidade nenhuma

a Dora tem medo que me dê para ser sincera e que diga ao Ângelo que não tem jeito nenhum, que devia dedicar-se a outra coisa, a minha criança está tão convencida de que sabe tudo e não sabe nada, não posso magoar o Ângelo, o Ângelo não me pode magoar, a minha criança que não sabe que isso é um privilégio que nos pertence, dei-lhe a vida para ter a certeza de que existia alguém no mundo capaz de me magoar, que existe por isso, para isso,

ninguém nos consegue magoar tanto como um filho

a minha mãe sentada na sala da casa que hoje vendi com o vestido amarelo-clarinho de pregas que lhe assenta tão bem, ou aqui no Salão Princesa, ao fundo nos secadores, com a perna traçada, a folhear uma revista de moda, o dernier cri, ninguém nos consegue magoar tanto como uma mãe

a minha mãe para sempre sentada no sofá da casa que hoje vendi,

Baltazar não podes permitir que a tua filha nos faça uma coisa destas

o meu pai não lhe responde, também já não lê o jornal ao domingo, já não vai ao emprego, o meu pai que apanhou o hábito de ficar dias inteiros a olhar para os pássaros, ainda que a minha mãe não pare de insistir, não dizes nada à tua filha, não vais ralhar com a tua filha, o que pode fazer um homem que está mais preso às gaiolas do que a centena de periquitos que lá vive, o que pode fazer um homem que se deixou prender às gaiolas do quintal e que tem medo dos gatos vadios que as rondam, o meu pai e os pássaros num desassossego por causa dos gatos, sem se importar com as árvores mirradas por falta de rega, com as roseiras cheias de bicho, com a exasperação da minha mãe, comigo grávida, o meu pai num desassossego por causa dos gatos, calado como a minha criança fica tantas vezes, não para me magoar, não para magoar a minha mãe, a ir buscar tigelas de leite envenenado,

os gatos fugiam sempre de mim em vez de fugirem do meu pai,

Baltazar não proíbes a tua filha de

a minha criança não pode fugir de mim, a minha criança nascida contra a vergonha da minha mãe, contra o silêncio do meu pai, a minha mãe tão zangada que se esqueceu de que uma senhora deve em qualquer ocasião

ser chic, très chic

utilizar palavras da única língua civilizada que existe no mundo, ter presente que enquanto existir Paris nada pode ser muito grave, nem eu, nem o meu pai, nem um neto bastardo, uma senhora chic, très chic, não se incomoda com uns bárbaros que nunca aprenderam a terminar um desentendimento de forma elegante, com c'est tout, calha bem terminar assim um desentendimento

tens de te livrar disso o mais depressa possível

não sei por que se esqueceu a minha mãe de dizer c'est tout, talvez as maneiras rudes dos bárbaros acabem por se tornar contagiosas, como é que te atreveste, como, a vergonha que tenho de te ver nesse estado, quando as minhas amigas souberem, a vergonha que eu tenho, a minha mãe esquecida de terminar o desentendimento com c'est tout, esquecida de que enquanto Paris existir nada pode ser muito grave,

como é que te pode incomodar que a tua filha esteja neste estado se tu próprio

a acusar-me, a acusar o meu pai, sem se importar de saber quais eram as palavras que na língua mais bonita do mundo serviam aquela situação, a minha mãe na porta da casa de banho, com os braços traçados, aflita, vens comigo a uma pessoa que eu conheço, é discreta e faz muito bem esse trabalho

cada vez mais aflita com o passar do tempo que tornava a criança obrigatória, indecisa entre as ameaças ou

vens comigo nem que eu tenha que te arrastar

a compreensão, insistindo nos conselhos que só uma mãe pode dar, na sabedoria de todas as mães,

ainda estás a tempo, a tua vida sem isso já não é fácil mas depois disso

terminando exausta com uma ameaça, a que julgava mais terrível, a minha mãe com a cabeça pousada no sofá sem encontrar uma única razão para eu querer a criança,

se levares isso para a frente não contes comigo nem com o teu pai

ignorando a fundamental, o privilégio de ter no mundo alguém capaz de me magoar, é para isso que os filhos servem, para mais nada, e se nascer preta, já pensaste nisso, andaste com um preto, não andaste, um retornado preto, achas que eu e o teu pai merecemos isso, mereciam, claro que mereciam, não mereciam o encantamento em que a Dora os deixou, um anjo que nos salvou,

mon ange, mon petit ange

um anjo que está calado à minha frente convencido de que me odeia, os anjos têm a mania de extremarem tudo, certamente por ignorarem o que está entre o bem e o mal, o meu anjo espera que o Ângelo desvende o enigma do cruzamento do ouriço com a cobra para sorrir,

os anjos conhecem-nos de ouvir falar

o meu anjo não aceita que não me pode odiar, uma incapacidade que eu mesma me encarreguei de lhe pôr no sangue que lhe corre nas veias, de a gravar na carne de que a fiz, o Ângelo responde por fim ao enigma

arame farpado

e ri-se muito, o Ângelo tem a estranha capacidade de se rir das piadas que conta, talvez seja esse o seu maior talento, conseguir rir-se tão sinceramente das piadas que conta, uma vez contada a piada é já outro Ângelo que se ri, um que certamente não conhecia a piada, que a ouviu pela primeira vez, pode parecer absurdo mas acontece por vezes sermos dois, sete, tantos, eu, a que estou no restaurante, sou esta e outra que veio ao Salão Princesa, talvez seja este o meu maior talento,

era uma mulher tão gorda, tão gorda, que conseguia estar em dois sítios ao mesmo tempo

ser várias ao mesmo tempo, estar em vários sítios ao mesmo tempo, no restaurante indiano com a Dora e com o Ângelo e no Salão Princesa, não me espantar que atrás do Ângelo, onde aquela família janta, a minha mãe seque o cabelo dentro de um capacete plástico com viseira, muito parecido com os dos astronautas que aparecem nas notícias da televisão, a minha mãe lê uma revista, traça a perna, a minha mãe sempre

chic, très chic

tão bem no vestido de pregas amarelo-clarinho, a minha mãe estica a mão esquerda, os brilhantes do anel de noivado batem no vidro e são de luz, uma das empregadas aproxima-se e verifica o tempo que falta para desligar o secador, a minha mãe agradece, um sorriso bonito, também eu levanto o braço para chamar o empregado do restaurante e abano as pregas de gordura que vão do ombro à mão, um gesto vulgar, uma mão feia, a serpente que enrosquei no indicativo, um anel reles, um único gesto e todos os que estão no restaurante ficam a saber que sou

chic, très chic

uma mulher das mais ordinárias, as unhas pintadas de rosa berrante, a minha mãe olha-me do secador com as unhas perladas, o anel de noivado e a aliança, o vestido amarelo-clarinho, a carteira de pele castanha, os sapatos castanhos bicudos, um pé pequenino, de cinderela,

uma história sem interesse nenhum a que a Maria da Guia sempre me contou

queixo-me do empregado que não nos vem atender, o Ângelo podia fazer o favor de contar uma daquelas anedotas que nunca mais acabam, mais ao fundo o sítio onde as ajudantes lavam as cabeças, vamos lavar, perguntam e ajeitam as golas, para não molhar, vestem-lhes as batas,

tamanhos únicos

não tem importância senhora voluntária, não tem importância

de vez em quando o casal de namorados, devem ser namorados, são muito novos, tapam as ajudantes, o empregado aproxima-se, tem os dentes muito brancos que destoam da pele acastanhada e baça, do cabelo preto e liso que reluz oleoso, os namorados levantam os copos, consigo ver novamente as ajudantes, na mesa dos namorados a rapariga sorri ternamente para o rapaz que tem olhos de rato, se fosse perguntar à rapariga por que olha amorosamente para um rapaz tão desinteressante não me sabia dizer, parece que todos os amores requerem mistério, constroem-se de mistério em mistério, o empregado continua a sorrir, não parou de sorrir desde que chegámos, apesar da minha mãe

donde vem tanto monhé e tanto preto

olhar para ele desagradada, a mim só me irrita aquele sorriso contínuo, uma fachada de dentes num homem que parece ter morrido num sorriso tolo sem se ter apercebido, a minha mãe compõe uma prega do vestido amarelo-clarinho,

deviam ficar na terra deles, não sei por que não ficam na terra deles como é que se matam os fantasmas, os namorados juntam as cabeças e vejo as ajudantes que lavam as cabeças das mulheres com os pescoços esticados, bolas de espuma, os pescoços esticados das mulheres, aves prontas para o sacrifício, as ajudantes usam os mesmos gestos com que lavavam as roupas nos riachos e riem-se com gorjeios de pássaros em bando, as mulheres com os pescoços esticados são bonecas com que as ajudantes brincam, bonecas que fazem bolas de sabão com as cabeças, podiam dizer mamã ou papá, ou outra habilidade qualquer, agora as bonecas fazem tantas coisas, a Dora na caixa do hipermercado, boneca com cabeças de bolas de sabão disponíveis em todos os tamanhos cabelos curtos ou compridos claros ou escuros lisos ou encaracolados funciona a pilhas vendidas em separado recarregáveis, a Dora a passar com o sorriso obrigatório o código de barras das bonecas de pescoço esticado que não receiam as ajudantes, no entanto as ajudantes podem, a qualquer momento, retalhá-las como eu retalhei as minhas bonecas, não, não foi assim, comecei por lhes arrancar os olhos, uns pedaços de plástico coloridos que ficaram no chão a olhar para mim, não queria que as minhas bonecas vissem os caroços que me doíam no peito, ou os meus inimigos que me furavam a pele, pelos escuros e fortes que rapidamente me venceram no meu corpo, foi por isso que lhes arranquei os olhos, pensei que era suficiente, não me passou pela cabeça que as minhas bonecas já cegas continuassem a ter pena de mim, sentadas na minha cama, num silêncio imperdoável, lamentavam-me, percebi então que tinha de as destruir, acabar de vez com aquelas sonsas de borracha, desmembrei-as com as minhas mãos, peguei numa tesoura e retalhei cabeças, barrigas, pernas,

a menina é muito má, às vezes parece que a menina tem o diabo no corpo

que a Maria da Guia encontrou no quarto, um grito de aflição, e foi direitinha fazer queixa à minha mãe,

Baltazar alguém na tua família

sem perceber, uma criatura tão ignorante, sem perceber que ao destruir as minhas bonecas as salvava, se as deixasse crescer comigo experimentavam a dor que nunca mais parou de me crescer no meu peito, no meu corpo todo, a minha mãe também não percebeu o meu altruísmo,

Baltazar alguém na tua família

os namorados estão tão enredados um no outro que não veem as ajudantes que perto deles brincam com as bonecas aos segredos e às moedas, um jogo simples, as bonecas atiram para os bolsos das batas das ajudantes segredos e moedas, as ajudantes fingem que se distraem e deixam fugir os segredos de outras bonecas, um jogo simples, praticamente sem regras, uma moeda e vai o segredo da boneca loura que chora muito bem, o marido tem uma amante que tem dois filhos dele, outra boneca e o segredo da boneca dos caracóis que abre os olhos com dificuldade foge, todas as noites se embebeda, quando um segredo foge nunca mais regressa à condição de segredo, as ajudantes sabem disso mas para continuarem a receber moedas deixam que os segredos lhes fujam dos bolsos pelas línguas, ou então faz parte da natureza dos segredos a vontade de fugir, o segredo da boneca do anel das sete escravas que anda tão triste ainda resistiu uns dias mas também acabou por escapar, o irmão comunista foi preso, o da boneca muito morena que treme muito das mãos, o namorado está na guerra do ultramar, o da boneca que muda a cor do cabelo todas as semanas e que tem um braço desarticulado, o marido bate-lhe, as bonecas estão sempre a dar moedas e segredos às ajudantes, parece que nunca acabam os segredos e as moedas que as bonecas possuem, quando se cansam de brincar as ajudantes enrolam as cabeças de bonecas em toalhas brancas e abandonam-nas nos toucadores, as cabeleireiras penteiam-nas e as bonecas não param de oferecer segredos e moedas, não sabem fazer outra coisa, não sabem brincar a mais nada, a Dora vira-se para trás quando se ouvem as gargalhadas de um grupo de raparigas que entra, os namorados perdem-se de vista por segundos e olham para o grupo, a família que come no sítio dos secadores também, o Ângelo diz, deve ser uma despedida de solteira, as raparigas sacodem as gotas de água que trazem nos casacos e procuram um sítio onde pousarem os guarda-chuvas, o empregado da fiada de dentes alvos encaminha-as para uma mesa do fundo que é comprida e que tem dois boiões de vidro com rosas murchas e um cartão a dizer reservado, no restaurante ouvem-se os risinhos irritantes das raparigas, arrependo-me de ter vindo aqui,

o passado não tem sítio, a única vantagem do passado é não existir em lado algum

a Dora e o Ângelo entreolham-se, estão fartos das minhas romagens a lugares que já são outros, aquele chinês do outro dia era bom, ou o italiano,

> não é através da comida que tornas o mundo mais pequeno

a Dora está contrariada, não queria vir a este nem a outro restaurante, não queria jantar comigo, é tão má a minha criança, como é que o Ângelo a olha embevecido,

> através da comida, minha querida, só nós é que nos tornamos maiores, o mundo fica como está, como sempre esteve

empatámos, somos boas adversárias, as melhores, o mundo nunca fica como está mas parece não haver nisso qualquer vantagem, o Salão Princesa deu o chão de mosaicos a este restaurante descuidado, o Rosa da Manhã e o Estrela da Avenida albergam pombos e cartazes, o mundo nunca fica como está mas também nunca muda o suficiente, se mudasse a minha mãe não podia continuar no secador que é parecido com o capacete dos astronautas a ouvir os segredos que fogem da boca das ajudantes, sabendo que na ausência dela, não sei se o marido chegou a ser preso, saneado foi de certeza, apanharam-no na rua e deram-lhe uma tareia de criar bicho, dizem que cá se fazem cá se pagam, parece que já era um bocado esquisito, mas agora dizem que está mesmo maluco, a pobre coitada nunca se queixa, nunca se ouviu uma palavra da boca dela, está sempre tudo bem, o marido, a filha, está sempre tudo bem, de vez em quando fala da coleção de pássaros do marido, onde é que já se viu uma coleção de pássaros, e a filha, quem tem telhados de vidro não deve atirar pedras mas a pobrezinha teve azar, dizem que não regula, parece que até de um preto engravidou, um retornado preto, os segredos da minha mãe a fugirem pelo salão, a fazerem ricochete no toucador e a voltarem maiores, dizem que a pobre coitada já se quis matar, os segredos da boneca que sabe uma dúzia de palavras em francês, o que a torna em qualquer circunstância chic, très chic, a Dora na caixa do hipermercado a passar o código de barras da última boneca très chic que diz uma dúzia de palavras em francês, o computador a acusar o fim do stock e a minha Dora a diminuir e a ser outra vez pequena com os olhos inchados de chorar, com saudades da boneca très chic que dizia uma dúzia de palavras em francês, a avó morreu, tens de te convencer que a tua avó nunca mais vem, a Dora a crescer de repente e a ficar sentada na caixa do hipermercado com aquela farda ridícula, a desprezar-me, sabes perfeitamente o que eu penso de ti, fascinada pela minha mãe que reclama na receção, onde aquele indiano mais novo se senta,

ainda a menina não tinha nascido e já eu aqui vinha

a avó sabia sempre o que fazer, como se portar, a minha mãe de pé na receção, quero falar com a dona, nela não ficava mal a obstinação, recusar a intermediação da Carminho, ou os novos tempos, deviam escolher melhor o pessoal, esta menina não merece aqui estar, perguntou-me se tinha marcação, mandou-me esperar, nela não ficava mal o desencontro com o novo tempo, nela nem sequer ficava mal a aceitação das novas regras que a Carminho secamente explicou, as outras clientes reclamaram, temos de nos adaptar, a minha mãe sabia sempre o que fazer, naquele caso calou-se, a minha mãe e o tempo a que pertenceu silenciosos, vencidos sem um grito, um gesto mais violento, a minha mãe uma figura patética quando nos envergonhamos do passado nunca mais somos nada

a profetizar, olhe que não dou muito tempo a este salão com as novas regras, há coisas que não se podem mudar sem que se tornem outras, mas os profetas raramente têm ouvintes e a Carminho não a ouviu, limitou-se a repetir, são as novas ordens, a minha mãe vencida no tempo que lhe pertencia, a tornar-se a chacota das outras, as novas clientes,

entregaram a espada ao vilão

mulheres grosseiras que sempre foram enxotadas do salão, não temos vaga, dizia-lhes a Carminho no mesmo tom com que naquela tarde falou com a minha mãe, nunca lhes dizia, as nossas clientes não as querem aqui, não se misturam convosco, como não disse à minha mãe, não me convém nada ter como cliente a mulher de um informador, uma pessoa que não soube aceitar que as coisas mudaram, a Carminho sabia sempre o que calar, recebia as mulheres que se queriam vingar das antigas humilhações, enxotava as inadaptadas ao novo tempo como a minha mãe, a Carminho sabia sempre o que fazer enquanto a dona do salão continuava deitada na chaise longue do gabinete a beber licor, a Carminho não tinha mais nada além do salão, satisfazia as exigências das novas clientes, das cabeleireiras, promovia a saída das clientes menos razoáveis, evitava a degradação do mobiliário, a Carminho tratou de tudo, do fim do salão, do fim da dona, do fim dela, de tudo, mesmo das raparigas da despedida de solteira que não param de pedir cervejas, nem sequer tinham nascido e já o Salão Princesa tinha começado a morrer, e a Augusta, onde está a Augusta que estava sempre no bengaleiro onde o indiano agora assenta os pedidos de comida para fora, take away, um aviso afixado na parede, pedidos take away, no tempo da Augusta não havia este aviso, nunca vi o bengaleiro sem a Augusta, às sete e meia da manhã já a Augusta o está a encerar, às oito organiza as senhas que tem de dar às clientes em troca dos casacos e das carteiras, não que precise das senhas, conhece cada cliente melhor do que as palmas da mão dela, nunca lhes troca o nome, o estado civil, o número de filhos, a condição de nascimento, a situação económica, a saúde,

como vai a senhora, as suas enxaquecas

de mal en pis, Augusta, de mal en pis

e a filha e o marido

comme ci comme ça

a Augusta não precisa de senhas mas aceitou-as quando compreendeu que davam um ar mais próspero ao salão, mais moderno, não se importa de ser enxovalhada se for em benefício do salão, coitada da Augusta quando der conta que o indiano lhe roubou o bengaleiro, nunca tirou férias, um dia ou dois por doença ou morte de um familiar, férias nunca, o indiano no bengaleiro da Augusta sem saber o nome de ninguém, a confundir viúvas com divorciadas, um erro grave, sem pendurar casacos e carteiras, sem oferecer um cafezinho, um indiano parecido com o indiano que nos serve, e com o indiano que avistei na cozinha, os dentes todos tão brancos que devem ser falsos, os cabelos pretos escorridos, a pele de chocolate rançoso,

donde vêm estes monhés todos tão parecidos

o indiano no sítio do bengaleiro da Augusta, o bengaleiro que ia de um lado ao outro da parede já não existe, umas machadadas e a Augusta para sempre sem sítio onde existir, o Ângelo pergunta,

o que é um piolho na cabeça de um careca

a Dora finge que tenta adivinhar, respondo, um piolho à paisana, a Dora esfrega o pulso esquerdo com a mão direita, um sinal de que está farta, conheço-lhe os gestos da impaciência, está ansiosa que o jantar termine, ainda nem sequer começámos, o Ângelo abana a cabeça, não adivinhei, a minha resposta não tem piada, o Ângelo responde

um sem abrigo

e fica a solavancar, o peito acima e abaixo, a respiração interrompida, a cara vermelha, um sem-abrigo, sempre tive pena dele, mesmo antes de o saber horas especado no fim da nossa rua a odiar-nos, rio-me, a Dora ri-se e pousa a fotocópia plastificada que faz de ementa, já escolheu, o Ângelo está indeciso, não gosta de comida picante, não gosta de especiarias, este, acham que este é bom, debruçamo-nos para o ajudar, o Ângelo assoa-se, este cheiro dá cabo de mim, não os devia ter trazido aqui, o passado não tem lugar em sítio nenhum, a única vantagem do passado é nunca mais ter sítio onde existir, acho que sou alérgico a estes cheiros, lamenta-se o Ângelo, e levanta-se para ir à casa de banho sem ver o carrinho metálico dos rolos e das escovas, a manicura com a bata cor-de-rosa sentada num banquinho com o cesto dos vernizes ao colo em que pode tropeçar, um rolo caído no chão, o Ângelo segue em frente e alcança o gabinete da dona do salão que bebe licor deitada na chaise longue, o Ângelo vai ficar tão envergonhado, quando regressar vai contar-nos que sem querer entrou num gabinete onde estava uma mulher deitada, ainda nos vamos fartar de rir, a Dora evita-me, olha para os desenhos pintados na parede, ficamos caladas, não sabemos falar sem nos magoarmos, não sabemos estar uma com a outra sem nos magoarmos, não sabemos o que fazer com as nossas mágoas, o Ângelo regressa como se não tivesse entrado no gabinete da dona, está cada vez mais distraído, diz, passei água nos olhos, fiquei melhor, peço ao Ângelo para escolher um vinho,

estamos a comemorar alguma coisa

a venda de uma casa velha

não podia perder esta oportunidade de magoar a minha criança, só não desfiro o golpe fatal pelo prazer que me dá reservá-lo,

ninguém como uma mãe pode magoar um filho

a Dora disfarça o golpe com um trejeito de cabeça, um engolir brusco de saliva, acautela o amor excessivo que dedica aos avós, à casa onde foi feliz e que hoje vendi, assinei a escritura com a caneta de prata, desta vez a minha mão não me atraiçoou como na tarde em que tirei o primeiro bilhete de identidade, desenhei todas as letras do meu nome sem tremer, sem uma única hesitação, se me parecia fácil foi ainda mais fácil, sentia a raiva da Dora à medida que desenhava, com segurança, a maior traição de que fui capaz, a Dora não sabe que a impossibilitei de me odiar,

um anjo que nos salvou

que não adiantava soltar-se de mim para correr para os avós, não quis oferecer a salvação aos meus pais, uma cilada, nunca tive intenção de salvar os meus pais, nem sequer de lhes dar um pretexto, a Dora foi ontem arranjar o jardim, pensa demover os compradores da vontade de cimentarem tudo, tem as mãos feridas, aparou as roseiras, desbastou a fiada de crisântemos, podou a dama da noite, colheu os últimos jarros, não devia ter perdido tempo, os compradores vão cimentar todos os pedaços de terra que encontrarem,

não gostam de plantas nem de animais

denunciou-os a filha, uma adolescente a mudar de pele,

não há como os filhos para nos traírem

a Dora também não devia ter perdido tempo a implorar-me que não vendesse a casa, nunca falámos da mesma casa, não vendi a casa de que a Dora fala, essa casa nem a conheço, nunca estive no quintal onde o avô lhe ensinou a diferença entre as folhas da laranjeira e do limoeiro, onde todos os anos apanhava o primeiro figo para lhe oferecer, a figueira foi a única árvore que se deu bem com o abandono, tomou o quintal todo, cumpriu a sina dos que sobrevivem, tomou tudo, no fim de cada verão o cheiro dos figos apodrecidos e a figueira cada vez maior, o empregado traz-nos o vinho, encho os copos, proponho um brinde,

à venda de uma casa velha

a Dora podia reparar no meu cuidado, na minha misericórdia, não digo, por exemplo, à venda do baloiço onde a minha criança ganhou asas, de resto, o baloiço está podre, o baloiço da Dora já não existe, duas cordas esfiapadas e umas tábuas de madeira carunchosa, o baloiço que a minha mãe empurrava sempre com muito cuidado

um anjo a aprender as asas

apodreceu, a minha mãe receosa, não queria que a filha que ela devia ter tido se aleijasse, mas a Dora insistia, com mais força avó,

quero tocar no céu, voar até ao céu

a minha mãe ria-se, chamava o meu pai, a Dorinha quer chegar ao céu, e dava-lhe mais balanço, os patetas ficavam a rir-se, de repente um deles, está quase a tocar no céu, a Dora com as bochechas coradas, os caracóis louros no ar, bati numa nuvem, o pateta do meu pai ria-se, bebo o vinho, nenhum deles aceitou o meu brinde, insisto, não vendi a casa de que a Dora se recorda, vendi a casa que existe e a casa de que me recordo, a casa que apertava as paredes para me sufocar e baixava os tetos que me esmagavam, uma falta de ar, ainda hoje quando lá fui, as telhas e os vidros partidos, o vento a assobiar nas escadas e a falta de ar de sempre, a Dora tem de se convencer que nunca falámos da mesma casa, quando a Dora me disse, se venderes a casa nunca mais te perdoo, não a levei a sério porque não estávamos a falar da mesma casa, nada posso contra a teimosia da minha criança, nunca mais te perdoo, a minha criança quer magoar-se, magoar-me, tornou-se a sua pior inimiga, a minha maior inimiga, procuro-lhe os olhos, ergo o copo, repito,

> à venda de uma casa que estava a cair aos bocados, nenhuma casa, por pior que seja, merece essa sorte

vou ser desleal como raramente fui, viro-me para o Ângelo, com o tom de quem conta uma novidade, a Dora não queria que eu vendesse a casa, já viste maior disparate, uma casa a cair, a Dora está zangada, muito zangada, a casa não estava a cair, era uma casa forte, precisava de uns arranjos, mais nada, o Ângelo olha-a comovido, a Dora prossegue, foi o sítio onde fui feliz com as pessoas de quem mais gostei, as únicas pessoas de que gostei, pobre criança, rio-me, que me desse conta não vendi nada disso, nem felicidades nem amores, vendi uma casa velha, fazes o favor de te convenceres que vendi uma casa que estava a cair aos bocados, não vendi mais nada, a Dora olha-me com tanta raiva que sinto a cara a arder,

> sei que se pudesses vendias, ainda bem que a tua maldade não me pode atingir

tenho orgulho de ter criado uma adversária tão boa, nada posso contra as recordações dela, contra as minhas, contra os meus pais que nem uma vez acreditaram que eu tocasse nas nuvens, o céu sempre me esteve vedado, a minha adversária recupera facilmente dos golpes por mais duros que sejam, está bem treinada, passa ao ataque, vira-se para o Ângelo, exclui-me da conversa, imita o meu truque sujo,

> nunca aceitou que os pais dela gostassem mais de mim, é tão miserável que tinha preferido que os meus avós lhe tivessem mentido

o que atrapalha o Ângelo que ajeita a toalha de papel, alisa os vincos, a mesma obsessão com que todas as manhãs estica o edredão para que o folho caia sem uma única prega, o Ângelo não quer, não pode, ser parte na nossa luta, perdia para as duas, está muito longe da nossa categoria, só pode ser utilizado neste papel, sempre o deixámos de fora, um acordo tácito, é a minha vez de responder, não a posso desmentir, a Dora foi a filha que os meus pais desejaram, quando nasceu afastou a maldição da descendência, afastou o meu pai das gaiolas, um anjo que os salvou, nunca me passou pela cabeça que podia oferecer aos meus pais a

> tens de te livrar disso o mais depressa possível

salvação, não me podem acusar de alguma vez ter sido generosa para com eles,

> vais desfazer-te disso, vais desfazer-te disso nem que seja a última coisa que eu faço nesta vida

se tivesse feito o que a minha mãe queria nunca a tinha ouvido, como a minha neta é tão parecida comigo, como a minha neta gosta de mim, a Dora está à espera da minha resposta, nas nossas lutas o silêncio significa sempre derrota, e neste caso ainda mais, a Dora não me venceu, não, ainda não me venceu, foi amada pelos meus pais, conseguiu provar que o erro estava em mim, sei que me ameaça com o trunfo, está quase a dizer-me,

os teus pais não gostavam de ti porque não merecias, eu não gosto porque não mereces

o erro está em mim e não nos meus pais, na Dora, no Ângelo, a Dora hesita, tem o trunfo para me derrotar mas estupidamente hesita, aproveito-me da hesitação da minha adversária, quero ganhar, quero sempre vencê-la, desfiro-lhe mais um golpe, não o definitivo, numa luta a estratégia é fundamental,

os novos proprietários vão cimentar o jardim e o quintal

sei como lhe dói o desaparecimento do jardim, ou da figueira no quintal, ainda ontem podou as roseiras, desbastou a fiada de crisântemos, colheu os últimos jarros para oferecer aos avós, tem esperança de que os compradores mantenham o jardim e a figueira, o quintal onde em criança se deitava na relva, os cabelos louros estendidos no chão, o corpo aquecido pelo sol brando da primavera, uma criança rodeada de gatos acabados de nascer

os gatos fugiam sempre de mim

que lhe faziam cócegas, os gatinhos trôpegos passavam-lhe sobre a barriga e faziam-na rir, as costas frescas da relva húmida, os gatinhos enroscados nos cabelos, o riso da Dora, a minha mãe chamava-a, tinha sempre medo de que o anjo que a salvou adoecesse, ninguém sabe como adoecem nem como se curam os anjos, o meu pai não ia buscar a tigela de leite envenenado, deixava que os gatos fizessem cócegas ao anjo que o salvou, ninguém desperdiça o riso de um anjo, a Dora com um dos gatos na mão, posso levá-lo para casa, e o meu pai em vez de ir buscar a tigela com leite envenenado ou de lhe mostrar os corpos hirtos, as patas esticadas, os olhos mais mortos que dois pedaços de vidro verde, avô, posso levar este para casa, e a tudo os avós diziam que sim, a bondade do anjo que os salvou da contagiosa, o riso do céu doce da primavera também, foram felizes, eram os três felizes naquela casa que tentava expulsar-me logo que passava o portão, ficava maldisposta, subia com dificuldade as escadas que me queriam deitar abaixo, os degraus demasiado pequenos, ou demasiado escorregadios, à espera de um engano, de um passo menos certo, a mão agarrada ao corrimão, não me deitam abaixo, subia as escadas e o meu coração batia cada vez mais, fugia-me do peito, deixava-me um buraco que me assustava, deitava-me na minha cama a arfar, tinha frio, sempre tive frio naquela casa, apesar do suor que me encharcava a roupa, ficava a olhar para o teto que ia descendo para me esmagar, uma barata esmagada, o teto abatia-se sobre mim, não, ficava parado numa ameaça, esmago-te, não te esmago, virava a cara para o lado e eram as paredes que se aproximavam para me sufocar, uma mosca a rodopiar com falta de ar, tantas vezes desejei que a casa ardesse, tinha sido fácil, faltou-me a coragem, sempre fui cobarde, não me envergonho nem me orgulho, uma característica entre tantas, pensava, rego tudo com gasolina e acendo um fósforo, via as labaredas nas janelas, no telhado, nunca mais a laranjeira floria no quintal, nunca mais o cheiro apodrecido dos figos, nunca mais o perfume da dama da noite, nunca mais aquela casa, o fogo era o castigo mais adequado, a casa num monte de cinzas, um monte de cinzas que espalhava com os meus pés,

e as gaiolas dos pássaros vão todas fora, os compradores não têm tempo para plantas nem para animais

a Dora não me responde, o Ângelo aproveita para se livrar do embaraço, é natural que não tenham tempo, quase ninguém tem tempo, desde que meteu na cabeça a obrigação de compreender não há nada que o Ângelo não compreenda, os miúdos que lhe atiram pedaços de bolos, os velhos que o vaiam, os adolescentes que enchem o palco de latas de cerveja, nada, mesmo nada, escapa à compreensão do Ângelo, se não fosse tão fraco adversário perguntava-lhe como conseguiu compreender que o meu pai, não vale a pena, tenho a certeza de que me mentia com uma história bonita, deixo-o arrumar os talheres, é a quarta vez que desarruma o garfo e a faca para depois os colocar no sítio onde acha que eles devem estar,

as plantas precisam de tempo

ainda na semana passada me morreu uma planta, confessa-nos pesaroso, tenta explicar-nos qual era, a avermelhada que estava no vaso da marquise, falta de sol, arrisco sem saber a que planta se refere, tenho presente o bolor, falta de sol, repito, o Ângelo discorda, não me parece, já lá estava há alguns anos, uma maleita, as plantas são como nós, adoecem de um momento para o outro e se não estamos atentos, quando dei conta era tarde de mais, já não fui a tempo, a Dora comove-se, promete ao Ângelo uma planta para substituir a que morreu, olha para mim, quer que eu saiba que é generosa para o Ângelo, para qualquer pessoa, a Dora com a mão sobre a do Ângelo, patéticos,

tenho a certeza de que fizeste tudo o que podias

dou uma gargalhada, que cena tão pungente, mais um bocadinho e fazem-me chorar, aliás, se chorássemos todos um bocadinho pela planta, ah, devíamos pôr um anúncio no jornal, familiares da planta avermelhada, era avermelhada, não era, familiares e amigos da planta avermelhada da marquise vêm comunicar a morte na passada semana do seu ente querido e agradecer a todos, ficava bem um anúncio destes, sempre era diferente, a Dora retira a mão da mão do Ângelo,

para de beber que estás a fazer uma triste figura

a Dora julga que é capaz de me odiar,

e à tua mãe, não ofereces uma planta à tua mãe

não sabe que lhe gravei na carne a impossibilidade de me odiar, uma cilada, não ofereces uma planta à tua mãe, insisto, tudo o que tu tocas morre

sem ouvir o disparate que leu num livro qualquer, sublinha nos livros frases idiotas a que dá vida neste tom de tragédia, pobre criança, este golpe não me atinge, a minha adversária perdeu uma oportunidade, gracejo,

quem me dera, vencia o laser

se assim fosse competia com os centros espanhóis que estão por todo lado a prometer, pelos supérfluos nunca mais, que exortam, vá à raiz do problema, como são maçadoras as lengalengas dos vendedores, viro-me para o Ângelo, o laser é uma praga perigosa, a pele morre quando a privam da voragem dos pelos, respondo, o que lês nos livros não serve para a vida, os que escrevem livros não percebem nada da vida, é por isso que perdem tempo a escrever, por não perceberem, por exemplo, que o tempo é um bem precioso, o Ângelo faz um gesto de impaciência, por falar em tempo, a comida nunca mais vem e a Dora concorda, o Ângelo e a Dora gostam um do outro, não precisam de se magoar, excluem-me no sorriso que trocam, não me importo, há muito que não me importo com os sorrisos que trocam, com eles, há muito que não me importa a casa que hoje vendi, o jardim, os jarros que a Dora colheu para oferecer aos avós, com nada, tenho a certeza de que a Dora ontem chorou quando cortou os últimos jarros e os foi oferecer aos dois retângulos de pedra, aqui jaz, nome completo, data de nascimento e de morte, nas informações complementares, eterna saudade, um formulário que o agente funerário, ficava melhor cangalheiro, preencheu depois de eu ter escolhido o modelo napoleão no catálogo, escolhi para a minha mãe um modelo napoleão e mais tarde escolhi para o meu pai, já não me lembro do modelo que escolhi para o meu pai, o agente funerário apertou-me a mão e deu-me, pela décima vez, os sentimentos quando

os meus sentimentos

devia guardá-los, ainda lhe podiam fazer falta e a mim não me serviam para nada, devia tê-lo aconselhado a guardar os sentimentos, nunca sabemos quando precisamos dos sentimentos, da latinha de fermento que está há anos na despensa, da camisola de lã que não é vestida há mais de cinco invernos, nunca se sabe quando precisamos de coisas mesmo se nunca as utilizamos, não fosse essa incerteza e punha um anúncio no jornal, vendem-se sentimentos, estado impecável, como novos, oportunidade única, motivo mudança de vida, bom preço, o Ângelo pergunta,

a mistura de um papagaio com uma girafa

a Dora e eu ainda não terminámos a nossa luta, estamos empatadas, a Dora não devia ter desperdiçado um trunfo com um disparate que leu num livro, não há nada mais inútil para a vida do que as frases bonitas dos livros, ingénuos os que escolhem a tarefa de reinventar a vida, a Dora ficou envergonhada por ter sido descoberta,

matas tudo o que tocas

o Ângelo insiste,

a mistura de um papagaio com uma girafa

eu e a Dora voltamos aos nossos papéis, somos espectadoras de um artista, estou habituada, sempre que posso assisto aos espetáculos do Ângelo, um desgraçado vestido com calças e colete de cetim azul-celeste, camisa de folhos imaculadamente branca, sapatos de verniz pretos, um desgraçado com olhos azuis esbugalhados, pés enormes, braços compridos de macaco, pega no microfone, há muito que a Dora se recusa a assistir, não gosta de o ver naquela figura, dói-lhe a falta de talento, o fracasso, sempre que posso acompanho o Ângelo, ouço-o ainda antes de ele abrir a boca,

obrigado por terem vindo, eu também estava para vir mas não pude

no início os espectadores ainda se riem mas depressa se apercebem de que foram enganados, de que o comediante é fraquinho, tossem, mexem-se nas cadeiras, os primeiros sinais de descontentamento, se o Ângelo estivesse mais atento, se o palco não o cegasse, todos lamentam o preço do bilhete, os mais afoitos começam a assobiar, o primeiro grito, vai-te embora, palhaço, o Ângelo imperturbável, cego pelo palco, ou pela convicção de que o riso é o melhor que podemos oferecer aos outros, sem considerar que não está ao alcance dessa dádiva, assisto a mais um fracasso, bato palmas, forço gargalhadas, no fim do espetáculo o Ângelo diz

correu bem, não correu

que o público não era nada fácil, concordo, correu bem, acrescento, as pessoas estão cada vez mais exigentes, convido-o a ir até a um bar, um sítio onde nos possamos sentar a beber cervejas, a rirmo-nos, é verdade que os espetáculos correm sempre bem, o que faz a diferença entre palmas e apupos não dura mais que umas horas, corre sempre bem, aplaudam ou apupem o tempo do esquecimento é o mesmo, basta que o Ângelo regresse às duas assoalhadas, ao elefante de jade, às bailarinas e à fruteira dos cisnes, umas horas e já o Ângelo se esqueceu de tudo e já ninguém se lembra do palhaço, talvez o adolescente que atirou a lata de cerveja para o palco, um fã mais emocionado que atirou uma recordação ao artista, flores, atiram sempre flores, flores para os artistas, latas de cerveja para os palhaços, flores, a melhor coisa que se pode dar aos outros, mesmo embrulhadas no chinfrim do celofane, na tristeza das pontas garridas do laço,

um altifalante

o Ângelo fica tão bonito com o fato de cetim azul-celeste e a camisa de folhos, no final alguns espectadores cercam o Ângelo mas em vez de pedirem autógrafos reclamam e o Ângelo compreende, compreende tudo, mesmo os velhos que se levantam a meio do espetáculo, nunca fartos, certamente cansados de tanto se rirem, o riso exige muito do corpo, uma quantidade de músculos em atividade foi o que a Betty ouviu num programa de televisão daquela apresentadora, não me lembro do nome, aquela morena que tem umas maneiras muito femininas, os velhos têm de se levantar a meio do espetáculo por não aguentarem mais, os corpos mais debilitados não podem correr riscos, ficam à porta da sala a perguntar uns aos outros, a rirem-se uns com os outros quando

onde é que foram buscar este espantalho

falam do espantalho que eu aplaudo com tanto entusiasmo que me ficam a doer as mãos, a Dora oferece-me tréguas, deixa para mais tarde o desempate, temos tantas oportunidades,

sempre vais viajar esta noite

nunca respondo sem saber exatamente onde mais tarde a Dora me pode atingir,

não devias beber tanto

o Ângelo conduz

já te disse que não vou contigo, cancelaram a excursão por causa do temporal

não era minha intenção forçar o Ângelo a acompanhar-me, estou habituada a viajar sozinha, não me importo, até gosto,

é verdade, já me tinhas dito, esqueci-me

a Dora olha-me desconfiada, completei a informação para lhe provar que ainda sei o que digo, telefonaste logo de manhã para me avisares mas o dia foi tão, fico uns segundos sem encontrar a palavra, tão, movimentado, ajuda-me o Ângelo, agradeço-lhe, é isso, movimentado, o dia foi tão movimentado que me esqueci, a Dora baixa a cabeça,

se queres espatifar-te na estrada é contigo

recomeçamos, somos tão cansativas, por que não termino com isto tudo dizendo-lhe o quanto a amo, por que me afasto cada vez mais do pedaço mais perfeito de mim, uma cilada, o empregado traz a comida em pequenos recipientes, deseja-nos bom apetite, a Dora serve-se com naturalidade, o Ângelo olha desconfiado para a comida que o empregado deixou, o que faço no Salão Princesa ao lado de um grupo de raparigas que ainda não pararam de dar gritinhos, gargalhadinhas, suspirinhos de namorados melosos, enjoativos, como é que me passou pela cabeça vir jantar ao Salão Princesa quando se sabe que os cabeleireiros nunca serviram jantares, mastigo os pedaços de cordeiro, a Dora come devagar, saboreia a comida, a minha criança sempre

chic, très chic

elegante enquanto eu mastigo ruidosamente e engulo pedaços de carne cada vez maiores, um animal no seu repasto, o Ângelo tenta adivinhar as especiarias, o que vim aqui fazer, o mesmo despropósito que me leva ao Rosa da Manhã que há anos se entaipou numa discussão de herdeiros, encarceraram o sofá de veludo azul, cimento e traves de madeira, o sofá de veludo azul que tanto atormentou a minha mãe quando desatou a puir-se, a afrouxar as molas, a entortar as costas, por a lembrar mandem arranjar este sofá ou deitem-no fora, je vous en prie

da sua pele, ainda mais puída, dos seus ossos, mais esburacados, das suas costas, mais derreadas, a minha mãe que se sabia com a mesma sorte que o sofá, não existem diferenças de maior quando se desata a envelhecer, ambos ficaram monos só que a minha mãe teve um anjo que a salvou e o sofá de veludo azul não, morreu entaipado, um ninho gigante de pombos, um asilo de cartazes, a escola especializada em tango, as outras danças foram tapadas por, Deus está lhe procurando, cobertas por, votar é um de, e por, dia 17 às 15 grande circo, o sofá de veludo azul asfixiado por caca de pombos e cartazes sobrepostos, o Ângelo diz, ainda bem que a comida não sabe tão mal como cheira, a Dora arruma os talheres, na mesa das raparigas um grito em uníssono, olhamos, a noiva abre o presente que as amigas lhe deram, gritinhos, tens de pôr, em uníssono, põe, põe, põe, a Dora abana a cabeça, a noiva, no topo da mesa, pega no que parece ser um véu e coloca-o na cabeça, em vez de uma tiara uma pila enorme, a noiva ri-se com a pila enorme em cima da cabeça e o tule branco que lhe chega pelos ombros, as amigas riem-se, os risos andam pela sala até morrerem nos desenhos dos camelos, no chão de mosaicos pretos e brancos, nos dentes brancos dos indianos todos iguais, a Dora diz, que figura mais triste, a noiva apalpa a pila de pano para responder a uma das amigas que insiste, vá, tens de dizer se é maior ou mais pequena do que a do noivo, maior, gritam as outras, a noiva finge que mede, maior, esta é maior, condescende e faz sinal de desistência, uma das amigas levanta-se para lhe tirar uma fotografia, a noiva está tão alegre, no topo da mesa, com um véu que tem uma pila, encho mais um copo de vinho e ergo-o,

ao sofá de veludo azul

a Dora não levanta o copo, envergonha-se de mim, olha à volta, desde quando tem vergonha de mim, nunca quis saber, o Ângelo toca com o copo no meu, ao sofá de veludo azul, seja lá o que for, um tempo, nada mais do que um tempo, o Ângelo finge que me compreende, diz, um brinde ao tempo, corrijo-o, não, ao sofá de veludo azul, a Dora está prestes a levantar-se, sabe que bebi de mais, antes que a Dora se levante encho novamente o copo de vinho e ergo-o,

ao pedaço mais perfeito de mim, a Dora

acrescento, alto, quase tão alto como uma das amigas da noiva que grita, à noiva, ao noivo e aos amantes dos dois,

à minha filha e ao sofá de veludo azul

tão alto que a Dora me repreende quase sem mexer os lábios, já chega de figuras tristes, eu faço uma triste figura, eu e a noiva e as amigas, e os namorados enlevados, e a família, a Dora vê figuras tristes em todo o lado, podia ver as bonecas com cabeças de bolas de sabão encostadas às bacias pretas, o banquinho da manicura estragado, as ajudantes nos gestos que trouxeram das aldeias, um gorjeio de pássaros em bando, a minha mãe com o vestido amarelo-clarinho, se a Dora visse a avó corria para ela como sempre fez, a minha mãe afagava-lhe os cabelos e pedia à Carminho, dê um jeitinho nos caracóis de mon ange, é tão parecida comigo, não acha, e a Carminho, parece copiada, a Dora não vê as ajudantes que aproveitam a distração para lhe roubarem segredos,

não sabe quem é o pai

a avó tinha medo que fosse preta

foi um milagre ter nascido normal

se saísse à mãe era mais uma desgraçada que por aí andava

a Dora, a minha criança, de mão dada com a avó por salões de beleza moribundos, em casas de chá agonizantes com os lábios sujos de chocolate quente, a minha criança alheia à morte que a rondava, de mão dada com a avó, um anjo protegido dos abismos do tempo, todos sabem que os anjos são eternos, o Ângelo pede a lista das sobremesas, está bem-disposto, acha graça ao véu com a pila, levanta o copo na direção da noiva, ao casório, diz o meu espantalho louro de olhos esbugalhados, a Dora está impaciente, quer ir para casa, amanhã levanta-se cedo, tem de apanhar três transportes para chegar ao emprego, enquanto veste a farda diz a uma das colegas que jantou num restaurante indiano, a colega diz que há um muito bom em, uma das chefes aproxima-se, a conversa dos restaurantes alarga-se, a colega gostava de experimentar um japonês, a chefe diz que a cunhada foi noutro dia a um de comida tailandesa e africana, a Dora não diz mais nada, a minha criança tem o hábito de comprar com uma frase como esta, ontem fui jantar a um restaurante indiano, o silêncio do resto do dia, a minha Dora podia contar-lhes a vergonha que tem de mim, do Ângelo, um espantalho com os olhos esbugalhados alguma vergonha há de causar, mas cala-se, a noiva gargalha com a pila na cabeça, o empregado aproxima-se a pedido do Ângelo para lhe dizer de que é feita uma sobremesa que tem um nome esquisito, peço uma para mim, a Dora não quer nada, quer ir para casa, amanhã tem de estar descansada para não confundir a nabiças espanholas sem pesticidas com os espinafres espanhóis sem pesticidas, ou outra coisa do género, tem de estar bem-disposta para posar para o artista que há anos se esforça por matar a carne de que a fiz, secar-lhe o sangue com que a inundei, libertá-la da impossibilidade de me odiar, na casa do artista uma outra Dora, de pedra, finalmente livre de mim,

como é que tens coragem de comer mais

esta é fácil de responder, muito fácil, minha pobre escultura,

é uma questão de apetite, não de coragem

o Ângelo quer rir-se mas não se atreve, tem de se manter imparcial nas nossas lutas, só o aceitamos nessa condição, o Ângelo nunca o admitiu mas gosta de nos ver lutar, proporcionamos-lhe um excelente jogo, magoamo-nos com cada palavra, estiletes enterrados sem compaixão, com cada gesto, um veneno cuidadosamente distribuído, raramente desperdiçamos uma oportunidade, a Dora levanta-se, desrespeita-me, ambas sabemos que uma luta deve ser travada até ao fim, nunca desistimos, quando se levanta a minha criança tem consciência de que faz batota, jogo sujo, demonstra que me despreza ao oferecer-me a vitória, não me importo, amanhã recomeçamos, não nos sabemos ter de outra forma, amanhã recomeçamos, a Dora dirige-se para a porta, passa pela mesa das raparigas, para a olhar para a noiva, o que a fez parar, aproxima-se do topo da mesa e num gesto arranca o véu à noiva, atira-o para o chão, não sei o que lhe deu, as amigas da noiva não reagem, a noiva também não, a raiva da minha criança apanhou-as desprevenidas, o empregado estaca, traz nas mãos as sobremesas que tínhamos pedido, a Dora empurra a porta do restaurante e sai, uma das amigas da noiva apanha o véu e coloca-o novamente na cabeça da noiva, olha para nós, o Ângelo levanta-se e pede desculpa, outra rapariga diz, estúpida, que grande estúpida, e todas insultam a minha criança, o pedaço mais perfeito de mim, a possibilidade de a Dora se ter ido embora inquieta o Ângelo, claro que não, está lá fora à nossa espera, sempre foi razoável, nunca perde o juízo, nunca se engana a passar os códigos de barras, carros e carros de compras sem um engano, qual quer dia é promovida a operadora de segunda, o Ângelo diz,

vais sempre longe de mais

como é que um desgraçado como este se atreve a censurar-me, rio-me alto, não acredito que o Ângelo me queira repreender, o Ângelo não pode arriscar meter-se entre nós, tomar partido,

nunca fui longe de mais, nunca, até porque não há sítio nenhum que seja longe de mais como pode o Ângelo falar do que não sabe, nem os mapas que coleciono me levam para longe, muito longe, por exemplo, a Terra de Wilkes, gosto da terra de Wilkes, uma terra do outro lado do mundo, gosto das terras de papel, terras a que não associo nada, terras que por momentos podem ser o longe que procuro, está tudo tão perto de mim, estou sempre tão perto de tudo, da dor das palavras com que atinjo a Dora, do braço do Ângelo que me agarra, da casa que hoje vendi, da minha mãe, do meu pai, dos jarros que a Dora colhe para lhes oferecer, dos pelos que nunca venci, das minhas ceras, nunca vou para longe de mais, dirijo-me ao balcão da Augusta para pagar, quero ir embora,

> ninguém se vai embora do passado

tropeço, ainda não estou bêbeda mas já todos pensam que sim, as bonecas com cabeças de bolas de sabão, as ajudantes, a Carminho, a Augusta, o casal melado de namorados, as raparigas histéricas, todos me lamentam, não há nada mais triste do que uma obesa entre o tipo I e II a cambalear, sorrio às raparigas, à noiva que tem novamente o véu com a pila na cabeça, ao princípio é só um movimento dos lábios, depois, involuntariamente, formo gargalhadas, vagas sonantes que me abanam, a minha mãe compõe as pregas do vestido amarelo-clarinho, as ajudantes roubam-me segredos que lhes queimam as línguas, daqui a nada fogem-lhes,

> não houve rapaz neste bairro com quem não tenha ido até que se meteu com um retornado preto e já mais nenhum a quis

se o pai não estivesse maluco morria de desgosto

dizem que todas as noites anda por aí a cair de bêbeda

digo ao indiano, se a Augusta dá conta que lhe roubou o bengaleiro é bem capaz de lhe pôr a mão na cara, o Ângelo pede-me, vamos para casa, pede-me baixinho, por favor, agarro o braço do indiano, a Augusta, onde está a Augusta, o Ângelo pede desculpa, agora está sempre a pedir desculpa, a minha mãe abana a cabeça, para mim, para o Ângelo que me põe a carteira no ombro, os namorados olham-nos estarrecidos, estão tão longe do meu desespero, as raparigas calam-se, desde que chegaram é a primeira vez que estão caladas, o Ângelo arrasta-me para fora do Salão Princesa, o indiano que usurpou o bengaleiro da Augusta abana a cabeça, caminho sobre o tabuleiro gigante de xadrez, vendi a casa onde nasci, encarceraram o sofá de veludo azul num asilo de pombos, o Salão Princesa é este restaurante

pourri, completamente pourri

onde a minha mãe se recusa a entrar, a dona do salão morreu, deixou na chaise longue o coração avariado, os olhos maravilhados, um misterioso sorriso nos lábios pintados de carmim

o grande mistério do sorriso dos mortos

e dezenas de caixas de comprimidos vazias, a dona do salão na chaise longue, depois de o coração se ter cansado de a levar para o céu de outras vidas, não deixou mais nada, a Carminho encerrou o salão, prestou contas aos herdeiros e foi para o estrangeiro limpar os rabos de velhos suíços, alemães, ingleses, são todos parecidos, cheiram todos mal, o Ângelo continua a pedir desculpa, consegue ter alguma graça neste papel atrapalhado, os olhos azuis mais esbugalhados, as palavras entrecortadas, tem graça neste papel, se atuasse tão bem nos espetáculos tenho a certeza de que o público se divertia, o Ângelo puxa-me, sou pesada, resisto, a minha criança está lá fora, não fugiu para a casa que hoje vendi, não foi salvar as gaiolas, ou a revista que ficou na mesinha de cabeceira, não pode salvar os avós do esquecimento a que os condenei, os novos proprietários vão desfazer-se do cheiro do escritório do meu pai, da minha cama, do papel às rosas dos armários da cozinha, da bicicleta da Dora, vão desfazer-se de nós, alcançamos a rua, a Dora está à nossa espera,

amanhã saio de casa

tu dizes disparates e depois eu é que estou bêbeda

dirigimo-nos para o carro, o Ângelo decide que conduz, não o contrario, estou assustada com a ameaça da minha criança, não se pode ir embora, preciso dela, mais ninguém me consegue magoar, a Dora nasceu para que eu tivesse esse privilégio, não nasceu para s a l v a r os meus pais como aconteceu, o Ângelo liga os limpa-para-brisas, seguimos em silêncio, olho para a cidade que se esborrata, uma pintura feia, olho para o chão de água que os faróis iluminam, para os prédios amolecidos, a cidade dilui-se nos meus olhos chorosos, ou no temporal que finalmente chegou, o espetáculo vai começar, pergunto, em quantos bocados se divide o cérebro de uma mãe

nem o Ângelo nem a Dora me respondem, continuam em silêncio, não estão a fazer de conta que não sabem, estão zangados, castigam-me,

depende da pancada

ah, diz o Ângelo com o enfado de quem se recorda de uma má piada, a Dora continua calada, conto outra piada e mais outra, nenhum deles se ri, não sabemos o que oferecer aos outros o que o céu

o funcionário do banco pede-me que aguarde que os compradores cheguem, a escritura estava marcada para as duas, digo, sim mas com esta chuva é provável que se atrasem, o funcionário fala com exagerada polidez, o notário também ainda não chegou, esta chuva atrasa tudo, as palavras do funcionário são todas ditas no mesmo tom, a educação ajuda-o a calar os inoportunos como eu, retiro-me, o funcionário retoma o trabalho, está aborrecido por o ter interrompido, é a segunda vez que o desvio do computador, da primeira vez falei do temporal, um caos, gosto muito de utilizar esta palavra, caos, um caos, repeti, depois detalhei o caos, quatro acidentes, uma inundação grave e outra menos grave, árvores caídas, estradas cortadas, o funcionário ouviu-me no silêncio educado que matava a conversa, as tragédias que descrevia esfumavam-se na cara imperturbável do funcionário, logo que teve oportunidade o funcionário regressou ao ecrã luminoso, exercitou os dedos esticando-os e encolhendo-os em cima do teclado, um pianista em exercícios de aquecimento, voltou aos formulários, escreveu nos espaços correspondentes, casados no regime de, residentes, telefone fixo, móvel, profissão do cônjuge marido, do cônjuge mulher, rendimento mensal, intervenções cirúrgicas, doenças crónicas, o funcionário não deve saber mais das pessoas do que o que permitem os espaços já definidos, é certo que o funcionário dispõe de um espaço genérico, outras observações, para qualquer coisa importante que não tenha sido previamente definida mas que normalmente fica por preencher, o que talvez prove que não há muito a dizer, que os feitores dos formulários sabem o que fazem, o funcionário aborrece-se de passar o dia a recolher estas informações, um trabalho monótono, o funcionário até podia admitir que detesta o que faz se isso não o revoltasse mais, não fosse a troca do apartamento, o carro novo da mulher, o computador da filha mais velha, o infantário do mais pequeno, as férias de verão, e ninguém o obrigava a levantar-se cedo para se sentar a uma secretária a recolher informações enfadonhas sobre anónimos tão enfadonhos como as informações a que dão origem, o funcionário ficava a dormir todas as manhãs ou partia num cargueiro e dava a volta ao mundo, quando era novo sonhou com isso, o funcionário junta os formulários para os levar ao chefe, um piso acima, um gabinete fechado, não o open space, que o funcionário partilha com meia centena de desgraçados como ele, o chefe com uma secretária maior com tampo de madeira, uma cadeira com apoio para os rins e para o pescoço, regulável em altura, um computador com um ecrã maior, uma central telefónica, uma caneta dourada

veja lá se está tudo em ordem, veja lá se não me arranja problemas

para apor a responsabilidade dele, o chefe do funcionário aborrece-se com os pedidos de crédito monótonos que anónimos igualmente monótonos fazem, não fosse a casa de férias, o monovolume novo, o patrocínio do filho velejador, as viagens da filha poliglota, e ninguém o obrigava a levantar-se todas as manhãs para se enfiar neste gabinete, apesar da secretária e da cadeira regulável, do computador mais potente e da central telefónica, o chefe do funcionário dedicava-se à agricultura biológica, em novo quis ser agricultor e preocupa-se com os nitratos nos legumes, o chefe do funcionário assina os pedidos de crédito e coloca-os em pastinhas com capas transparentes, depois de ter aposto a assinatura no espaço que está reservado para o efeito, o chefe do funcionário junta as pastinhas para levá-las ao chefe dele, um piso acima, com vista, um gabinete maior, uma secretária toda em madeira com gavetas com chave, uma cadeira ergonómica em cabedal, um candeeiro de porcelana, um computador com ecrã maior, uma central multifunções, uma caneta ainda mais dourada, o chefe do funcionário bate à porta e o chefe do chefe do funcionário recebe as pastinhas agastado,

> veja lá se está tudo em ordem, veja lá se não me arranja problemas

também o chefe do chefe do funcionário está maçado com os pedidos de crédito fastidiosos que anónimos igualmente fastidiosos fazem, não fosse o chalezito na neve, a casa num condomínio de luxo, a estada em Londres da filha mais velha, a especialização do filho do meio nos EUA, a mania do mais novo de ser artista, os carros de todos, as motos de todos, os cigarros e as bebidas de todos, as vaidades de todos, ah, os fins de semana com a amante em Nova Iorque, e ninguém o obrigava a levantar-se todas as manhas para se enfiar num gabinete com uma vista tão acanhada, o chefe do chefe do funcionário fazia um retiro de silêncio e escalava montanhas ao nascer do dia, uma vida saudável, não fosse a vida que tem e era um asceta, o funcionário continua no seu trabalho

a quantidade de coisas de que as pessoas se convencem que precisam

tão estupefacto como a minha Dora no hipermercado, a quantidade de coisas de que as pessoas se convencem que precisam, o funcionário olha lá para fora através do vidro, o open space não tem janelas por causa do aquecimento central ou do ar condicionado, uma razão qualquer, ao princípio o funcionário não gostou de vidros a fazerem de janelas mas já se habituou,

tinham medo que nos atirássemos

o funcionário tem um tipo de humor que os colegas nunca apreciaram e

se tivéssemos uma pontinha de lucidez era o que fazíamos

que o torna ainda mais sozinho, o funcionário olha para a chuva que não para, há muito que tem os pensamentos como a única coisa que verdadeiramente possui, como é que vou chegar a horas ao infantário, num dia normal já é o que é, onde é que vou estacionar para comprar o frango, devia ter dito à mulher que hoje não era um bom dia para ir comprar um frango, devia ter dito se não evitasse falar, aprendeu a poupar-se à voz da mulher,

> meio com picante e meio com molho de manteiga para os miúdos, dois pacotes de batatas fritas, se ainda houver pão, daquele cozido em forno de lenha, traz dois que eu congelo um, se tivéssemos comprado a arca maior como eu queria trazias três ou quatro, assim

a voz da mulher é tão irritante, quando namoravam não podia ter aquela voz, ninguém se engana tanto, além da voz irritante a mulher tem o irritante hábito de não parar de falar,

> vê se chegas a horas, não quero chegar atrasada à reunião de condomínio, sempre quero ver a lata do administrador a propósito da avaria dos elevadores, para ele que mora no primeiro andar até podia nem haver elevadores, espero que me ajudes, noutro dia a vizinha do 6.º B, aquela que tem sempre as raízes do cabelo por pintar, teve a lata de me dizer, quer dizer, insinuou que tinhas medo do administrador

a mulher do funcionário diz lata por tudo e por nada o que o enerva muito, o funcionário não se lembra de em solteira a ouvir,

> sempre quero ver se tens a lata de não te casares comigo ao fim de tantos anos de namoro

mas a mulher também não falava ininterruptamente como agora,

> também digo, se há uma pessoa que neste prédio faz falta é o ex-marido dela, ela não gosta nada que digam ex-marido mas se estão divorciados não vou dizer marido, o ex-marido dela quando abria a bocarra insultava o administrador de tudo, só por isso tenho pena que se tenham divorciado

a mulher do funcionário também gosta muito da palavra bocarra o que o enerva muito, o funcionário lê o que acabou de escrever e carrega na tecla delete, tem saudades da máquina de escrever, de ter de estar atento ao que fazia, frequentou a ação de formação profissional a que o banco o obrigou, acrescentou no curriculum vitae, bons conhecimentos de informática na ótica do utilizador, para agora passar o tempo a ouvir a mulher e a carregar na tecla delete,

> vou falar da mancha da parede da sala, a vizinha do 5.° F, a do cão, refilou e tem a sala toda pintadinha, fui lá ver, nem imaginas o cheiro a cão, e os sofás cheios de pelos, os animais não foram feitos para viver em apartamentos, os animais deviam ser proibidos no prédio, o sítio dos animais é na rua

o funcionário inicia o preenchimento de mais um formulário, compra de imóvel sito na rua, nome, morada, profissão, rendimento mensal ilíquido e líquido, estado civil, regime de bens, nome, profissão do cônjuge, rendimento ilíquido e líquido, número de pessoas a cargo, o funcionário verifica todas as informações, seguro obrigatório no montante de, seguro de vida, saúde, três linhas, doenças crónicas, intervenções cirúrgicas, internamentos, esta é a única parte de que o funcionário gosta um bocadinho, ainda se surpreende com a diversidade de doenças, cataplexia, hidrocelo, claudicação intermitente, chega a casa e consulta a enciclopédia médica familiar encadernada em pele e com fio de ouro que comprou há uns anos a prestações a um homem que lhes bateu à porta, quando a mulher vê o funcionário à procura das doenças ralha-lhe

> ainda ficas hipocondríaco como o vizinho do 7.º H, já não te posso ver de volta das doenças

mas o funcionário continua a ler as descrições das doenças, se a voz da mulher o deixasse hoje que chove tanto, anunciaram um temporal,

> vê se chegas a horas, sabes que o miúdo desata a chorar quando os outros se vão embora, coitadinho, bem basta o dia todo,

o funcionário tem de chegar antes dos pais dos colegas do filho para que o filho não desate na choradeira que cansa as auxiliares,

> já não o podíamos ouvir, não é por nós é por ele, já viu o estado em que esta criança fica

as vozes das auxiliares são tão irritantes como a da mulher, o funcionário já sonhou várias vezes que era um serial killer de vozes de mulheres, nos sonhos depois de assassinar as vozes de todas as mulheres o funcionário passeia feliz num paraíso silencioso, ainda bem que o funcionário não sabe como assassinar uma voz, o silêncio dos sonhos é tão tentador, o funcionário escreve nas informações complementares do novo processo, que raio fiz eu da minha vida, carrega na tecla delete e passa ao pedido seguinte,

que raio fiz eu da minha vida

a sala onde espero pelos compradores tem uma bonita vista sobre a cidade, um jogo de sofás pretos de linhas modernas, uma mesa com uma base cromada, muito brilhante e com tampo de vidro onde está a revista em que pego, podia olhar para a cidade à chuva, gosto de olhar de longe para as coisas, é tudo tão perfeito quando visto de longe, não há mistério no amor que o criador nos dedica, é fácil amar-nos de longe, olho para a cidade, folheio a revista a pensar no que podia fazer em vez de estar a folhear uma revista que não me interessa, logo na segunda página

subscreva um plano de reforma

uma ordem devidamente ilustrada pelo sucesso de um velho que a cumpriu, o velho que subscreveu atempadamente o plano de reforma está num campo de golfe a sorrir, os dentes tão cintilantes, verifico se a malha caída dos meus collants avançou, o pacote dos collants garantia haute résistance, foram até mais caros, por enquanto a malha está parada numa ameaça, daqui a nada sou um buraco enorme, olho impotente para a malha caída, um risco de desmazelo ao longo da perna, haute résistance, olho para os sapatos manchados e para a gabardina com pequenos salpicos de lama, o vestido garrido por baixo da gabardina, volto à revista, subscreva o plano de reforma e fique uma pessoa perfeita, tiro o velho do campo verde cheio de sol e ponho-o à chuva à espera de um táxi, logo que o expulso do paraíso da fotografia o velho passa a ser mais um velho como tantos outros a tremer de frio,

a felicidade depende das circunstâncias

o vento já partiu duas varetas do guarda-chuva do velho que quer um táxi, é por isso que agita os braços, o táxi passa pelo velho sem abrandar no lago criado por uma sarjeta entupida, um lago que se estilhaça no corpo do velho, o velho pragueja contra o temporal, o taxista, a vida, mostra os dentes amarelados em arreganhos de cão zangado, de nada lhe vale o plano de reforma que obedientemente subscreveu, olho para os telhados, escolho uma rua onde o velho procura um táxi, vista daqui a cidade é muito bonita, os telhados peças de um jogo, as ruas um labirinto, as copas das árvores nuvens verdes, o criador escolheu o melhor ponto de vista se o aceitarmos no céu como dizem que está, avanço na revista que cheira a tinta e que tem páginas coladas que fazem um barulho engraçado quando as solto, ninguém tinha folheado esta revista,

subscreva um plano de investimento com uma taxa de juro

um homem muito bonito ao volante de um descapotável ilustra as vantagens do plano de investimento e os outros homens fazem de conta que acreditam que podem ficar assim, uma questão tão irracional como a fé, faço ao homem do descapotável o que fiz ao velho do campo de golfe, tiro-o do carro e da estrada bonita e ponho-o à chuva à procura de um táxi, como o homem do descapotável é novo e ginasticado corre tudo bem, uma corrida e um assobio e um táxi para, mudo o plano, coloco-o numa fila para comprar o bilhete para o cinema atrás de uma mulher que compra bilhetes para ela e para uma amiga, a mulher escolhe os lugares na planta, dou ao homem a vontade de ver apenas o filme que começa dali a dois minutos e a mania de não entrar numa sala de cinema depois de o filme começar, o homem está irritado, pede à funcionária se o atende enquanto a senhora não se decide mas a funcionária diz, um de cada vez, depois disso a mulher ainda se demora mais, não sabe se a amiga quer uma coxia, a coxia tem a vantagem de se poder esticar as pernas, são tão desconfortáveis estas salas novas, mas tem o inconveniente de se ver o filme de lado, o homem olha para o relógio, anda há mais de um mês para ver o filme, de nada adianta ser novo, bonito, saudável, o plano de investimento, o filme que quer ver está quase a começar e o da mulher e da amiga só começa daqui a meia hora, a mulher verifica o troco, tem dúvidas, fez o desconto do cartão, a senhora do guichê explica, só posso fazer desconto num dos bilhetes, a mulher tem tempo de explicar, a minha amiga também tem cartão, tinha de o ter exibido, de reclamar, não está certo, devia ser permitido mostrar o cartão depois, a senhora do guichê, são as regras, o homem percebe que não é hoje que vê o filme porque não consegue entrar atrasado, uma mania, é só o genérico, tentou dizer-lhe a última namorada, não interessa, já não consigo ver o filme, a mulher guarda os bilhetes e o troco, o homem confirma as horas com a mulher do guichê para ver se o relógio dele não se adiantou por um azar, se a exibição do filme não se atrasou por uma sorte, a mulher do guichê diz, esse já começou mas o da sala três só começa daqui a meia hora, e o das oito daqui a dez minutos, o homem vira costas sem agradecer, a mulher do guichê refila, mal-educado, olho para o homem do descapotável depois de lhe ter estragado o dia só porque encontrou aquela mulher na fila dos bilhetes de cinema, pequenas coisas que infernizam a vida, viro a folha da revista, podia tirar-me deste sofá onde me afundo, desta sala, substituir os collants, a gabardina, o vestido garrido, o corpo, a cara, o cabelo encrespado,

a infelicidade depende das circunstâncias

volto à revista, uma série de páginas com a entrevista ao administrador do grupo, nos cantos, em cima ou em baixo, anúncios, um condomínio exclusivo, salão com duzentos metros quadrados e vista, piscina aquecida, um carro enorme, um telemóvel minúsculo, leio as palavras do administrador que o editor pôs em destaque, uma fotografia do administrador num gabinete muito, muito grande, no último piso, uma vista esplendorosa da cidade, a secretária e a cadeira desenhadas por um arquiteto que é dos melhores do mundo duma lista que alguém se encarregou de fazer, uma caneta em ouro, outro grupo de palavras a negro, ocuparam a casa da minha família, a fábrica, os ocupantes não estão identificados, tivemos de fugir, os anos do exílio fizeram-me gostar mais do meu país, voltámos porque o país precisava do nosso trabalho, viro a página, mais uma fotografia, uma mulher sentada no sofá onde o administrador descansa a mão, o cabelo louro muito penteado, um vestido que lhe assenta tão bem, a perna elegantemente traçada, o colar de pérolas, uma senhora, chic, très chic,

como se matam os fantasmas

daqui a nada vendo a casa, passo os olhos pela cidade, não tenho a vista esplendorosa do gabinete do administrador nem os dias de sol que o acompanham, um homem como ele não tem o incómodo dos dias de chuva, regresso aos cromados, espelhos, um bocado da minha cara deformado numa das pernas da mesa, verifico se a malha caída ainda não avançou, dispo a gabardina, regulam sempre mal o aquecimento, um calor seco que me arranha a garganta,

devíamos ir embora, Baltazar

devia levantar-me e perguntar ao funcionário se por acaso os compradores telefonaram, ou o notário, interromper o funcionário pela terceira vez uma vez que fumei três cigarros, o tempo ordenado em coincidências que forço, devia perguntar se aconteceu alguma coisa, com este tempo não me admirava, ajeito-me no sofá, leio a legenda por baixo da fotografia, acompanhado da esposa que amavelmente nos recebeu em, a minha mãe ao lado do meu pai que escolheu para se exilar um quintal cheio de gaiolas, um hábito, os hábitos são difíceis de desentranhar, o meu pai que nunca chegou a perceber como gostava do país, nem como o país precisava dele,

ouve-me, Baltazar

os saltos finos da minha mãe de um lado para o outro no quarto, a pararem bruscamente na borda da cama, ao lado do meu pai,

> este país não nos merece

o cabelo penteado da minha mãe muito perto do rosto do meu pai, o colar de pérolas quase a tocar no ombro dele, escuta-me Baltazar, mas o meu pai já estava longe, já se tinha exilado no hábito de ficar horas no quintal a olhar para os pássaros,

> o teu pai não está maluco, nunca mais te quero ouvir a dizer semelhante disparate

o meu pai não enlouqueceu, foi apenas um hábito que tomou conta dele, a loucura é um abismo, não um caminho que se faz com mais ou menos vagar, o teu pai está bem, só precisa de estar sozinho, nada mais do que isso, não te quero ouvir a repetir os disparates que ouves na rua, e eu não repetia, e com o tempo ganhei o hábito de considerar tudo normal, os pássaros, centenas de pássaros, as gaiolas cada vez maiores, as paredes todas tomadas, habituei-me ao caos em que o quintal se tornou, o meu pai nunca ficou xexé como o Ângelo diz, é tão maldoso o Ângelo,

> ninguém fica xexé aos bocadinhos

a loucura é um abismo onde alguns desgraçados estão condenados a cair, ou se condenam, para o efeito vai dar ao mesmo, quando se deitava a minha mãe sem apagar a luz, com o livro das orações no peito, santo anjo do senhor, temos de nos ir embora, Baltazar, meu zeloso guardador, e o meu pai num assomo do que tinha sido, deixa-me em paz mulher, pois a ti me confio, a minha mãe sem apagar a luz, hoje e sempre me governa, rege, guarda e ilumina, o que vai ser de nós, Baltazar, as mãos da minha mãe desfiavam as contas do terço enquanto o meu pai fingia que estava a dormir, aos poucos a minha mãe foi ganhando o hábito de estar sempre a criticar a revolução,

não tarda nada e chacun à sa place

um hábito, os hábitos são tão difíceis de desentranhar, nas reuniões das quartas, sempre gostava de saber de que se orgulham os revolucionários, dizia a minha mãe às parceiras da canasta, só se for das colónias nas mãos dos bárbaros, ou das casas e das terras ocupadas por ladrões, só se for disso, sempre gostava de saber donde lhes vem o orgulho, insistia a minha mãe enquanto as parceiras não desapareceram das tardes de quarta feira, aproveitaram o desaguisado com a tonta da Clarissa para fugirem do hábito perigoso que a minha mãe apanhou, a tonta da Clarissa que começou a dar-se ares só porque o filho aparecia de camuflado na televisão, um oportunista com mau aspeto nas palavras da minha mãe, um herói da revolução nas palavras da tonta da Clarissa, a verdade depende do ponto de vista, ao princípio as parceiras ainda tentaram arrancar a minha mãe daquele hábito

os tempos mudaram, Celeste

mas com o tempo perceberam que nada podiam fazer, nada podiam contra o hábito que tinha tomado conta da minha mãe, .

por amor de Deus tem mais cuidado com o que dizes, Celeste

uma cambada de oportunistas, não tarda nada e chacun à sa place, são sempre os mesmos que ganham, toujours les mêmes, os oportunistas

ainda arranjas problemas, Celeste

não falo de política, falo da natureza humana que para o bem e para o mal não há revolução que a mude

não fales tão alto Celeste, ainda te metes num sarilho

viva cem anos que não lhes perdoo o que fizeram

as parceiras da canasta desistiram de salvar a minha mãe do hábito de dizer inconveniências e deixaram-na a falar sozinha, a cabeça pousada nas costas do sofá e a dizer baixinho, uns anos, poucos, e ninguém se lembra de nada, vão esquecer-se, uns anos, poucos e todos se vão esquecer para não terem vergonha de terem falhado tanto,

o povo vencido nunca mais será unido

e mais uns anos, poucos, e já ninguém sequer se lembra de ter falhado tanto, os revolucionários que nos cercaram, ou melhor, nas palavras da minha mãe, o bando de arruaceiros que nos quis assaltar,

> a verdade está sempre entre nós e os outros, não pertence a ninguém

vão esquecer-se de nos terem cercado, de terem considerado o meu pai um inimigo da revolução, a minha mãe sempre falou num bando de arruaceiros que nos quis assaltar, nunca em revolucionários, foi numa tarde bonita de primavera, já nos tínhamos habituado

> as revoluções nada mais fazem do que substituir as vítimas, o teu pai teve azar, foi só isso

a receber cartas e telefonemas anónimos, depois de lamentar a cobardia dos autores a minha mãe proibia que se falasse mais sobre o assunto, se eu perguntava alguma coisa para perceber as ameaças, a minha mãe

> de que lado estás, Violeta, não se podem servir dois senhores, Violeta

zangava-se, avisava-me que não admitia que eu desconfiasse do que o meu pai tinha sido, ou feito, calava-me, não por respeito, por indiferença, tanto me fazia, a verdade não me interessava, tanto me fazia que o meu pai fosse um carrasco ou uma vítima, um traidor ou um injustiçado, tanto me fazia, naqueles dias que recordo como todos iguais a verdade não me interessava, o meu pai ia para o quintal tratar da coleção de pássaros e a minha mãe fechava as portadas da sala e pensava em Paris, na única vez que tinha ido a Paris, já que o meu pai não viu nada de especial em Paris e nunca mais quis lá voltar,

> quando isto acalmar vamos a Paris, o que te parece, Baltazar, não achas que era bom irmos a Paris

a minha mãe insistia mas o meu pai dizia sempre que era uma cidade como outra qualquer, devia ter razão, as cidades acabam todas por parecer-se, isso aconteceu antes dos dias se terem tornado todos iguais, nesses dias quando a minha mãe fechava as portadas e ficava a pensar em Paris o meu pai estava longe, viajava pelo coração dos pássaros, com o tempo a minha mãe desistiu de voltar a Paris, com o tempo desistiu de perguntar

> não achas que devíamos sair do país, Baltazar

o que diziam as vizinhas, o homem do talho, a padeira, na casa de chá, no Salão Princesa, com o tempo a minha mãe desinteressou-se, ganhou a certeza de que era tudo passageiro, uma nuvem como mais tarde uma canção da telenovela, eu sou nuvem passageira que com o tempo se vai, ninguém recorda uma nuvem que por segundos tapou o sol, daí que também ninguém se recorde da obstinação da minha mãe quando se recusou a guardar o vison, ou a substituir as joias por pechisbeque, nem as parceiras da canasta, que tanto a aconselharam a guardar tudo o que pudesse ser entendido como contrário à revolução, se lembram

> continuas assim e qualquer dia arranjas um problema grave, Celeste

de terem aproveitado o desaguisado com a tonta da Clarissa para debandarem, não se lembram de terem abandonado a minha mãe, as quartas-feiras silenciosas como nunca tinham sido e mesmo assim a minha mãe satisfeita por ter expulsado de casa a tonta da Clarissa, uma criatura que achava que podia mandar em tudo porque o filho aparecia de camuflado e com os cabelos compridos na televisão, a tonta da Clarissa que nunca percebeu nada de moda mas que afrontou a minha mãe e as revistas de moda que a minha mãe comprava, que estão no sótão cheias de bolor, os compradores quando as encontrarem vão folheá-las e rir-se de como se usavam as calças, os sapatos, os compradores não têm como saber do desaguisado com a tonta da Clarissa, a minha mãe e as parceiras estavam sentadas nos lugares habituais na mesa de jogo, a minha mãe tinha tocado a campainha, um sino com um badalo em prata, e a Maria da Guia apareceu vinda da cozinha, com a farda engomada, os sapatos engraxados, irrepreensível, nunca fez esperar a minha mãe, ainda se ouvia o toque do sino e a Maria da Guia assomava à porta e perguntava no tom que distingue as boas criadas, precisa de alguma coisa, minha senhora,

uma criada quando bem ensinada parece que consegue estar em todo o lado ao mesmo tempo

as parceiras invejavam a forma como a minha mãe tinha ensinado a Maria da Guia, a minha mãe mandou que a Maria da Guia servisse o chá e a tonta da Clarissa, sem medir as palavras, o tom, continuou a conversa que o toque do sino tinha interrompido,

> como estava a dizer, há uns tempos que ando para te chamar a atenção, já não se usam peles, joias, agora, minha querida, é tudo mais descontraído, mais popular

na presença da Maria da Guia, a tonta da Clarissa a dar-se ao luxo de ser inconveniente só porque o filho tinha um cargo importante na revolução, a minha mãe mandou retirar a Maria da Guia, e a tonta da Clarissa opôs-se, o que vou dizer interessa-lhe, fica, disse para a Maria da Guia que se viu na aflição de não saber se devia sair ou ficar, a minha mãe deu-lhe permissão e a Maria da Guia ficou, a tonta da Clarissa, e isto, pegou no avental, numa prega da saia da farda, também já não se usa, minha querida, a Maria da Guia corou e a minha mãe mandou-a sair imediatamente, há coisas que uma criada nunca deve ouvir, a tonta da Clarissa pegou num cigarro, tinha deixado de usar a cigarreira e o isqueiro em prata, sabe-me bem um cigarro antes do chá, disse, as restantes parceiras calaram-se, nem a respiração se lhes ouvia,

> o que deu à Celeste, sempre tão razoável, para o que havia de dar à Celeste

não sei o que passou pela cabeça da tonta da Clarissa para afrontar a minha mãe na sua própria casa, desafiá-la à frente da Maria da Guia, as parceiras começaram a falar sobre várias coisas ao mesmo tempo para disfarçarem o que tinha acontecido, estavam convencidas de que a minha mãe não ia responder já que tudo, especialmente o filho com o cargo na revolução, a aconselhava ao silêncio, a minha mãe hesitou, os animais quando acossados hesitam para escolherem a morte mais digna, não para se renderem,

> o que já não se usa é o trabalho e sacrifício que eu fiz para comprar o que tenho, o trabalho e o sacrifício são as únicas coisas que já não se usam, o teu filho e os outros oportunistas nem sabem o que isso é

a tonta da Clarissa pousou o cigarro e o isqueiro de plástico, as parceiras engoliram em seco, a minha mãe

> o teu filho e o resto da escória mandam no país, ainda por cima mal, para desgraça de todos, mas na minha casa e na minha criada, enquanto puder, mando eu

expulsou a tonta da Clarissa que ainda tentou defender-se, a expulsão da tonta da Clarissa serviu de aviso às restantes que permaneceram em silêncio, em caso de perigo os ratos fogem logo, é certo que fazem barulho, uns guinchos, as parceiras da canasta não fizerem barulho nenhum mas

> quem renega o passado não entra nesta casa

passaram a reunir-se na casa da tonta da Clarissa, entremeando biscoitos e chá com os detalhes da tareia que o meu pai levou, das cartas e dos telefonemas anónimos que recebíamos,

> o que deu à Celeste, sempre tão razoável, para o que havia de dar à Celeste

de vez em quando entretinham-se a apiedar-se da minha mãe, o azar com o marido, com a filha, a minha mãe que às quartas-feiras mandava a Maria da Guia para a cozinha nesta casa nada mudou

e pouco antes da hora do chá a Maria da Guia tinha os petits fours enfeitados como sempre, o bule e uma chávena num tabuleiro, a toalha de renda na mesa sem uma nódoa, um vinco,

com ou sem visitas esta casa merece o melhor

nada tinha mudado para a minha mãe, a mesma intransigência, o mais pequeno desleixo era severamente repreendido, às quartas-feiras a minha mãe sentava-se sozinha na mesa de jogo e saboreava os petits fours e o chá, e se por acaso os petits fours mais maçudos, o chá menos quente, um vinco na toalha, logo a minha mãe

onde andas com a cabeça, Maria da Guia

ralhava com a Maria da Guia, a casa sempre mereceu o melhor e não era a debandada de meia dúzia de cobardes que ia alterar o que quer que fosse, o bule continuou a ser escaldado, a farinha da génoise muito bem peneirada e os ovos batidos à mão,

não basta seres melhor do que as outras criadas, tens que ser a melhor, há uma diferença entre uma coisa e outra, fiz-me entender, Maria da Guia

todas as quartas-feiras a minha mãe e a Maria da Guia se esforçavam por manter o que até ali tinha sido essencial nas vidas delas, o mesmo faz-de-conta que me leva a acreditar que estou perto de corrigir o passado, de recomeçar tudo, vendo a casa e a vida dá-me outra oportunidade, como se não soubesse ou me tivesse esquecido de que a vida nunca foi generosa, a vida que é avarenta até no tempo que nos dá quando o tem de sobra, passam duas funcionárias no corredor, ouço-as, anunciaram rajadas de vento na ordem dos, logo hoje que tinha combinado sair com, volto à revista e desta vez deixo o casal enamorado a passear num campo de mãos dadas, não me apetece brincar mais ao criador, deixo o casal naquelas circunstâncias em que a felicidade parece possível, gosto das amendoeiras em flor para onde o casal se encaminha, o atraso dos compradores aborrece-me, nesta sala a minha mãe aparece com muita facilidade, por exemplo a tricotar a camisola que nunca teve fim, as mãos ocupadas em gestos que se repetiam

não tarda nada e chacun à sa place

enquanto os dias não regressavam ao que deviam ser, hoje de manhã peguei na cesta de vime onde a minha mãe guardava as meadas de lã, o vime apodrecido, a cesta cheia de meadas de pó em vez do verde-esmeralda para as folhas, vermelho sanguíneo para as flores maiores, verde mais escuro para o rebordo das folhas, rosa-clarinho para o centro das flores maiores, violeta para as flores mais pequenas, cores que lhe prendiam as mãos impedindo-a de receber os telefonemas anónimos,

bufo de merda

de abrir as cartas anónimas, uma ou duas frases em letra de imprensa sem assinatura, finalmente vais ter o castigo que mereces

as histórias mudam consoante quem as conta, a Maria da Guia só sabia uma história e mesmo assim era diferente cada vez que ma contava, são tão volúveis as histórias, os contadores das histórias, é por isso que não sei exatamente o que se passou na tarde do cerco, a história do cerco, tínhamos saído de casa juntos, íamos dar um passeio,

e se fôssemos até a uma esplanada, Baltazar, há tanto tempo que não vamos, o que te parece, Baltazar

tenho a certeza de que a minha mãe não esperava que o meu pai aceitasse o convite, há tanto tempo que não saíam juntos, é assim que me recordo da conversa mas não garanto que os factos não sejam outros, que a minha mãe

se ficar mais um minuto fechada nesta casa dou em doida

naquela tarde não tenha começado a gritar, que não tenha atirado as agulhas e os novelos de lã para o chão e que o meu pai tenha aproveitado para sair, qualquer coisa que se tinha esquecido de comprar para os pássaros, não garanto que não tenha sido eu a insistir com os dois para irmos a uma esplanada, não sei como concordámos sair juntos naquela tarde, ainda hoje não percebo, há muito que tínhamos vergonha uns dos outros, não percebo como naquela tarde saímos juntos, a minha mãe desceu as escadas com um saia-casaco azul-clarinho e o cabelo louro muito penteado, o colar e os brincos de pérolas, por toda a casa o perfume que embruxava os campónios, os pais do meu pai, era assim que a minha mãe lhes chamava, campónios, os teus avós são uns pobres campónios, o meu pai andava às voltas na sala em vez de ir vestir o fato completo como a minha mãe lhe pediu, passos curtinhos e mãos atrás das costas, não parou de dar voltas que se iam tornando cada vez mais apertadas,

ninguém enlouquece aos bocadinhos

vesti o cache coeur que a modista tinha mandado entregar no dia anterior e que a minha mãe, para acentuar a estranheza do dia, elogiou, foi a primeira vez que a minha mãe me disse que uma roupa me assentava bem, naquela tarde recebi o primeiro e único elogio da minha mãe

fica-te muito bem, não há nada como as linhas clássicas, ma chérie

devíamos parecer uma família, quando passámos o jardim a minha mãe deteve-se numa roseira, tenho de a mandar cortar, disse, está cheia de bicho, olhei para a roseira doente, para as outras roseiras, as que a Dora foi hoje podar pela última vez, não valia a pena, não está nas mãos dela salvar o jardim, os compradores vão cimentar tudo, olhei novamente para a roseira doente quando a minha mãe disse, amanhã telefono ao jardineiro para a vir cortar, e saímos para a nossa volta, num dos quintais vizinhos os miúdos gritavam desafinados a gaivota que voava, voava, a minha mãe abanou a cabeça contrariada,

são tão maçadoras as lengalengas das revoluções

gritam cada vez mais alto, toda a gente fala cada vez mais alto, de repente estamos num país de surdos, fechei o portão de ferro com força, um barulho desagradável que me valeu uma repreensão, não deves bater o portão com tanta força, vi a Maria da Guia a espreitar da janela, não nos passou pela cabeça convidar a Maria da Guia para a esplanada, nenhuma revolução muda a essência das coisas, a ordem natural das coisas, estava uma tarde bonita, o céu cor de céu, as flores cor de flores, a aragem mansa da primavera afagava-nos os rostos, caminhávamos os três lado a lado naquela tarde perfeita, íamos calados, cada um de nós pensava naquela tarde perfeita, em como continuavam possíveis tardes esplendorosas, acho que até sorrimos uns para os outros, o barulho dos saltos da minha mãe na calçada incomodava-me mas esforcei-me para que isso não me arredasse da tarde perfeita, fiz o mesmo com o olhai atoleimado ou os passos indecisos do meu pai, um hábito de quem passa muito tempo sem passear numa tarde perfeita com a família, um hábito,

> a loucura é um abismo onde alguns desgraçados estão condenados a cair

avistei o grupo de homens, ainda vinha muito longe, vi as bandeiras, penso que vermelhas mas posso estar enganada, um grupo que me pareceu ser de homens, quando se aproximaram vi que também lá estavam mulheres mas quando ao longe pareceu-me um grupo de homens com bandeiras, não sei contar exatamente o que aconteceu, já me ouvi contar esta história de muitas maneiras, já ouvi a minha mãe contá-la de outras tantas, o meu pai nunca contou esta história, uma incapacidade de quem tem o hábito de falar com os pássaros, o grupo foi-se aproximando, estava uma tarde perfeita, o céu com cor de céu e as flores com cor de flores, o ar morno cheirava bem, caminhámos em direção ao grupo sem nada temer, grupos de homens com bandeiras nas mãos a gritar tinham-se tornado frequentes, normais,

são tão maçadoras as lengalengas cios revolucionários

fomo-nos aproximando, a minha mãe disse, já não os posso ver nem ouvir, são todos tão feios, e estes mots d'ordre, que ridículos estes mots d'ordre, a minha mãe falava da revolução como dum espetáculo menos conseguido, uma má encenação, os atores fraquinhos, o grupo começou a correr para nós, não sei se o meu pai se apercebeu de que vinham na nossa direção,

a luta continua, fascistas para a rua

mudámos de passeio por uma questão de espaço, não cabíamos todos, não foi por medo, ouvimos um grito, acho que vindo de um homem alto com os olhos esbugalhados, os braços compridos de macaco,

vai fugir

não percebi logo que se referia ao meu pai, o grupo atravessou a estrada, correu para nós, foi aí que vi que também lá estavam mulheres, poucas, daí que ao longe parecesse um grupo de homens e que a minha mãe falasse sempre nos ladrões que os queriam assaltar e que jurasse que eram só homens, mas também lá estavam mulheres, para a história é irrelevante mas apetece-me deixar claro que também havia mulheres no grupo, parámos, de repente estávamos cercados, uma dança esquisita, um grito de guerra, o povo unido jamais será vencido, o meu pai fixo num dos homens, penso que no que gritou, não o deixem escapar,

diz-lhes que estão enganados

o homem não ouviu o pedido do meu pai, a minha mãe como se não tivesse medo, os olhos dela fixos no meu pai, não fales com ele, o meu pai insistia,

diz-lhes que me conheces

a minha mãe puxou o meu pai, cala-te, Baltazar, a minha mãe olhou um por um os homens que nos cercavam, como se não fosse capaz do medo, alguém me agarrou para me puxar, passei a fazer parte do cerco em vez de ser cercada, fiquei a olhar para os meus pais que continuavam presos nos gritos, dentro de punhos erguidos, as ameaças dos telefonemas e os insultos das cartas finalmente tinham ganho caras, havia um homem que gritava mais do que os outros, não o deixem escapar, o meu pai olhava só para ele, foi esse mesmo homem que primeiro falou na tareia, ameaçou o meu pai, assisti a tudo do lado de fora como se fosse uma revolucionária ou uma ladra já que a minha mãe sempre se referiu a um bando de ladrões, ou uma traidora, ou, podemos ser tantas coisas, os meus pais estavam cercados, o homem, o único para quem o meu pai olhava deu o primeiro empurrão, o meu pai cambaleou, depois foi a vez de outro homem dar um pontapé, tenho a certeza de que foi um pontapé, a minha mãe procurava os olhos de cada um deles, o meu pai não desviava os olhos do homem que incitava os outros e nos olhos do meu pai em vez de raiva uma tristeza incompreensível,

diz-lhes quem eu sou

a minha mãe mais revoltada com o meu pai do que com os ladrões, cala-te Baltazar, não quero ouvir mais uma palavra, o homem para quem o meu pai olhava

não te conheço de lado nenhum

disse para os companheiros, esta gente inventa tudo para se safar, deixei-me ficar do lado de fora do cerco, não fiz um único gesto para mudar de posição, a minha mãe, primeiro num sussurro, deixem-nos, deixem-nos, depois cada vez mais alto, deixem-nos, o tal homem, se calhar o chefe, temos um assunto para tratar com o seu marido, o meu pai calou-se, o homem cuspiu para o chão, a minha mãe, façam então o que têm de fazer, aqui nos têm, olhei para o céu azul, nem uma nuvem para seguir, para os jacarandás em flor, para as pétalas roxas caídas no chão, um tapete lindo, foi uma das tardes mais bonitas que vivi, estava uma tarde perfeita de primavera quando abandonei os meus pais à fúria dos revolucionários, a minha traição emoldurada numa tarde perfeita mas só eu é que me lembro disso, cada um retira dos factos pormenores diferentes,

tivemos o azar de nos cruzar com um bando de ladrões

a minha mãe nunca se referiu aos braços caídos do meu pai, muito compridos, a mesma desproporção dos braços do homem que tinha um assunto para tratar com o meu pai e a quem a minha mãe provocava, faça o que tem de fazer, e nos olhos da minha mãe uma raiva estranha, antiga, parecida com uma dor muito profunda, o meu pai não tirou os olhos do chão desde que o homem disse,

esta gente inventa cada coisa para se safar

não te conheço de lado nenhum, a minha mãe mediu forças com cada ladrão, faça o que tem de fazer, quando passou por mim disse-me a mesma coisa, penso que nessa altura nos olhos da minha mãe, desprezo, não, a palavra certa é nojo, um bando de ladrões e uma traidora não merecem outra coisa, no fim com a voz cada vez mais segura, façam o que têm de fazer, o meu pai de olhos no chão, fiquei até ao fim do lado de fora do cerco, não disse uma palavra ou fiz um gesto em defesa dos meus pais,

façam o que têm de fazer ou deixem-nos ir

a minha mãe pegou na mão do meu pai e puxou-o, nunca vi um homem mais indiferente à sua sorte, um boneco, a força da minha mãe confundiu os ladrões, a traidora que tinha posto no mundo,

vamos, Baltazar, parece que estes senhores não sabem o que querem de nós

o homem com quem o meu pai falou, não me era estranha a cara daquele homem, não era a primeira vez que o via, o meu pai deixou-se arrastar pela minha mãe, parece que estes senhores se enganaram, a minha mãe não largou os olhos dos ladrões, um por um, confundiram-nos, a minha mãe tinha razão, era fácil confundirem-nos, não eram suficientemente diferentes para serem inconfundíveis, pessoas normais, portanto, ao contrário de mim, vamos Baltazar, tenho a certeza de que estes senhores vão acabar por encontrar quem procuram, quase liberto o meu pai levantou a cabeça para olhar para o homem com quem tinha falado mas o homem cuspiu-lhe na cara, a minha mãe fez de conta que não viu, só pode ser um engano, nunca fizemos mal a ninguém, a minha mãe afastou com a mão uma mulher, tem lá cuidado camarada, rosnou a mulher, a minha mãe saiu do cerco com a elegância de quem abria um baile, os passos certos, o sorriso, passou por mim sem me dizer uma palavra, mais tarde contava que me tinha chamado, anda Violeta que a brincadeira acabou, mais tarde também disse, uma filha que abandona os pais a um bando de ladrões, mais tarde a minha mãe disse tantas coisas mas do que me lembro é da minha mãe passar por mim sem dizer uma palavra, a memória é tão infiel, os contadores de histórias são tão infiéis, o cerco desfez-se, aos meus olhos o mesmo acaso com que se formou, eram tão surpreendentes aqueles dias, o homem que incitava os outros olhou para mim, parecia-me que já o tinha visto

dias inteiros especado no fim da rua a odiar-nos

mas a maior parte das pessoas confunde-se facilmente, quando o cerco se desfez não sabia o meu lugar, não podia seguir os meus pais que ainda há pouco abandonara, não podia seguir a revolução a que não pertencia, fiquei parada no meio da rua, ouvi o meu pai pedir, vamos para casa, a minha mãe não deixou, um bando de ladrões não os podia impedir de apanhar sol numa tarde perfeita, um bando de ladrões nada podia contra eles, os meus pais afastaram-se, sem olharem para o grupo, para mim, a minha mãe disse ao meu pai, está uma tarde tão bonita, e o meu pai, tão velho, tão incapaz, não lhe respondeu, um hábito de quem aprendeu a linguagem dos pássaros, a minha mãe olhou para mim,

desaparece

mas ao meu pai foi dito, a Violeta perdeu a vontade de passear,

desaparece

realmente já se fez tarde, disse, fiquei a ver os meus pais afastarem-se, a minha mãe caminhava com segurança apesar dos saltos, da saia justa, os passos do meu pai incertos, naquela tarde os meus pais sentaram-se numa esplanada e pediram chá preto e torradas com pouca manteiga, ao fim da tarde regressaram e a minha mãe contou o que tinha acontecido excluindo-me de tudo, não fiz parte do cerco nem fui cercada, não estive naquela tarde, como era habitual a Maria da Guia perguntou se o passeio tinha corrido bem, as criadas quando bem ensinadas estão sempre preocupadas com os senhores mesmo quando os senhores passeiam, a minha mãe contou à Maria da Guia a história do cerco, quer dizer, do assalto,

um pequeno aborrecimento com um bando de ladrões que nos queria assaltar, não imagino o que vai ser deste país e o meu pai foi para o quintal, mal se soltava da mão da minha mãe o meu pai voava para o quintal, no dia do assalto a minha mãe não desconfiava que a Maria da Guia a traía, outro assunto desagradável que mais tarde teve de resolver sozinha, depois de ter acabado a história dos ladrões a minha mãe deu ordens para o jantar, um empadão para aproveitar os restos da carne estufada, sentou-se finalmente no sofá e pegou nas agulhas e na camisola que já não servia a ninguém, um gigante, era isso, a minha mãe estava a fazer uma camisola para um gigante, a minha mãe tricotava e ia-se convencendo, é tudo uma questão do tempo, uns anos, certamente poucos, e tudo volta ao que era, o tempo não é mais do que uma mola em que o futuro retoma sempre o equilíbrio do passado, o único problema era o hábito do meu pai, se não tivesse apanhado esse hábito a revolução tinha sido apenas um episódio desagradável, uma contrariedade passageira,

> não preciso de saber de política, basta-me conhecer a natureza humana

a Maria da Guia interrompeu-a para perguntar se fazia uma salada para acompanhar o empadão e a minha mãe gritou, deixa-me em paz, uma senhora não consegue sempre ser chic, très chic, a Maria da Guia retirou-se para a cozinha, uma criada quando bem ensinada compreende a fúria dos senhores, o cheiro da cebola a fritar no azeite devolveu a casa à normalidade, a outros dias, a tranquilidade dos cheiros, dos gestos que se repetem, depois dessa tarde nunca mais eu e os meus pais passeámos juntos, o meu pai aumentou a coleção de pássaros, dias inteiros no quintal, a minha mãe tricotou uma camisola de flores até um tamanho desumano, eu ia com todos os rapazes, nem a um me negava, a Maria da Guia traía-nos com o namorado comunista mas não descurava os seus deveres, a farda e a casa sempre limpas, as criadas quando bem ensinadas podem namorar com um comunista e cumprirem as suas obrigações, uns dias, poucos, e o episódio do assalto, do cerco, estava esquecido, a paz daqueles dias tinha-se mantido se um vizinho vigilante não tivesse tocado à porta para uma conversa urgente com a minha mãe, já que o meu pai infelizmente, a minha mãe não o deixou terminar a frase e recebeu o vizinho no escritório do meu pai,

olhe que a sua criada acompanha com comunas

o vizinho olhou em redor e disse, olhe que por um escritório de um homem se vê a alma dele e vejo que o seu marido é uma boa pessoa, das melhores, das que já não se fazem, a minha mãe olhou para o escritório como se nunca o tivesse visto e desagradou-se com a fotografia dos campónios, com a dela, com a minha, com o tinteiro decorativo que tinha comprado num antiquário, com as penas de pavão que faziam um leque na parede, com o candeeiro de vidro fosco que tinha um abat-jour dourado, pelo escritório a minha mãe viu que o meu pai, o vizinho interrompeu-a, pediu mais uma vez desculpa por estar a incomodar mas sentia-se no dever, hoje em dia temos de saber muito bem quem temos em casa, vivemos tempos difíceis, conturbados, o vizinho gostava de dizer a palavra conturbados,

a minha Maria da Guia não, era capaz de pôr as mãos no fogo

a minha mãe ouviu-o e garantiu que conhecia a Maria da Guia, de resto não havia muito a conhecer, uma criatura sem segredos, ponho as mãos no fogo, o vizinho trocou, olhe que se queimava, olhe que o mais certo era queimar-se, a minha mãe, conheço aquela criatura como não conheço mais ninguém, quando a vejo mais inquieta mando-a espairecer, vai até ao zoológico ou à matinée, não garanto que vá sozinha mas daí a meter-se com comunistas, nunca pediu uma folga, sou sempre eu que lhe digo, depois da cozinha arrumada podes sair um bocadinho, ou, vou falar com o senhor para ver se te damos qualquer coisa, e a criatura baixa os olhos agradecida, nunca me levantou os olhos, não pode ter visto a minha Maria da Guia, esta tem lá cabeça para ser comunista, devia ser alguém muito parecido, se virmos bem todas as criadas se parecem umas com as outras, um género comum, só se distinguem pelas fardas, não fossem as fardas e ninguém as distinguia, de certeza que a confundiu com outra qualquer, a minha Maria da Guia não se mete nessas coisas, agradeço-lhe a preocupação, vou ficar atenta mas de certeza que se enganou, passado algum tempo o vizinho vigilante voltou a tocar à nossa porta e a minha mãe recebeu--o novamente no escritório, já não houve conversas sobre o espaço ainda que a minha mãe o tenha mudado entre uma visita e outra,

> olhe que a senhora alberga o inimigo na sua própria casa

o vizinho foi direto ao assunto, vi-a novamente, num excesso de zelo meti conversa com a criatura, perguntei-lhe, a sua patroa sabe que aqui está, e ela, arrogante, ficaram todas tão arrogantes, a minha senhora não tem nada com o que faço fora de casa, e virou-me as costas, o vizinho avisava a minha mãe por saber que infelizmente a saúde não ajudava o meu pai,

> se não lhe tem acontecido esse azar e era o seu marido que ia às manifestações, temos de saber quem eles são, temos que saber muito bem quem eles são

a minha mãe deixou cair o assunto da saúde, o vizinho desculpou-se mais uma vez, não lhe agradava ser mensageiro de notícias desagradáveis, mas repetia sentado em frente à minha mãe, na cadeira onde o meu pai nunca recebeu ninguém porque sempre se recusou a tratar de assuntos do trabalho em casa,

> a sua criada anda com ideias e a senhora, na sua boa-fé, não dá conta, esta gente é pior do que cães, esses conhecem os donos até à morte

na verdade o escritório nunca serviu para nada, um sítio onde se punham fotografias emolduradas e onde o meu pai se fechava sabe-se lá a fazer o quê, a pensar em quê, ao menos o vizinho deu alguma utilidade ao escritório, a minha mãe agradeceu e acompanhou o vizinho à porta, sentou-se no sofá e prendeu as mãos no pedaço de lã que já nem a um gigante servia,

> só me faltava a criatura ser mais tonta do que parece, ela tem lá cabeça para ser comunista, se lhe der meia volta na rua já não sabe onde está

e com as agulhas a baterem furiosas uma na outra deixou-se ficar, escureceu e a Maria da Guia veio em passos silenciosos acender a luz, a minha mãe olhou para ela, procurou-lhe os olhos que se mantiveram baixos, deve ser uma paixoneta, um homem é capaz de a levar a todo o lado, até a manifestações, pousou o pedaço disforme de flores e foi ter com o meu pai ao quintal, o que te parece Baltazar, deve ser um mal-entendido, não achas, de certeza que a criatura tem uma desculpa capaz, custam tanto a ensinar e esta está tão bem ensinada, não é Baltazar, e o meu pai concordou ou a minha mãe depreendeu que ele concordou já que não lhe ouviu uma palavra, a minha mãe regressou à sala e o silêncio era maior do que a ausência de palavras na sala, um silêncio que destruía o que na cabeleireira, na retrosaria, na pastelaria, na missa, em todo o lado

à conta do marido foram uns tantos parar à prisão

se falava de nós, o meu pai que se fez de maluquinho para escapar, ainda tentaram dar-lhe uma lição mas quando viram aquela desgraça, quem é que tem coragem de ajustar contas com um desgraçado daqueles, deram-lhe uns tabefes e pronto, a minha mãe com as portadas da sala fechadas a fugir dos assuntos desagradáveis que tinha para resolver, o meu pai, eu, a Maria da Guia,

tanto fingiu que era maluco que acabou mesmo por ficar, com as doenças não se brinca

a minha mãe em silêncio porque na cabeleireira, na retrosaria, na pastelaria, na missa, em todo o lado, não paravam de falar de nós, a criada bem queria ir embora mas ameaçaram-na, faço ideia do que sofre naquela casa, aqueles pássaros todos, um cheiro e um barulho, e aquela filha, foram sempre esquisitos, mas aquela filha, as coisas que se ouvem daquela filha, não há rapaz que não a conheça, a minha mãe sentada no sofá com as portadas fechadas sem fazer caso da revolta da Maria da Guia, nunca ninguém conseguiu fugir para sempre ao lugar onde pertence, cada um está condenado ao que é, uma criada nunca deixa de ser uma criada,

quando nos põem numa vida não sabemos ter outra

uma vadia nunca deixa de ser uma vadia, como é que a Maria da Guia podia viver sem receber ordens, como é que eu podia viver sem a vadiagem, a minha mãe sentada no sofá com as portadas fechadas para não ver o hábito do meu pai, dias inteiros a olhar para os pássaros, para o céu dos pássaros,

ninguém enlouquece aos bocadinhos

um hábito, nada mais grave do que isso, a minha mãe sentada no sofá com as portadas fechadas para não me ver ir com todos os rapazes, perguntavam, queres vir, não precisavam de me cumprimentar, a maior parte nem sabia o meu nome,

um nome de flor que também é uma cor

queres vir, e eu descia com eles a uma cave que pertencia a alguém que tinha os pais no estrangeiro, nunca soube ao certo quem era o dono da cave, os meus velhos tiveram que cavar, só voltam quando isto oferecer condições

acho que uma vez um deles intitulou-se dono mas nada disso me interessava, quanto menos falassem melhor, a minha mãe sentada no sofá vencida pela minha natureza, pela do meu pai, pela da Maria da Guia, a Maria da Guia que definha num quarto alugado, não mais de cinco metros quadrados, uma gaiola,

anda cá, bichinho

e lamenta que as mãos misericordiosas do meu pai, um leve estalido e a Maria da Guia sem outro céu, não a apanhem, o meu pai todo o dia a olhar para os pássaros, à noite vestia o casaco que lhe ficava grande, estava tão magro, a barba por fazer, os sapatos mal engraxados, mas nos olhos um brilho inexplicável, quando saía à noite sempre aquele brilho inexplicável, a única coisa que não tinha mudado, o mesmo brilho dos primeiros tempos de casado

vou espairecer

quando passava pela minha mãe, uma rapariguita sentada no sofá a fingir que não sabia aonde ele ia, uma rapariguita que aceitava o até já dito entredentes sem fazer perguntas e que fazia por não reparar no brilho dos olhos do marido, e tornava a fazer por não reparar que o brilho se apagava quando o marido regressava, o que acontecia cada vez mais tarde, a minha mãe, não, apenas uma rapariguita a fingir-se preocupada, dava voltas à sala, contornava o jogo de sofás, a mesinha redonda que estava ao centro, os saltos dos sapatos no soalho, não sei quando se cansou, ou quando descansou na certeza de que o marido fosse para onde fosse voltava sempre, durante muito tempo não desconfiei de nada, a minha mãe tratou o assunto como tratou os outros assuntos desagradáveis,

não há nada que o silêncio não mate

a minha má fama, a paixão da Maria da Guia por um comunista, a tonta da Clarissa a dar-se ares porque o filho ocupava um cargo na revolução, a minha gravidez, tratou todos os assuntos desagradáveis da mesma maneira, o silêncio, não há nada que sobreviva ao silêncio, nada, vou espairecer, apetece-me dizer para o funcionário que preenche formulários, pouso a revista no tampo de vidro da mesa e fico a olhar para os cromados, pedaços de mim deformados, os compradores devem estar a chegar, uma hora de atraso é inadmissível, mesmo num dia como o de hoje, olho para a cidade que mirra à chuva, para a pintura abstrata da parede, são tão cansativas as pinturas que parecem sempre estar próximas de uma forma qualquer, perco tempo, um cão, uma mulher, uma árvore, podia perguntar ao funcionário o que vê na pintura, ou se não estranha um atraso tão grande, se o funcionário falasse comigo ajudava-me a passar o tempo, olho para a malha caída que ainda não avançou mas que mantém a ameaça, daqui a um bocado sou um buraco enorme, vergonhoso, devia ter trazido a revista que hoje de manhã vi na mesinha de cabeceira da minha mãe, tinha a capa rasgada, uma frase incompleta onde o que o céu

ainda me demorei algum tempo, pus várias hipóteses tendo em conta a cara do homem moreno com o cabelo puxado para trás com brilhantina, os dentes brancos e certos, mesmo por baixo de, o que o céu, aquela cara e o que o céu, o corpo da minha mãe já comido pela terra e a revista pousada na mesinha de cabeceira como se ainda ontem a tivesse lido, abri a revista na página marcada e dei com as palavras cruzadas incompletas, como se hoje a minha mãe as pudesse completar, por exemplo, três vertical, vítima de doença prolongada, sete letras, os compradores quando sobem ao quarto veem a revista e pegam nela com alguma estranheza, não conheço esta revista, deve ser antiga, diz o marido, a mulher abre a revista na página marcada, diz, alguém gostava de fazer palavras cruzadas, atormenta-me a ironia dos atos insignificantes que nos sobrevivem, uma página marcada, uma dobra no canto superior esquerdo, duas ou três palavras por decifrar, o que o céu, a mulher fecha a revista e fica com ela na mão sem saber o que fazer com ela, onde a pousar, o marido avisa a mulher de que nem todas as coisas antigas têm valor,

olha que esta casa está cheia de tralha, se vais guardar tudo

de que há uma diferença entre antiguidades e coisas velhas, a mulher ainda tem a revista nas mãos, o que o céu, pergunta, sabes quem é este, o marido olha mais atentamente para a cara do homem moreno com o cabelo com brilhantina puxado para trás, os dentes brancos e certos, parece aquele ator que era maricas

pega na revista, é já com a revista na mão que confirma,

é ele, um ator que era maricas e que morreu com sida e tudo

a mulher faz um esforço para se lembrar do ator que era maricas e que morreu com sida e tudo mas não consegue, não é do tempo dela o ator que enojou a minha mãe com a especial atração por marinheiros jovens, o casamento arranjado com a secretária, o pedido de indemnização do último namorado, o prostituto que lhe transmitiu a doença, a mulher, vimos algum filme com ele, o marido pensa, não sei se tu viste aquele em que, às vezes ainda passam alguns à tarde na televisão, a minha mãe quando viu o ator doente e envelhecido numa série televisiva desligou o aparelho zangada, patético,

os que foram abençoados com a beleza têm obrigação de morrer belos, é a única obrigação que têm

nesta figura este homem é patético, devia ter vergonha de aparecer assim, não tem o direito de aparecer assim, quando ficou doente a minha mãe nunca mais saiu de casa, nunca mais se mostrou aos outros, ou a ela, tapou os espelhos, e aprendeu a desviar os olhos dos tufos de cabelo que lhe ficavam nas mãos, do corpo escanzelado, habituou-se a olhar sempre para longe dela e, se por acaso se distraía,

como é que cheguei a este estado, como é que um corpo pode ser tão miserável se eu ou a Dora insistíamos para que se arranjasse, um lenço ou um chapéu para a cabeça, um casaco comprido que a tapasse,

ninguém merece ver-me assim

agradecia, talvez amanhã, a minha mãe mandou tapar os espelhos e fechou-se no quarto onde nunca mais permitiu luz, só a Maria da Guia abria as portadas, só um bocadinho de sol, minha senhora, zangava-se, fecha já as portadas imediatamente, à noite quando a Dora lhe ia dar um beijo, uma luz muito fraquinha no candeeiro, uma sombra deitada na cama que durante uns segundos se deslumbrava com a neta

és tão linda, mon ange

para logo se arrepender,

levem-na daqui, levem-na daqui e apaguem a luz

quando o meu pai sugeria,

por que não sais um bocadinho, Celeste

já olhaste bem para mim, Baltazar, achas que alguém merece ver-me neste estado

e o meu pai, estranhamente sábio

ninguém repara nos velhos, Celeste, ninguém repara em nós

os compradores no quarto da minha mãe com as portadas abertas, o sol bate na revista que a mulher tem na mão, acabou por ser o ator a confessar que tinha sida, o marido fala enquanto mede as paredes e aponta números para dar ao carpinteiro, acho que convocou uma conferência de imprensa ou uma coisa assim, a mulher, não me lembro de nada, o comprador continua a medir a parede, não é do nosso tempo, penso que o roupeiro vai ficar bem aqui, quando a minha mãe adoeceu, três vertical, vítima de doença prolongada, sete letras, o meu pai quis libertar-se do segredo que sempre lhe tinha escondido, mas a minha mãe que nunca encontrou nada que justificasse a sinceridade tardia do ator,

> quem enganou durante uma vida inteira tem a obrigação de se calar para sempre, só os fracos é que desatam a falar quando se aproximam do fim, os corajosos esperam-no en silence

também não encontrou nada que a levasse a aceitar a sinceridade tardia do meu pai, muito menos a perdoá-lo, e

> tenho a certeza que sei tudo sobre ti, Baltazar, as coisas que inventas para me manteres acordada, mon pauvre amour,

nunca deixou que o meu pai lhe contasse a verdade,

> imagina se ao fim destes anos eu não soubesse tudo sobre ti

e se o meu pai insistia, a minha mãe pegava na campainha, não o sino com o badalo lá de baixo, uma boneca em cobre com uma saia rodada, chamava a Maria da Guia para lhe contar o último episódio da telenovela, a Maria da Guia nunca percebeu que a minha mãe, já tão doente, ainda se recusasse a ver a novela com ela, os princípios fundamentais devem acompanhar-nos até ao fim de nós caso contrário foi tudo em vão,

uma senhora não deve ver o mesmo que as criadas, muito menos ao lado das criadas

a compradora olha uma última vez para a revista, para a frase incompleta, o que o céu, e diz ao marido, tens razão, está em mau estado, as letras já desbotaram, a capa rasgada, tens razão, e atira a revista para o chão, as coisas que as pessoas guardam, a Dora aturdida

como é que consegues desfazer-te de tudo

quando lhe disse para ir buscar o que quisesse à casa dos avós uma vez que eu não queria nada, a Dora num fio de voz, os compradores vão deitar tudo fora, e lembrou-se dos objetos todos de uma única vez, juntou a máquina do fiambre que ficou a meio da pedra mármore da cozinha, os fados de 45 rotações que ficaram no móvel de madeira que era rádio e gira-discos, os vestidos da avó, a moldura com a fotografia dela em bebé, toda a casa junta numa única recordação, a Dora zangada,

não te chega terem morrido

os olhos enraivecidos, o corpo de criança cresceu para mim, o cabelo louro revoltado, o meu pedaço mais perfeito solto de mim, uma ausência, eu cada vez mais incompleta a ganhar forças para

> vai lá tu buscar o que quiseres, eu não quero nada daquela casa

mais uma luta, a minha Dora, um anjo que nos salvou, desviou os dois remoinhos que me fitavam, ficou pequena novamente, um corpo magro de criança, o cabelo louro sobre as costas, o cabelo dos anjos,

> tenho pena de ti

a minha Dora que podou as roseiras e desbastou a fiada de crisântemos do jardim, a minha Dora sentada na caixa 29 do hipermercado, todos os dias muda de caixa, chama pelo telefone a chefe para resolver o problema da lata de salsichas doze unidades carne de porco fabricadas segundo o método alemão, que passa com um preço e que a cliente, com a boca torcida, afirma que é outro, é sempre a mesma coisa, baixam o preço nos cartazes para verem se enganam uns tantos, a Dora, olha para o urso de pelúcia que o artista lhe ofereceu e que está pendurado na gaveta dos cheques, a única coisa que tem dela nas caixas por onde passa, a Dora sorri à cliente obedecendo às instruções do gestor de recursos humanos, enquanto não sabe se o cliente tem ou não razão sorri, a Dora, uma farda que assenta mal a cumprir a obrigação de sorrir, a chefe abre a máquina com uma das chaves que traz num molho e a lata de salsichas passa no tapete, a Dora anuncia o montante que a cliente tem de pagar, a cliente entrega o cartão de crédito e a Dora, verde, código, verde, isto não devia significar nada mas a cliente percebe o que a Dora lhe pede e outra máquina desata num barulho engraçado, quase de satisfação, não sei como a minha criança suporta estes barulhos durante tantas horas, a Dora deseja um bom dia à lata das salsichas, à cliente quero dizer, e cumprimenta o cliente seguinte, o gestor de recursos humanos disse-lhe que tinha de estar sempre bem-disposta, com bom aspeto, uma vez que é a imagem do hipermercado, a última coisa que o cliente vê, a Dora sabe que a maior parte dos clientes nem sequer olha para ela mas não se importa, boa tarde, tem o cartão família e bem-estar, o cliente diz que não e a Dora começa a passar os códigos de barras dos produtos, a descobrir segredos do cliente, refeições individuais comida caseira ao seu alcance em dois minutos uma vez descongelado não voltar a congelar, vive sozinho, tem problemas com insónias, chá de tília 10 saquetas noites tranquilas sem recurso a medicamentos, pensos higiénicos máximo conforto anatómicos capacidade de absorção testada em laboratório austríaco abas laterais autocolantes sistema supereficaz de absorção, enganou-se, o homem também está a fazer compras para outra pessoa, agora a Dora já não sabe se é o cliente ou a outra pessoa que tem insónias, tenta descobrir olheiras no cliente, se toma as refeições sozinho, se o homem pedir contas separadas, ou se no fim der uns nós em alguns sacos para os distinguir, a Dora desinteressa-se, daqui a nada vai pedir licença à chefe para descansar cinco minutos, mais um cliente e pode parar cinco minutos, no descanso faz sempre o mesmo e pela mesma ordem, liga o telemóvel e faz o caminho para a casa de banho com uma voz melada a besuntar-lhe o ouvido, marque o seu código pessoal seguido de asterisco, tem uma mensagem nova, para ouvir marque um

a Dora não estranha a voz sempre melada como também não estranha fazer o mesmo todos os dias, a Dora sabe que o artista lhe deixa sempre recados num sítio que deve estar cheio de vozes, não consigo imaginar o sítio onde as vozes esperam, já quase ninguém utiliza os papelinhos amarelos dos recados que eu ainda colo em todo o lado, na estante, no espelho da casa de banho, na pedra da cozinha, no telefone, a voz do artista num recado de voz,

sinto a tua falta

e a Dora sorri, carrega novamente nas teclas, a voz sempre melada, tem duas mensagens que já foram ouvidas, o milagre de se poder repetir o que queremos ouvir, amo-te, logo à noite à mesma hora, a Dora torna a sorrir, sai da casa de banho, dirige-se à sala de descanso que está cheia, um talhante e uma peixeira discutem a propósito de um programa de televisão, um ajudante da panificação faz de moderador, a menina dos patins, uma universitária, olha para tudo entediada, a Dora dirige-se à máquina e põe as moedas para um café, coloca o copo plástico no sítio indicado, dirige-se a outra máquina e põe as moedas para uma sandes, carrega na tecla e cai-lhe um pão embrulhado em película aderente, come vigiada pelos olhos da chefe que está sempre a repetir,

vamos lá despachar, vamos lá

a minha Dora não fuma mas a maior parte das colegas tem um cigarro na mão, torna-se impossível estar na sala de descanso, nem uma única janela, nem um vidro, o fumo contra as paredes, a rodopiar no teto, e aquelas mulheres sem pararem de acender cigarros, no entanto a minha Dora não diz mal das colegas, não discute com as chefes nem com as fiscais, não as engana enfiando-se na casa de banho para roubar tempo, um anjo que cumpre o horário e não se importa de almoçar dois pedaços triangulares de pão velho com uma fatia de fiambre esverdeado no meio e um café, a peixeira vai-se embora,

> deixa-me ir que hoje parece que toda a gente se lembrou de comprar peixe

sem o cheiro a peixe na sala o talhante fica maior, a bata suja de sangue ocupa a sala inteira, os cinco minutos da Dora terminam, a Dora vai novamente à casa de banho sem se deter no corredor onde duas colegas conversam, ainda ouve, esta chuva dá cabo de mim, vê-se ao espelho, penteia o cabelo, põe um pouco de creme nas mãos, verifica se a farda está em condições e regressa à caixa, desliga o telemóvel, recomeça a registar produtos, pensa que todas as vidas deviam ter um código de barras, em caso de erro chamava-se o responsável que o resolvia com um molho de chaves, por exemplo, se a voz do artista, já não te amo, o chefe com um molho de chaves, a minha Dora ainda com tanto futuro que o pode desperdiçar a pensar em tolices numa caixa de hipermercado, quando acaba o turno regressa a casa num autocarro que está cheio, as pessoas apertam-se mais e a Dora entra, fura com dificuldade até à parte de trás, em caso de emergência quebre este vidro

depois ainda tem de apanhar o metro, gosta de ficar ao pé da porta,

acione este alarme em caso de incêndio

lê as instruções e nunca tem medo, a não ser que um dia o artista diga, já não estou à tua espera, está convencida de que só tem medo disso, se a aviso de que deve ter medo de tudo, de que só vence a vida quem a tiver como uma séria adversária, responde-me mal, olha mas é para a tua vida, o meu anjo sabe que tenho pouco futuro, sou uma obesa entre o tipo I e o tipo II a quem todas as estatísticas encurtam o futuro, calo-me mas mesmo assim a Dora, desumana, como só os anjos são capazes de o ser, pede-me, deixa-me em paz, a paz de que fala é o meu silêncio, a minha ausência, a Dora que não tem medo de nada a não ser que a voz do artista fique subitamente errada, já não te amo, se isso acontecer a minha Dora, o meu pedaço mais perfeito, chama a chefe que a vem socorrer com o molho de chaves, a voz do artista novamente certa, amo-te, a minha Dora não destoava nesta sala onde tudo se encaixa com a precisão de um desenho técnico, não se afundava no sofá, não tinha uma malha caída nos collants, a minha Dora parecida com o Ângelo como nunca pensei que fosse, o meu pedaço mais perfeito a entender-se com o Ângelo que a respeito da venda desta casa também só diz disparates, diferentes dos disparates que diz nos espetáculos, mas em todo o caso disparates que não levo a sério

ninguém corrige o passado, ponto final

para não me irritar com ele,

fazes tudo para magoares a Dora, ponto final

quando está zangado o Ângelo usa o ponto final, se quer tornar a zanga maior acrescenta, parágrafo, a Dora tem razão em estar zangada contigo, ponto final parágrafo, se nessas alturas tento uma piada,

o que é um ponto final

não me responde, um asterisco com gel, digo, foste tu que me ensinaste, lembras-te, censura-me, pensei que querias a minha opinião, claro que não quero a opinião dele, falei-lhe da venda da casa como lhe falo dos centros espanhóis das depilações definitivas,

vá até à raiz do problema

do temporal, só que não há temporais todos os dias, quero lá saber o que o Ângelo pensa a propósito da venda da casa, da dor que causo à Dora, torna-se tão enfadonho

não consegues livrar-te do passado, ninguém consegue mudar o que já aconteceu, nem sequer o que está para acontecer

prefiro o Ângelo com o fato de cetim azul-celeste, ou o espantalho que não quer desassossegar a vida e que por isso todas as noites dobra o edredão dos folhos pelos vincos, verifica se a tromba do elefante de jade está virada para a porta, como se o azar não pudesse vir de todos os lados, admira as duas bonecas de louça imóveis no cimo da cristaleira como se fossem bailarinas, os cisnes numa água apodrecida que faz de fruteira, está satisfeito nas duas assoalhadas minúsculas, não permite que lhe passe pela cabeça que está sempre a tempo de corrigir tudo, as duas assoalhadas miseráveis onde vive, os espetáculos sem sucesso, se pensasse uma única vez que está sempre a tempo de corrigir tudo nunca mais tinha descanso, portanto é melhor que não pense, uma sábia atitude, respondo ao espantalho que tem a vida sossegada

> sentimo-nos melhor se acharmos que sim, não te parece

e que tem muito medo de a desassossegar, o Ângelo que não pode pensar que está a tempo de mudar tudo, até a vingança que decidiu perpetuar, se não tivesse tanta pena do Ângelo dizia-lhe que está a tempo de se livrar do ódio que o prende à vida, das duas assoalhadas enxameadas de bibelôs, do absurdo de oferecer o riso que não tem, não diverte ninguém, não posso fazer mal ao Ângelo, sempre o protegi, de mim, dos outros, do miúdo que foi especado no fim da nossa rua, ainda que tivesse sempre o cuidado de se pôr suficientemente longe da nossa casa, horas e horas especado no fim da rua a odiar-nos, quando cresceu o Ângelo, de todas as vinganças, executou a mais cruel,

> nunca vos quis mal, nunca vos desejei nada de mal

depois de ter planeado centenas de vinganças decidiu-se pela mais cruel era um bom homem

ao escolher compreender-nos, perdoar-nos, não há vingança mais terrível do que o perdão de uma vítima, a minha mãe via o miúdo especado no fim da rua e dava o braço ao meu pai, um casal feliz, o meu pai, sabendo-o ali,

não me via, estou certo que ele nunca me via

entrava em casa com a minha mãe sem vacilar, sem olhar para trás, fechava a porta e acendia a luz, o miúdo ficava lá fora, quando calhava ao frio, à chuva, ao sol, não interessava o tempo que fazia se podia estar a odiar-nos, a aumentar o ódio que nos tinha, a minha mãe mandava a Maria da Guia servir o almoço e o miúdo lá fora, comíamos, dormíamos e acordávamos e o miúdo lá fora, a minha mãe levava o meu pai até ao portão, dava-lhe um beijo, acenava-lhe, e o miúdo lá fora, eu saía para a escola e o miúdo lá fora, quanto tempo passou o Ângelo no fim da nossa rua, suficientemente longe da nossa casa, se calhar não tanto como julgo, se calhar apenas o suficiente para verificar que o meu pai

vou espairecer

continuava a não o conhecer fora das duas assoalhadas miseráveis onde o encafuou com a mãe,

este homem não te conhece, nunca te esqueças que este homem não te conhece o Ângelo aprendeu a gostar da vida rente ao chão que o obrigámos a ter, das duas assoalhadas minúsculas onde nem a luz do sol cabe, não uma casa grande e cheia de luz como a que vou vender, a partir de hoje vai ser tudo diferente, esta noite vou convidar a Dora e o Ângelo para jantar, quero propor-lhes

ao futuro que cada um de nós vai ter

tréguas, a partir de hoje vai ser tudo diferente, ainda não sei como, o futuro é muito difícil de imaginar, esta sala não se parece nada com a sala que tinha imaginado para este dia, não tem os tetos trabalhados, as mobílias em madeira escura, candeeiros de vidro verde, mangas-de-alpaca e mata-borrões, papéis amarelecidos, homens de bigode envoltos em fumo e dobrados pela tosse, deixei-me enganar pelo passado, o futuro precisa só de imaginação, não precisa das recordações que estamos sempre a impingir-nos, não consegui imaginar este edifício, a sala onde espero, a sala onde o funcionário e os colegas trabalham, os biombos que tapam metade dos corpos dos funcionários, as secretárias plásticas, os ecrãs dos computadores, não consegui imaginar uma sala com meios funcionários todos iguais, se me detiver em cada um dos meios funcionários talvez descubra qualquer coisa que os individualize mas se os olho de relance nada os distingue uns dos outros,

sem a farda as criadas não se distinguem umas das outras, um género muito comum, a pele azeitona e um brilho gordurento, um cheiro a sabão e lixívia, os braços caídos num lamento que não lhes sai dos lábios a não ser os lugares que ocupam, nunca vendi uma casa mas parece fácil, uma assinatura e nunca mais lhe pertenço,

a tua filha nem o nome sabe assinar, Baltazar, tens a certeza de que não há alguém na tua família

como se matam os fantasmas

os compradores devem estar a chegar, e se não conseguir assinar o meu nome, se as letras se começarem a afastar da minha vontade como na tarde do bilhete de identidade, não vai acontecer nada disso, se o Ângelo ou a Dora tivessem vindo comigo não estava a pensar nestes disparates, a funcionária do arquivo de identificação pediu-me para repetir o nome e as letras ainda fugiram mais umas das outras,

nem o nome consegue assinar

a minha mãe arrastou-me para um banco de madeira e mandou sentar-me, baixei a cabeça, olha para mim, Violeta, olha para mim, sabia que se olhasse começava a chorar e ainda irritava mais a minha mãe, quando te ralho fazes o favor de não chorar, olha para mim Violeta, não olhei, a minha mãe desistiu, ainda hoje não sei o que me queria dizer, à noite esperou que o meu pai se deitasse

temos de falar sobre a miúda, Baltazar

sempre gostei de ouvir os meus pais a conversar, julgavam-me a dormir e eu estava atrás da porta do quarto deles, nunca os quis apanhar numa conversa específica, gostava apenas de os ouvir, naquela noite, temos de falar sobre a miúda, Baltazar, e foi o suficiente para o meu pai fechar o livro, apagar a luz e virar-se para o outro lado, dás importância a coisas de nada, a minha mãe, com o candeeiro dela ainda aceso, os olhos fixos no teto e as mãos sobre o peito, exausta, já olhaste bem para a tua filha, o meu pai calado, como o Ângelo se cala sempre que lhe convém, cobardes, já olhaste bem para a tua filha, tens a certeza de que na tua família, o meu pai puxou bruscamente o lençol, novamente exaltado como ficava sempre que a minha mãe o acusava,

para com isso Celeste, já te disse que não há ninguém assim na minha família

deixa-me em paz Celeste, nenhum deles se sentia responsável pelo que eu era, por ter nascido assim, a minha mãe replicou, na minha família também não, e não pode ser ela a primeira, perguntou o meu pai, nunca pensaste nisso, a minha mãe calou-se, apagou o candeeiro e fez desaparecer o risco de luz sobre os meus pés, do que me fui lembrar, passaram tantos anos,

como se mata o medo

hoje não vou tremer, trouxe a caneta que a minha mãe ofereceu ao meu pai pelas bodas de prata, as iniciais de ambos gravadas como se tivessem sido felizes, hoje a minha mão não me vai atraiçoar, estou muito perto de corrigir o passado, alguém na tua família, já te disse que não, nunca ninguém da minha família se desfez de uma casa, nunca ninguém teve tão pouco respeito pelos mortos, já pensaste que pode ser a primeira, sou a primeira e a única já que a Dora, um anjo que nos salvou da maldição, é tão perfeitinha, tão bonita, a primeira e a única, anos mais tarde também a minha mãe experimentou a solidão de ser a primeira quando os médicos,

alguém na sua família

não, que eu saiba não, sem acrescentar, sou a primeira, ouço passos, cruzo a perna, verifico a malha, uma desconhecida com uma pasta a imitar cabedal entra na sala, deduzo que seja a notária, digo boa tarde, apresento-me, sou a vendedora, os compradores estão atrasados, estou à espera há mais de uma hora, não digo que estou farta de aqui estar, devem estar a chegar, diz a mulher que não se senta nem pousa a pasta, houve um acidente perto daqui, o trânsito está um inferno, devem estar presos no engarrafamento, também só consegui chegar agora, o funcionário que interrompi duas vezes aproxima-se, corrige-me, é a segunda ajudante de notário já que o notário e a primeira ajudante estavam ocupados, tanto me faz, nunca percebi o excesso de informação sobre coisas que não têm interesse, a não ser que se tenha tornado necessário tornar tudo importante, o funcionário pede-nos que o acompanhemos a outra sala, a segunda ajudante segue-o e eu sigo os dois, o funcionário dá-me passagem, o gestor de recursos humanos, ou o formador da milésima ação de formação,

as regras de educação e de cortesia devem manter-se sempre que possível o funcionário passa a encerrar o curto desfile pelos corredores atapetados, lamento que não seja preciso apanhar o elevador, gosto de andar de elevador e raramente tenho oportunidade de o fazer, alcançamos a sala, é aqui, informa o funcionário, agora logo que cheguem os compradores, o funcionário deixa-nos sem completar a frase, a sala onde estamos não tem vista nem sofás, apenas uma mesa grande de madeira muito polida e seis cadeiras à volta, eu e a segunda ajudante sentamo-nos frente a frente, vejo-me duplicada no tampo de mesa polido, a segunda ajudante tira da pasta de cabedal um molho de papéis que dispõe cuidadosamente sobre a mesa, de vez em quando a aliança da segunda ajudante bate na madeira e faz um barulho desagradável, estou convencida que de cada vez que a aliança bate na madeira deixa uma pequena mossa mas do lugar onde estou não consigo ver, com os papéis ordenados, a pasta de cabedal aos pés e os óculos de aros prateados postos, a segunda ajudante está na disposição de reparar em mim, põe as mãos sobre o tampo polido, avalia o meu aspeto de puta barata, averigua se efetivamente o sou, ou se sou apenas uma tola sem a noção do aspeto que tem, a segunda ajudante procura informações, o meu corpo fala muito, todos os corpos têm a mania de falarem muito, de não se calarem quando devem, numa sala como esta onde se assinam escrituras e outras coisas sérias, uma sala circunspecta,

> quando nos põem numa vida temos de a levar para todo o lado

a segunda ajudante observa-me enquanto tento perceber se a aliança dela risca ou não a mesa, não que me interesse, mas já que não tenho mais nada para fazer, inclino-me, espreito, se a malha caída nos collants não me incomodasse levantava-me a pretexto de qualquer coisa, assim tenho de ficar sentada e não consigo ter a certeza se a aliança deixou alguma marca na mesa, a segunda ajudante está com dificuldades em chegar a uma conclusão, ainda bem que não pode ver a malha caída dos meus collants, a não ser que se pusesse de gatas a espreitar-me as pernas, o que não me parece, a segunda ajudante impressiona-se com as minhas olheiras, um sinal claro de noites mal dormidas, mas hesita no motivo, em qualquer julgamento o motivo é essencial, a segunda ajudante não sabe se está na presença de uma insone crónica, pensa, se tivesse aquele aspeto também não conseguia dormir, considera as dificuldades respiratórias, toda a gente sabe que os gordos respiram pior, a segunda ajudante inclina-se a atribuir as minhas olheiras a um problema de saúde, sou absolvida,

> quando tentamos fugir da vida em que nos puseram acabamos sempre por nos perder

sou uma tola sem ideia do aspeto que tenho, com um corpo daqueles também não admira, a segunda ajudante sorri, não pode desperdiçar uma oportunidade de sentir pena de quem a merece, todos os desafortunados do mundo têm direito ao sorriso piedoso que a segunda ajudante me oferece e que eu me esforço por retribuir, não é bem um sorriso, um simulacro, bochechas repuxadas e uma fiada de dentes à mostra, mas a segunda ajudante já decidiu que vai ter muita pena de mim e o meu sorriso forçado não a demove, aprecia uma boa tragédia e não é um sorriso forçado que a vai impedir de assistir, os aleijados, os anormais, os gordos, são para a segunda ajudante um consolo, não lhe aconteceu a ela nem aos filhos, a segunda ajudante suspensa no benfazejo alívio de não ser como eu, não esperava uma surpresa tão boa num dia que começou mal, na verdade há muito que os dias da segunda ajudante começam e acabam mal, se a repetição a anestesiasse estava salva, o dia de hoje começou como todos os seus dias costumam começar, o marido gritou-lhe

desliga a merda do despertador

mas a segunda ajudante já nem o ouve, sentiu apenas o hálito desagradável, levantou-se, foi à casa de banho, o lavatório entupido, tanto dinheiro gasto com o canalizador, para não falar da sujidade que faz sempre que lá vai, e sempre esta lagoa com restos de sabonete e de dentífrico, cabelos, a segunda ajudante agachou-se para apanhar o desentupidor de borracha que pôs sobre o ralo do lavatório, primeiro round, segunda ajudante ø lavatório 1, segundo round, segunda ajudante ø lavatório 2, a segunda ajudante não tira os olhos do patinho que está pendurado na parede e que tem as horas na barriga, se houvesse uma prova desportiva, ou um concurso de televisão, quantos molhos de cabelo consegue tirar em trinta segundos, a segunda ajudante concorria dado que treina todas as manhãs e se considera uma boa atleta neste desporto, terceiro round, segunda ajudante 1 lavatório 2, a segunda ajudante puxa triunfante um molho de cabelos, preparava-se para o quarto round quando o marido do quarto

para com a merda do barulho

lhe gritou, a segunda ajudante abandona o combate visto que ordens superiores a impedem de continuar, a segunda ajudante não gosta de pensar que desiste de nada, há perto de dois anos comprou um livro que tem como guia, Invista em Você, cujo segundo capítulo, Nunca desista, a fez encarar a vida de outra forma, a segunda ajudante vestiu a roupa que teve o cuidado de trazer para a casa de banho para não incomodar o marido, a saia bege, um bocadinho justa, o camiseiro branco, o pulôver de decote em V, pintou-se, um risco preto em cada pálpebra superior, um pouco de cor nas bochechas, nos lábios, pegou no desodorizante e carregou no aspersor, psssiiiiiuuuu, um pó de rosas no pescoço e no interior dos pulsos, o marido na cama,

não sabes que sou alérgico à merda dos desodorizantes

a segunda ajudante não quer estragar o sono ao marido, saiu da casa de banho e passou às escuras na sala, onde o filho mais velho dormia, pezinhos de lã na porta do quarto da rapariga, foi à cozinha buscar o saco com a maçã e a sandes que preparou para o almoço, tocou num garfo que estava fora do escorredor e que resvalou ruidosamente para a cuba de inox, o filho no sofá-cama da sala,

estou farto desta merda toda

a segunda ajudante pegou no saco, pezinhos de lã para transpor a porta do quarto da filha, a casa às escuras, os passos dados de cor, tropeçou numa coisa que estava onde não devia, um sapato, um dossiê, foi quase ao chão, a filha no quarto, ninguém se cala nesta casa de merda

a segunda ajudante estava quase a alcançar a porta da rua, só lhe faltava passar o móvel-bar que está a pagar há mais de dois anos, trinta e seis prestações, uma loucura de um dos muitos fins de semana que passa com o marido no centro comercial, andam de um lado para o outro sem verem as montras e sem trocarem uma palavra, quando são horas vão até à zona das comidas, um hambúrguer para cada um, continuam calados, por vezes as batatas estão frias, ou a cerveja está sem gás, devias ter trazido mais guardanapos, regressam aos corredores, a luz sempre tão forte, a música sempre tão alta, mais uns passos, as pernas já tão cansadas, dantes um deles ainda propunha, e se fôssemos ao cinema, e logo o outro, ver o quê, os filmes acabam por passar todos na televisão, calam-se, mais uma volta para terem a certeza de que estão exaustos, chegam a casa e sentam-se à frente da televisão, passado um bocado adormecem, acordam com torcicolos nos pescoços, enfiam-se na cama, descansam, o dia acabou finalmente, numa dessas tardes de fim de semana o marido parou a olhar para uma montra e

já que um gajo trabalha tanto ao menos podia ter um bar e uns banquinhos destes

passados quinze dias uma carrinha trouxe o móvel-bar e os dois bancos altos que atafulharam o único canto disponível da sala e que fizeram o marido mais feliz porque agora quando o cunhado o visita ele pode entrar no bar, onde quase não cabe, e servir um uísque com perguntas e gestos de profissional, servir-se depois a ele, sair novamente e sentar-se no outro banco, ao lado do cunhado, ficam os dois sentados nos dois bancos altos a beberem a tarde inteira, enquanto isso na cozinha a segunda ajudante e a cunhada exageram os benefícios da hidroterapia para se convencerem de que alguma coisa lhes corre bem, dividem os malditos corpos em pedaços cada vez mais pequenos para os bem-dizerem, os meus joelhos, diz uma, e a minha cervical, contrapõe a outra, dividem o maldito corpo que inteiro só lhes proporciona dor,

> os formulários deviam ter um espaço destinado a vidas suplementares

às sete da manhã do dia do temporal a segunda ajudante passou junto aos dois bancos altos do móvel-bar iludida com a possibilidade de regressar a uma casa diferente, quando sai pensa que mais logo o marido e os filhos vão ser amáveis com ela e que todos se vão parecer com uma família feliz, pegou na gabardina e no chapéu de chuva e bateu devagarinho com a porta, duas voltas à chave por causa dos assaltos, chamou o elevador carregando no botão que está partido, tem medo de apanhar um choque, ainda noutro dia nas notícias um caso semelhante, a luz do elevador surgiu-lhe do chão, abriu a porta e verificou no espelho do elevador a maquilhagem, viu que o risco da pálpebra direita estava torto e demasiado afastado das pestanas, sabe que não deve olhar para o espelho porque não pode corrigir nada mas mais uma vez não resistiu e saiu para a rua com a consciência de que parece que tem um olho maior, a segunda ajudante abriu o chapéu de chuva, sentiu as pernas mais fracas quando correu até à paragem do autocarro, chegou ao trabalho com as botas e com a gabardina molhadas, pendurou a gabardina que tem em letras grandes na etiqueta 100% impermeável, cumprimentou as colegas e refez para elas o seu dia, assim, quando acordou já o filho tinha posto o pão a descongelar no micro-ondas, ia a mais uma entrevista de emprego, a filha queria emprestar-lhe um casaco mais forte por causa do temporal, o marido tinha ido levá-la à paragem do autocarro por causa da chuva,

que raio estou eu a fazer com esta vida

com o dia reiniciado e a correr melhor a segunda ajudante ligou o pequeno rádio que tem sobre a secretária e ouviu toda a manhã as notícias de hora a hora, o anúncio do temporal para a noite, ventos na ordem de, precipitação acima de, o nível da água, a reunião dos responsáveis políticos pelo, a manifestação contra, a última esperança da luta contra o flagelo que assola, o número de mortos na estrada, a digressão de um cantor pop, a segunda ajudante ouviu notícias de hora a hora que eram sempre as mesmas e iguais às que tinha ouvido no dia anterior, e nos outros dias, as novidades consistiam na digressão do cantor pop e no temporal, apesar de chover há mais de uma semana e de se criar um cantor em cada segundo, durante a manhã a segunda ajudante não sabia a alegria que ia ter pelo simples facto de eu existir, que ia decidir absolver-me de tudo especialmente do meu aspeto de puta barata, a segunda ajudante olha mais uma vez para mim para garantir que não lhe escapou nenhum detalhe, procura a aliança no anelar esquerdo e mais se dulcifica quando não a encontra, quem é que se ia casar com uma coisa assim, a ausência da minha aliança fá-la ficar satisfeita com a aliança dela que de vez em quando ainda bate no tampo polido da mesa, um barulho desagradável, há muito tempo que a segunda ajudante não estava intimamente tão satisfeita, a piedade desmedida que por mim sente provoca-lhe uma agitação agradável, a segunda ajudante devia parar enquanto se sente tão bem mas não resiste a procurar em mim mais qualquer coisa que aumente aquela sensação tão agradável, está tão satisfeita por me ter encontrado, vê-me no médico, a segunda ajudante detesta ir ao médico, o último, que por acaso lhe descobriu um quisto num ovário, ralhou-lhe, devia fazer exames periódicos e, se para ela, uma mulher para todos os efeitos normal, os médicos são tão antipáticos, a mim devem arrasar-me, tenha vergonha, isso é lá aspeto que se tenha, volte cá quando tiver um aspeto decente, vê-me ao serão em frente ao televisor a comer o quádruplo das bolachas, dos chocolates, das batatas fritas que ela come e a sentir o quádruplo da culpa que ela sente, se é que uma aberração ainda sente culpa, vê-me aos fins de semana sentada num banco no centro comercial já que tenho dificuldades em andar de um lado para o outro, a segunda ajudante ainda não decidiu se me senta num corredor a ver passar as pessoas normais ou na zona dos restaurantes com um tabuleiro cheio de comida, não consegue escolher, vê-me nas casas de banho dos centros comerciais que já para ela são tão apertadas, uma falta de ar que lhe dá quando fecha a porta, a subir para um autocarro ou mesmo a entrar num carro, se a ela já lhe custa tanto, quanto mais pensa em mim mais satisfeita fica com o corpo dela, com o trabalho dela, com o marido dela, com os filhos dela, com os fins de semana dela, com a vida dela, a segunda ajudante devia parar de olhar para mim enquanto é tempo mas sente-se tão bem que, voraz, continua a procurar, agora já olha despudoradamente e já não disfarça a satisfação que lhe causo, continua a vistoriar-me minuciosamente, certa de que vai encontrar qualquer coisa muito grave que a faça sentir-se ainda melhor, detém-se numa mancha do meu pescoço, a primeira coisa que lhe passa pela cabeça é a mais vulgar, um chupão, não acredita, não pode ser, ninguém toca numa mostrenga destas, refaz-se do abalo, deve ser um arranhão, um animal, este tipo de pessoas tem sempre animais, deve ter sido o cão, e tornou a ver-me em casa, à frente do televisor, com um tabuleiro cheio de comida e com um cão rafeiro aos meus pés, ou um gato, daqueles todos cinzentos, sem gracinha nenhuma, foi um gato com as unhas, ou a mordidela de um cão, este tipo de gente costuma brincar com os animais, coitada, o sobressalto da segunda ajudante desvanece-se, um cão ou um gato, já está novamente satisfeita, para de procurar, está a tornar-se demasiado arriscado, e se daqui a nada descobre que se enganou, a segunda ajudante nunca foi ambiciosa e deixa de olhar para mim, regressa aos papéis que dispôs sobre a mesa, é já com os olhos nos papéis que sente que há qualquer coisa errada, uma coisa inexplicável que contraria o que pensa de mim, a segunda ajudante torna a levantar os olhos, já não com o despudor de há pouco, um olhar cauteloso, descobriu o erro, pareço arrogante, não, uma criatura destas não pode ser arrogante, mas por outro lado o sorriso, considera o meu sorriso irónico, pensa que estou a gozar com ela, a segunda ajudante começa a irritar-se, uma criatura destas não se pode atrever a gozar comigo, a segunda ajudante para, não quer desistir do prazer que a minha existência até agora lhe deu, o segundo capítulo do livro, Nunca desista, tem a certeza de que nenhum cão ou gato eram capazes daquela mancha, arrogante, trocista, era o que faltava, descobre uma solução, a vergonha, sim, é certamente uma enorme vergonha que a faz reagir desta forma estranha, a segunda ajudante já só se quer convencer da vergonha que tenho de sentir mas há qualquer coisa em mim que a impede, decide arriscar e olha para mim, desafiadora, certa de que vou baixar os olhos e de que lhe vou dar razão acerca da vergonha de existir assim, mas ainda lhe pareço mais desdenhosa, não é só desdém, outra coisa, é tão difícil saber o que se sente, a segunda ajudante está irritada, uma sensação cada vez mais desagradável, a segunda ajudante recusa-se a aceitar que pareço ter pena dela, como é que uma mostrenga destas me pode julgar infeliz, como é que me pode lamentar, a segunda ajudante recusa-se a aceitar que lamento a vida que tem, se aceitar que uma mostrenga pode ter pena dela está perdida, o azedume da segunda ajudante não para de aumentar, quase uma dor, se até uma mostrenga destas tem pena de mim, a dor enfurece a segunda ajudante, por minha culpa a sensação agradável que a minha existência lhe proporcionou desapareceu, uma maldade que a segunda ajudante não pode perdoar,

> se até uma mostrenga tem pena de mim que raio se passa na minha vida

espalmo as mãos sobre a mesa sabendo que o rosa berrante das minhas unhas ainda é mais despropositado nesta sala e sobre esta mesa, a segunda ajudante está zangada, recosto-me na cadeira e viro a cara sem o sorriso conciliador que as circunstâncias exigem, a segunda ajudante aceita o facto como uma provocação e conclui que me excedi, estou a ir longe de mais, nem um resquício da sensação agradável de há pouco, uma forte irritação, um enervamento que a faz cerrar os dentes, contrair o estômago, a segunda ajudante tenta acalmar a fúria que a toma, não deixes que uma mostrenga destas te estrague o dia, Invista em Você, passa em revista os princípios fundamentais do livro mas não resulta, está cada vez mais irritada, logo hoje que estava tão bem-disposta tinha de me cruzar com isto, nem para si própria a segunda ajudante diz o que mais lhe dói, se até uma mostrenga tem pena de mim, se já nem de uma aberração como esta posso ter pena, a segunda ajudante levanta-se e sai da sala, uns passos e está fora do meu alcance, da minha maldade,

a menina é má, a menina é uma menina muito má

regressa com o funcionário, não espero nem mais um minuto, todos sabiam a hora a que deviam cá estar, somos todos adultos, o funcionário esforça-se por dissuadi-la, a chuva, o trânsito, mas a segunda ajudante continua a arrumar os papéis que tinha posto sobre a mesa, o funcionário está espantado, há anos que conhece a segunda ajudante e nunca lhe tinha passado pela cabeça que aquela mosquinha morta se podia zangar, tantas escrituras que já se atrasaram horas, ou que foram adiadas, e nunca a mosquinha morta tinha levantado a voz, em cada contratempo a vozinha de mosquinha morta, estou aqui para resolver problemas e não para os arranjar, a cada contratempo a mesma frase e o esgar que lhe destapa os dentes encavalitados, como é que fazemos, e fica à espera que lhe proponham uma data que verifica na agenda, enquanto procura, se tiver agenda, é como eu costumo dizer, o que gosto é de resolver os problemas às pessoas, não de os arranjar, a mosquinha morta nunca se irrita, está sempre disponível para compreender qualquer imprevisto, o funcionário não acreditava que a mosquinha morta se pudesse zangar, não espero nem mais um minuto, estão a brincar comigo, deixo-me estar sentada, sou responsável pela fúria da segunda ajudante e pela surpresa do funcionário, o primeiro botão do camiseiro branco da segunda ajudante desapertou-se e o funcionário admira a pele tão branca, a segunda ajudante arruma os papéis que tinha disposto sobre a mesa, a saia justa arredonda-lhe as ancas, as nádegas, o funcionário toca-lhe no braço, o que assusta a segunda ajudante, que para por uns momentos, em dias de chuva é sempre um pandemónio, e isto de dizerem que vai haver temporal piora tudo, parece que ficou tudo doido, devem estar presos numa bicha, a segunda ajudante, olha para a mão do funcionário que lhe tocou no braço, uma mão forte, bonita, a segunda ajudante pensa se o funcionário de manhã também grita, desliga a merda do despertador, não, um homem tão educado não pode gritar, o funcionário pensa se a segunda ajudante também obriga o marido a discutir com o administrador nas reuniões de condomínio, não, é uma mulher sempre tão compreensiva, claro que não, a segunda ajudante e o funcionário sorriem um para o outro pela primeira vez apesar de já se conhecerem há muito tempo, descobrem satisfeitos que amanhã vão estar juntos noutra escritura, a segunda ajudante nunca tinha reparado que os olhos do funcionário são escuros, nem que o cabelo é levemente ondulado, com a mão direita o funcionário roda a aliança brilhante do anelar esquerdo, a segunda ajudante imita-o, pensam, tenho tanto a perder como tu, tanto a ganhar como tu, a mulher do funcionário sabe que o marido se vai esquecer de trazer qualquer coisa da churrasqueira, que o marido raramente cumpre um recado, não sabe que o vai partilhar com a segunda ajudante, o que sabemos dos outros não nos ajuda no que realmente interessa, a mulher do funcionário prevê as distrações do marido mas não prevê que daqui a umas semanas o marido falte ao ginásio para ganhar o tempo com que a engana, não pode prever que o marido deitado na cama de um quarto de pensão alugado à hora diga à amante, não minto completamente, isto também é exercício, e que ambos se riam, os amantes depressa ganham o hábito de desprezarem os que enganam, os que se deixam enganar, o marido da segunda ajudante também não prevê que a mulher deitada na cama de um quarto de pensão alugado à hora diga ao amante, espirra tanto por causa do perfume que fica com um nariz de palhaço, e que ambos se riam, os amantes depressa ganham o hábito de se divertirem com os que enganam, com os que se deixam enganar, a mulher do funcionário repara nos atrasos invulgares do marido mas não diz nada porque hoje à noite, na reunião do condomínio, o funcionário vai propor o afastamento do administrador à assembleia de condóminos sem saber por que o faz, quando se deita o funcionário pensa no encontro com a segunda ajudante e não ouve a mulher que lhe sussurra ao ouvido, amanhã sempre quero ver o que a vizinha do lado me diz e a lata do parvalhão do administrador, o marido pensa no botão desapertado do camiseiro da segunda ajudante, na pele surpreendentemente branca, ao fim do dia a segunda ajudante regressa a casa como sempre faz e pela primeira vez desde que o comprou não lamenta as trinta e seis prestações do móvel-bar e dos dois bancos altos, não se irrita com o sofá-cama onde dorme o filho ainda aberto, com as embalagens vazias dos iogurtes pela sala, quando o marido lhe pergunta, então hoje janta-se ou não, a segunda ajudante, responde amável, trouxe os pastéis de que tu gostas é só fazer um arroz, e enquanto corta a cebola em pedacinhos pensa nos olhos escuros do funcionário e chora, o marido diz, com a merda do temporal parece que está tudo doido, e a segunda ajudante afetuosa, estive mais de duas horas à espera de uns desgraçados que ficaram presos no trânsito, e sente a mão do funcionário a tocar-lhe no braço, a segunda ajudante começa a pôr a mesa e é a primeira vez que não grita pelos filhos, coloca os pratos, os copos, os talheres com um sorriso intrigante nos lábios, o filho para por momentos de ver televisão, e diz, estás com uma cara esquisita, a segunda ajudante dispõe os pastéis numa travessa com o mesmo sorriso, e a filha, vem alguém cá jantar, porquê, nunca tiramos os bolos da caixa, e a segunda ajudante, ficam mais apetitosos numa travessa, esta noite a segunda ajudante vai estar muito bem-disposta ao jantar, o marido vai avisá-la, não me enganas com essa cara, deves estar a preparar uma merda qualquer para os meus anos mas aviso-te que não gosto de surpresas, a segunda ajudante não lhe responde, nem sequer me tinha lembrado dos teus anos, mas, e se convidássemos a tua irmã, o marido e os miúdos para jantar, e pensa no signo do funcionário, só pode ser um signo de fogo, o funcionário e a segunda ajudante dão-se conta de que não estão sozinhos na sala e ficam assustados, receiam que eu tenha percebido o que se passou entre eles, ambos tem a ideia de que as aberrações são compensadas com poderes especiais, assomam-lhes videntes gordas e bruxos com aleijões nas costas, a segunda ajudante, para afastar o silêncio comprometido, diz, que tempo horrível, e eu aceno com a cabeça num gesto que pode significar concordância ou apenas que ouvi, o segundo entendimento é o verdadeiro mas a segunda ajudante tem de escolher o primeiro para nesse pressuposto falar do temporal,

> quanto mais queremos fugir da vida que temos mais ela se agarra a nós

ouço-a com a mesma atenção com que já ouvi o empregado do café, a mulher que faz a limpeza no meu prédio, o taxista que me trouxe, isto é, nenhuma, um monólogo corre tão bem que a segunda ajudante passa para o diploma que alterou os emolumentos, refere o que os compradores vão pagar pela escritura, e o que pagavam se não tivesse havido alteração, o funcionário ouve-a interessado, o poder de um pedaço de pele é realmente inexplicável, a segunda ajudante já não se quer ir embora, o funcionário não quer voltar para o computador, quando os compradores entram nesta sala sou a única aborrecida com o atraso, os compradores justificam-se com a maldita chuva e um acidente que os atrasou, falam de bombeiros, inundações, árvores que caíram, os compradores tiram as gabardinas que ficam a escorrer nas costas das cadeiras, uns segundos e uma mancha a alastrar no chão, sentam-se, não se calam, deixámos o carro três ruas abaixo, viemos a pé, foi o melhor que fizemos, que confusão, hoje o comprador fala mais do que a mulher mas costuma ser ao contrário, bom, diz o comprador, vamos lá despachar isto, e eu que toda a vida me quis ver livre da casa começo a tremer, a emoção de estar cada vez mais perto de corrigir o passado, ninguém corrige o passado, ponto final

o comprador recomeça, até ao meio-dia a brigada de trânsito já tinha registado quarenta e cinco acidentes, dois mortos e doze feridos graves, parece-me que são doze, ou são sete, sete feridos graves, a mulher discorda, acho que são doze, o funcionário espera por uma quebra na conversa para interrompê-los, acho que são doze, os compradores divergem no número de feridos graves mas estão de acordo quanto aos mortos, não chegam a dizer o número de feridos ligeiros, na primeira página do jornal que o marido pousa sobre o tampo polido da mesa uma chamada para uma notícia na página 19, Chuva Mortal, meia dúzia de linhas sobre os mortos na estrada,

se queres espatifar-te na estrada é contigo

a segunda ajudante pega nas folhas que trouxe na pasta que imita cabedal e fá-las bater no tampo da mesa, o comprador cala-se, o funcionário pergunta, podemos começar, e pede-nos os documentos, esfrego as minhas mãos transpiradas no vestido garrido, e se não consigo assinar, se as letras desatam a fugir como na tarde do bilhete de identidade, pego na caneta das bodas de prata que a minha mãe ofereceu ao meu pai como se tivessem sido felizes, a felicidade é tão fácil de imitar, a segunda ajudante lê em voz alta, aos doze dias do mês de cristais por todo o lado

por ser a última vez que abro este portão de ferro, o gesto, vulgar, torna-se importante,

por ser a última vez que ouço o portão ranger comovo-me com o gemido que me enche a mão de ferrugem, uma cor amarelada,

é a última vez que entro nesta casa, as paredes que se aproximavam para me sufocarem, os tetos que se baixavam para me esmagarem nunca mais me podem fazer mal, daqui a pouco, às duas horas para ser mais precisa, assino a escritura e estou livre, nunca mais pertenço a esta casa, esfrego o amarelo de ferrugem ao casaco, passo o jardim, os esqueletos das roseiras, os crisântemos que deixaram de florir, a dama da noite, um arbusto raquítico de que nunca soube o nome, os jarros que a Dora cortou ontem para oferecer aos avós, dois retângulos de pedra num cemitério, o jardim acena-me, despede-se de mim,

bêtises, ma chérie, bêtises

o rosmaninho mirrou, nunca gostei deste pedaço de terra ainda que em cada primavera a minha mãe

> de todos os mistérios escolho o das flores que renascem todos os anos

me chamasse para ver as flores, tolices, que mistério pode haver num pedaço de terra e em meia dúzia de flores que renasciam em cada primavera, maior mistério era o deslumbramento da minha mãe por um pedaço de terra e meia dúzia de flores que passados dias estavam mortas, não nego que fiquei satisfeita com o fracasso da Dora, por mais que se esforçasse não conseguiu salvar este pedaço de terra, a casa mostrou-lhe a ingratidão de que é feita, a Dora não acreditou em mim que a avisei, andava feliz apesar das mãos arranhadas, das unhas lascadas e encardidas, da roupa suja de terra, convenceu-se de que podia enganar a morte, enquanto as plantas do jardim florissem, os avós

> morreram Dora, os avós morreram e não há primavera que os faça renascer

continuavam vivos, morreram Dora, os avós desapareceram deste mundo e nem eu nem tu sabemos acreditar em mais nada para além deste mundo, os avós já não existem, todas as semanas a Dora vinha limpar a casa, arrancar as ervas daninhas do jardim, apanhar os figos podres do chão do quintal, entrelaçar os ramos da trepadeira, as casas exigem tantos cuidados, todas as semanas a Dora regressava exausta do esforço de manter os avós nesta vida, morreram Dora, já quase ninguém se lembra deles, uma dezena de velhos que lhes sobreviveram, a Maria da Guia, eu, o Ângelo, tu, quando a chamava à razão a Dora olhava-me de longe, de muito longe como só os anjos nos podem olhar, e regressava a esta casa, não permitiu que os avós morressem, não se importava das mãos feridas, chagas, dos joelhos esfolados, enquanto a casa existisse igual ao que sempre tinha sido os avós existiam, eu pelo contrário nunca fiz um único gesto que prolongasse os meus pais nesta vida, não gosto desta casa, nunca gostei, a Dora

é a casa mais bonita que conheço

regressava desta casa cada vez mais longe de mim, mais perto do amor que dedicava aos avós e que eu compreendia sem compreender, é a casa mais bonita de todas, o sítio onde fui mais feliz, eu via-a, uma criança deitada na relva do jardim, os cabelos louros espalhados, os braços e as pernas afastadas, um anjo

quero olhar para o sol

deitado na terra com saudades de onde tinha vindo, já que os anjos nascem do sol, a minha Dora, um anjo que nos salvou, queria voltar para o sol, ver a luz toda do mundo, os gatos vadios passeavam-lhe sobre o corpo frágil, lambiam-lhe as asas, os cabelos, faziam-lhe cócegas, o meu pai arrancado ao hábito da loucura, um anjo que nos salvou,

o teu pai nunca esteve doente, inventas cada disparate, ma chérie passava os dias a olhar para a Dora mas já ninguém, no café, na padaria, no cabeleireiro, ninguém, passa os dias a olhar para a neta, ninguém, está maluquinho, mesmo o Ângelo, em vez de está completamente xexé começou a dizer, o que mais me espantou foi a força dele, é impressionante como regressou ao que era de um dia para o outro,

a loucura é um abismo de onde não se pode voltar

um milagre e ninguém me agradeceu, a minha mãe, a mãe do Ângelo, o meu pai, o filho bastardo, é certo que ao ter a Dora nunca me passou pela cabeça que estava a oferecer a salvação a quem quer que fosse, ao marido da minha mãe, ao amante da mãe do Ângelo, ao pai do bastardo, um anjo que nos salvou e que até ao fim tratou do jardim com esperança de que os compradores

não temos tempo nem para plantas nem para animais

não o destruíssem, quando passasse na rua via os avós no que plantaram nesta vida, a ironia das coisas insignificantes que nos sobrevivem, roseiras doentes, crisântemos estéreis, uma dama da noite sem perfume, os compradores vão cimentar o jardim e vão deitar fora as gaiolas, quando passar por esta casa a Dora não tem nada onde reconhecer os avós, os avós finalmente mortos, os compradores, um pouco atrapalhados, contaram-me os planos que tinham para a casa, uma outra casa, esta vai deixar de existir, os compradores julgaram que podia ficar triste,

façam o que têm a fazer

enganaram-se, não podiam ter-se enganado mais a meu respeito, mandem cimentar o jardim, deitem as gaiolas fora, arrasem a casa, os compradores desajeitados, ainda considerámos a hipótese de um cão de guarda mas optámos por um alarme que dá menos trabalho e é mais eficaz, no jardim depois de cimentado vamos pôr uma fonte, e apontaram para o meio do pedaço de terra, na direção das roseiras, um lagozinho, queremos coisas que enfeitem e não deem trabalho, a Dora não se devia ter esforçado tanto, para a semana o empreiteiro começa a arrancar isto tudo, ainda estamos indecisos entre cimentar ou calcetar, em terra é que não pode ficar, disse a compradora, com a chuva é uma porcaria, e no verão, no verão deve ser uma fábrica de pó, sem saberem os compradores tornaram-se cúmplices da minha vingança, não podia ter escolhido melhor, se tivéssemos mais tempo, disseram os vendedores, confiantes de que a filha,

não gostam de plantas nem de animais

uma adolescente a mudar de pele, não os ia denunciar, não sabem que não há como um filho para nos trair, a filha repetiu, não gostam de plantas nem de animais, querem mandar fazer uma garagem para guardarem os carros, denunciou-os a pequena cobra, olho para o canteiro de onde a Dora colheu os últimos jarros para oferecer aos avós, dois retângulos em pedra enfeitados com jarros, é a última vez que entro nesta casa, a minha vingança está terminada, agora sim matei-nos a todos definitivamente, a minha mãe, o meu pai, as plantas, os pássaros, a casa, a Maria da Guia, o Ângelo, a Dora, eu, morremos, a partir de hoje vai ser tudo diferente, ponho a chave na porta, é a última vez que a rodo, as mãos tremem-me da excitação, repito, daqui a umas horas deixo de pertencer a esta casa, daqui a umas horas, paro, e se não conseguir viver sem pertencer a esta casa, se me acontecer o mesmo que à Maria da Guia

quando nos põem numa vida não sabemos ter outra, menina

que nunca aprendeu a viver sem ter ordens para cumprir, eis que a porta se abre como se a casa gostasse de me receber, sempre foi falsa esta casa, tão falsa que pôs a Dora contra mim, o meu pedaço mais perfeito,

és tão ridícula, as casas não gostam nem deixam de gostar das pessoas, as pessoas é que gostam ou não das casas

não há luta mais dolorosa do que a que a nossa carne trava connosco, não tenho como ganhar, estou condenada a perder, esta casa roubou-me tudo, a compreensão da Dora,

não percebo como és capaz de vender a casa, não percebo como és capaz

não vês que a casa me faz mal

deixa-te de fitas, há muito que as tuas palhaçadas não resultam comigo

se a Dora tivesse visto ao menos uma vez a casa a juntar as paredes para me sufocar, nunca viu, a sonsa ao pé da Dora permanecia imóvel, parecia até que não se conseguia mexer, acabei-lhe com os fingimentos, pouso o chapéu de chuva junto à porta de entrada, a chuva tocada pelo vento molha o chão de tacos do hall,

onde andas com a cabeça, Violeta

acendo a luz, o dia está tão escuro, empurro as portas que dão acesso à sala fazendo-as bater na parede, os quadradinhos de vidro estremecem,

é impossível venceres, ma pauvre chérie

atravesso a sala para abrir as portadas, as trancas resistem, os vidros, os poucos que permanecem inteiros, estão sujos, mais sujos do que os pedaços de céu que mostram, a luz, se é que se pode chamar luz a um tom mais claro sobre os sofás puídos, de qualquer maneira a luz avança pela sala, a madeira da mesa de jantar mais estragada, os rasgões nos estofos das cadeiras, o pano verde da mesa de jogo mais baço, sento-me num dos sofás, à espera que a Maria da Guia fardada,

sem a farda não se distinguem umas das outras

um género vulgar, a pele cor de azeitona, os olhos caídos num lamento que não lhes sai dos lábios, as ancas largas, os braços fortes, sento-me num dos sofás e espero que a farda sempre limpa e engomada me pergunte, naquele tom específico que só as criadas mais bem amestradas têm,

a menina precisa de alguma coisa

um tom especial que a minha mãe reconhecia de imediato, quando as parceiras da canasta precisavam de contratar uma criada, a minha mãe, o tom com que nos falam, pelo tom percebe-se imediatamente a qualidade de um serviçal, só preciso de lhes ouvir uma frase, foi o tom que denunciou a Maria da Guia quando se apaixonou pelo comunista, a minha mãe só se apercebeu de que o caso do comunista

está diferente, deixou de me falar no tom do costume

era mais sério do que os anteriores namoricos quando a criatura abandonou aquele tom específico, dão tanto trabalho a ensinar que não podemos consentir que se vão embora, era o que mais faltava, a tonta da criada apaixonada por um comunista, com a cabeça cheia de disparates, imaginem que, tenho o direito a viver a minha vida, a senhora não é minha dona, imaginem a tonta da Maria da Guia neste despropósito, um assunto desagradável que a minha mãe resolveu como resolvia todos os assuntos desagradáveis, expulsou o comunista, expulsou a tonta da Clarissa que tinha um filho revolucionário que falava de camuflado na televisão,

não tem lugar nesta casa quem se envergonha do passado

se torno a ver aquele badameco a rondar esta casa vais para o olho da rua

continuo sentada no sofá e não aparece uma farda de vassoura na mão para espantar os ratos que cochicham dentro dos estofos, a farda que se esgarça num quarto alugado, não mais que cinco metros quadrados, quando por lá passo, o que faço raramente, só quando não tenho mesmo mais nada para fazer e me apetece falar com um tecido esfiapado, casas sem botões, duas mangas que se mexem com dificuldade

a menina desculpe isto ser tão acanhado

quando põem água a ferver para o chá, a menina desculpe esta cafeteira de alumínio, e me oferecem bolachas de pacote, a menina desculpe estas bolachas, de vez em quando faz um sorriso impossível já que as fardas não sorriem, talvez por isso, a menina desculpe fico tão contente por a ver, se calha a verter duas lágrimas de emoção, uma impossibilidade dado que as fardas não choram, a menina desculpe, a Maria da Guia continua a pedir desculpa naquele tom muito específico apesar de definhar num quarto cheio de bolor, um chiar constante, a menina desculpe mas estou pior da asma, a Maria da Guia que teve o azar de sobreviver aos donos, um pássaro doente numa gaiola, à espera que os dedos em forma de tenaz da mão do meu pai

anda cá, bichinha

a libertem do suplício, um leve estalido, os olhos muito abertos, um corpinho imprestável,

onde caem os pássaros quando morrem

levanto-me do sofá, sacudo o pó, vou para o escritório, entro sem bater à porta e estranhamente o meu pai não me manda sair, Violeta quantas vezes já te disse para bateres à porta, agora sais e bates à porta para nunca mais te esqueceres, a minha mãe desvia a cabeça das revistas de moda,

esta miúda faz tudo para nos aborrecer

a secretária do meu pai está vazia, saio do escritório, bato à porta e peço licença para lhe agradar, a minha mãe da inexistência onde está

esta miúda faz sempre o que não deve

olha para mim contrariada, bato com os nós dos dedos, posso entrar, e do outro lado da porta de correr, silêncio, a voz do meu pai abafada pela porta que puxo para o lado, gosto desta porta que não se escancara como as outras, os nós dos dedos na porta, posso entrar, pai,

com esta miúda ninguém consegue fazer nada, nem sequer morrer

mas é a mãe que incomoda o pai, é sempre a mãe

desculpe pai, deixe-se estar morto que eu prometo que não incomodo mais, não se zangue como quando a mãe lhe contou que o marido da Alice ia fazer uma comissão para uma das colónias, não se zangue, a minha mãe, a Alice telefonou-me há bocadinho para me dar a novidade, não está muito satisfeita mas vão ganhar bom dinheiro, os miúdos ficam com os avós, já se sabe que não se pode confiar naquelas escolas, tem pena de não ir ao casamento da filha da Margarida, da Guidinha, estás lembrado, não estás, o meu pai continua calado, e a minha mãe um bocadinho mais alto por causa do televisor, a Alice não esperava que o marido aceitasse a comissão, o que é uma comissão, esta miúda é impossível, não vês que o teu pai está a trabalhar, coitada da Alice, ainda ontem fomos as duas à modista por causa do casamento da filha da Margarida e hoje esta notícia, claro que está triste, e já lá vão passar o natal, lá onde, em Luanda, e lá também há natal, esta miúda só faz perguntas disparatadas, há natal em todo o lado, não vês que o pai está a trabalhar, estou sentada à secretária, o meu pai, a cara magra, os ataques de tosse que lhe avermelhavam a cara, os dedos trémulos,

anda cá, bichinha

os disparates que esta miúda diz, e se nós mudássemos de ares Baltazar, um tour por África podia ser agradável, saíamos daqui, vamos para onde, mãe, ninguém consegue conversar ao pé desta miúda, vai para o teu quarto, é impossível, não achas que era bom Baltazar, o meu pai, agastado, talvez, Celeste, talvez, a minha mãe com o vestido amarelo-clarinho que lhe assenta tão bem, a perna traçada, o colar de pérolas, esta tarde vou vê-la ao lado do administrador numa revista do banco, o cabelo louro muito penteado, a perna traçada,

chic, très chic,

podíamos ir, Baltazar, um tour por África, para onde, mãe, para onde, olha que vais para o teu quarto, a Alice tem medo de não se dar com o clima, com as pessoas, vê lá o disparate, dois anos passam-se em todo o lado, sempre foi medrosa, é certo que vai sentir a nossa falta, estamos habituadas umas às outras, mas vai conhecer coisas novas, vê lá que já cá queria vir no natal mas o marido não concordou, se a deixasse estavam cá sempre, nem de cá saíam, nunca vi uma mulher tão fraca

cala-te, Celeste, cala-te

as mulheres infelizes ganham o hábito dos monólogos, daqui a umas semanas o funcionário já não pode ouvir a segunda ajudante, os quartos das pensões são caros para se desperdiçarem com conversas sobre a incompetência que a primeira ajudante demonstra em cada ato, o funcionário ainda diz, por falar em ato, mas a segunda ajudante já está a queixar-se da família, o mau feitio do marido, o filho que não arranja emprego, a filha que não quer fazer nada, enquanto a segunda ajudante fala o funcionário lamenta o dinheiro que gastou no quarto da pensão e pensa em acabar tudo, as mulheres infelizes ganham o hábito dos monólogos, passado pouco tempo a minha mãe, no silêncio em que o meu pai sempre a deixou, recebeu um envelope de papel muito fino, by air, par air,

querida amiga, se te disser que esta terra parece amaldiçoada, tantas são as doenças, talvez não acredites, se te disser que todos os dias tenho vontade de partir

querida amiga, a tua obrigação principal, assim como a minha e a de todas as mulheres casadas, é a de acompanhares o teu marido para onde quer que ele vá e deves fazê-lo sem queixumes porque já bastam as dificuldades que ele enfrenta fora de casa

a Alice escrevia cartas mas a minha mãe e as outras parceiras não ouviam nada, ninguém consegue ouvir um grito do outro lado do mundo,

querida amiga, não sei o que faço aqui

querida amiga, ainda ontem avistei os teus filhos, que belos rapazes se tornaram

querida amiga,

ninguém ouviu a Alice a gritar do outro lado do mundo,

querida amiga, o meu marido mandou vir os rapazes para o natal e mais uma vez ficamos por cá, sonho tanto com a metrópole que me parece que tenho duas vidas, de dia nesta maldita terra e de noite na nossa querida metrópole

e no entanto as cartas iam e vinham, by air, par air,

querida amiga, não consigo viver nem mais um dia nesta terra tão vermelha que só pode ter vindo do inferno

com o tempo as cartas da Alice deixaram de ser novidade, a minha mãe e as parceiras da canasta já quase não falavam da Alice, de vez em quando umas frases, está sempre a queixar-se, nunca conheci ninguém que se queixasse tanto, é certo que aquela gente deve ser diferente de nós, não são só os pretos, os próprios brancos que lá vivem também são diferentes de nós, mas daí a tanto queixume, e depressa regressavam ao jogo, ou aos petits fours e ao chá que a Maria da Guia servia de olhos baixos, no fim do chá as parceiras felicitavam a minha mãe pelos petits fours e pela mão de ferro que tinha na criada já que

> querida amiga, ainda ontem nos reunimos como é costume e todas nos lembrámos de ti com carinhosa saudade

uma criada é uma coisa tão difícil de manter, a minha mãe sabia manter tudo, a criada que desistiu do comunista por quem estava apaixonada, o meu pai que desistiu da mãe do Ângelo e do bastardo que lhe fez, a Dora que desistiu de mim, a correspondência com a Alice, palavras frouxas que se desligavam antes de chegaram ao céu que a Alice via,

> querida amiga, se te disser que aqui o céu é pardo como nunca pensei que existisse, e o sol encarniçado se calhar de tanto nos ferir

aqui na secretária do lado esquerdo a gaveta da correspondência, o maço de cartas da Alice, anos de palavras by air, par air que os compradores leem, o marido diz com a letra da Alice na mão,

> olha que me faz impressão pensar que tivemos um império

e a mulher a vasculhar o interior do envelope com o traço preto diagonal no canto superior esquerdo, a mulher nunca tinha visto um envelope semelhante, quando o recebeu a minha mãe ficou apreensiva, não reconheceu a letra, não é a letra da Alice e, no entanto, a morada é a mesma, a minha mãe e as parceiras com a notícia nas mãos,

> é meu doloroso dever comunicar a morte da minha saudosa esposa

há tantos anos que não viam a Alice que não souberam o que fazer com a notícia da morte dela, quer dizer, há tantos anos que a tinham matado que aquela carta trazia só um assunto desagradável, uma das parceiras apreensiva, acham que o corpo vem para cá, e logo outra, não, espero que não,

> um império, consegues imaginar um império

a mulher diz, não sabia que existiram envelopes especiais para avisar que alguém morreu, se calhar morriam muito mais pessoas do que agora, talvez assim se justifiquem os envelopes, a mulher pousa o envelope com as riscas diagonais em preto e diz nostálgica, é engraçado como tinham tempo para tudo, até para se preocuparem com os envelopes, nós podemos lá pensar nessas coisas, o marido fecha a gaveta da correspondência, concorda, o tempo chegava-lhes para tudo, a minha mãe e as parceiras conheciam bem aqueles envelopes e não gastaram tempo, apesar de o terem tido sempre em excesso, com a morte da Alice, mandaram rezar uma missa e disseram paz à sua alma, só mais tarde, quando souberam os detalhes, que o marido da Alice entendeu não ter o doloroso dever de comunicar, é que se interessaram, não há dúvida que são os detalhes que nos prendem às histórias, quando souberam os detalhes, a morte da Alice, durante três ou quatro jogos, foi um assunto importante

atirou-se de uma janela

depois de uma das parceiras ter sabido que não tinham sido as febres dos trópicos que mataram a Alice, o marido foi viver com uma mulata e a pobre não aguentou, finalmente uma razão para a minha mãe e as parceiras se dedicarem à morte da Alice, de uma doença, ainda por cima dos trópicos, não há nada a dizer, mas de uma mulher que se atirou de um quinto andar já se pode falar bastante, por exemplo, caiu desconjuntada no asfalto, foi uma hora do inimigo, nenhum homem merece que se morra por ele, a Alice morreu às duas horas e quinze minutos de uma quinta-feira desfeita no asfalto quando faziam trinta e cinco graus, sem nunca ter escrito,

querida amiga, finalmente consigo descansar porque o sol já não me fere ainda que esteja deitada no asfalto às duas horas e quinze minutos quando fazem trinta e cinco graus

de resto a Alice nunca mais escreveu cartas apesar de ter cada vez mais coisas para contar, querida amiga, o meu marido vai regressar à metrópole na ponte aérea e vai levar a mulata e os mulatinhos que entretanto nasceram, os meus filhos, que belos rapazes, andam de mão dada com os mulatos, e tu e todas as parceiras desse jogo idiota vão dizer umas às outras, vimos os miúdos da Alice a limparem o ranho aos mulatos, os miúdos da Alice levaram os mulatos à pastelaria, parece impossível que os miúdos da Alice, a Alice finalmente com tantas coisas para contar e nunca mais escreveu uma linha, os mortos são incompreensíveis, caprichosos, ao fim de três ou quatro reuniões a minha mãe ordenou que não se falasse mais de um assunto tão desagradável, a tonta da Clarissa concordou imediatamente, era das mais dóceis antes de o filho se ter empregado na revolução, as outras calaram-se,

> era bem melhor não termos sabido a verdade, não achas, Celeste

a minha mãe chamou a Maria da Guia para correr a gelosia porque o sol estava muito forte, a sala afundou-se na penumbra, e a minha mãe e as parceiras retomaram o jogo e a tarde

> podemos sempre deixar de saber a verdade, Clarissa, podemos sempre deixar de saber o que não queremos

foi igual a outra tarde qualquer, a morte da Alice não modificou as tardes, as parceiras, a minha mãe, não modificou nada, se o marido não tivesse cumprido o doloroso dever de informar, a minha mãe e as parceiras nem pela falta das cartas tinham dado, quem vai escrever por mim em meia dúzia de cartões, cabe-me o doloroso dever de informar que a minha querida, minha querida quê, já não se encontra entre nós, a notícia da minha morte na gaveta da correspondência, um cartão entre outros, os de boas-festas, de aniversário, de viagens, quando soube da morte da Alice o meu pai não disse nada, podia aproveitar o ensejo, já ninguém diz ensejo, como é que as palavras se deixam de usar, podia aproveitar o ensejo, também tenho uma amante que me deu um bastardozinho, instalei-os numa cave bastante perto daqui para ser mais fácil visitá-los, duas assoalhadas miseráveis mas não fazem ideia de como eu gosto de lá estar, de como eles detestam lá morar, não podem fazer ideia, fecho a gaveta da correspondência, os compradores vão queimar as cartas da Alice, as minhas cadernetas escolares, os livros de curso do meu pai, as novelas da minha mãe, os panos do pó da Maria da Guia, os compradores vão deixar-nos a arder numa fogueira que atearam num baldio,

o inferno é o esquecimento

escolheram a maneira mais eficaz de se livrarem de nós, a Maria da Guia já devia ter aparecido, talvez esteja com medo da minha mãe,

hoje à tarde viram-te num sítio, se não me deres uma boa desculpa temos um problema muito grave para resolver

hoje à tarde estou num banco, mãe, fui vender a casa, a segunda ajudante fez de notário e levou os papéis todos numa pasta que parecia de cabedal mas não era, hoje a mãe pode orgulhar-se de mim, não sei o que me deu no bilhete de identidade, hoje o meu nome ficou tão bonito, as letras saíram direitinhas da minha mão, fiz tudo o que a segunda ajudante me pediu, uma rubricazinha aqui, outra ali, e no fim a assinatura, a mãe deve ter ouvido a segunda ajudante dizer que eu tinha uma assinatura muito bonita, aquele sítio era um banco, eu sei que não parece nada, também não contava com um sítio assim, mas para lhe responder, viram-me naquele sítio porque fui vender a casa, vender-nos, não tenho desculpa para isso, nem boa nem má, era eu que estava naquele sítio e não tenho uma boa desculpa, temos portanto um problema grave para resolver,

esta miúda é impossível, não estou a falar contigo, estou na cozinha a falar com a Maria da Guia

a Maria da Guia apoia-se discretamente num armário para não fraquejar, a minha mãe espera que a Maria da Guia diga o que deve, mais minuto menos minuto e a Maria da Guia diz o que a minha mãe quer ouvir,

quando nos pomos numa vida não sabemos responder por outra

hoje à tarde viram-te num sítio, chego à cozinha, a minha mãe podia precisar de mim, por uma vez podia fazer de conta que precisava de mim,

se ficares calada e quieta já dás uma grande ajuda, quieta e calada

de cabeça para baixo, finalmente quieta e calada

ou por uma vez podia deixar de fazer de conta que precisava do meu pai que apanhou o hábito de colecionar pássaros,

Baltazar tens que falar com a Maria da Guia, imagina que o vizinho

fingiu tão bem que era maluco que acabou por ficar, cá se fazem, cá se pagam

a mãe quer fazer-me o favor de precisar de mim uma única vez

se ficares calada já dás uma grande ajuda

o meu corpo suspenso pelo cinto de segurança, os meus olhos presos numa gota de água,

o pai está maluquinho, o Ângelo diz xexé mas vai dar tudo ao mesmo

por favor, Violeta, não percebes que tenho de resolver um assunto desagradável

a minha mãe afastou-se da Maria da Guia, espreitou pela janela da cozinha para o quintal, chamou o meu pai,

Baltazar, ajuda-me para que a tua filha veja como se enganou a teu respeito, como sempre se enganou a respeito de tudo, imagina que depois daquele acidente ainda está convencida de que

o senhor doutor já aí vem, também está curioso, deves ter um motivo muito forte para teres ido ao sítio onde te viram, a Maria da Guia, uma criatura sempre com os olhos baixos, atreveu-se a olhar para a minha mãe, o meu pai continuou no quintal e não disse nada, de maneira que não sei se estou enganada,

anda cá, bichinha

a minha mãe tinha pressa de resolver o assunto da tonta da criada que se apaixonou por um comunista mas ao princípio a criatura não baixava os olhos e não dizia o que a minha mãe merecia ouvir, desculpe minha senhora mas é que conheci um rapaz que, ou, foi a moça aqui do lado que me desafiou, a matinée já tinha começado e os bichos do zoológico são sempre os mesmos, ou, juro por Deus que fui apanhada naquele mar de gente, a criatura desafiou a minha mãe, os olhos levantados, as mãos caídas em vez de estarem a torcer-se no avental, como fazia quando estragava alguma coisa ou deixava queimar a comida, enquanto esperava que a Maria da Guia tivesse o que devia, a minha mãe olhava para o meu pai pela janela da cozinha

hoje viram-te num sítio

e via-o a abrir a portinhola de uma gaiola, a mão pequena e medrosa do meu pai ficava irreconhecível, os dedos em forma de tenaz, e a mão cruel

não vale a pena lutar contra o destino, bichinha, não vale a pena

apanhava um pássaro, numa questão de segundos o pássaro já não tinha outro céu para além da mão desalmada onde jazia, a minha mãe certa de que faltava pouco para a Maria da Guia dizer o que tinha de dizer, como tinha de faltar pouco para o meu pai perder o hábito de perseguir os pássaros doentes, os defeituosos, os que nasciam mais pequenos, os que nasciam maiores, os que tinham cores feias, os que não tarda nada e chacun à sa place, nenhuma vida se conta pelos detalhes, todos os acontecimentos têm os seus fait divers,

um pássaro nada vale quando comparado com a gaiola

obrigada pela sua preocupação, vou falar com a minha criada mas tenho a certeza de que é tudo um mal-entendido, a minha Maria da Guia nunca se atrevia a, conheço-a, conheço-a muito bem, criei-a, é obra minha

olhe que uma maçã podre estraga um pomar inteiro

a minha mãe olhava para as mãos do meu pai cheias de corpinhos de penas com olhos muito abertos, a morte é sempre surpreendente, aposto que também os pássaros,

então é isto, é disto que tanto se fala

a minha mãe olhava para a Maria da Guia que se apoiava nesta bancada, a mão dela aqui junto da máquina de cortar fiambre que ainda não estava enferrujada,

viram-te num sítio e se não tiveres uma boa desculpa

a mãe quer uma desculpa mas vou dizer-lhe a verdade, vendi esta casa para me livrar definitivamente de si e do pai, que mais se podia esperar de uma mostrenga, não se faça despercebida, não finja que não sabe que é assim que os miúdos me chamam,

foste vista numa manifestação de comunistas, o que tens para me dizer, Maria da Guia

ajudada por esta casa a Dora nunca mais vos deixava morrer, não podia deixar que o meu anjo se desse com fantasmas, os anjos não se podem dar com fantasmas,

amanhã saio de casa, nem mais um dia

e não se podem zangar, não sei por que me assustei com a ameaça da Dora quando

faz o que tens a fazer

tinha sido tão fácil vencê-la, precisamos uma da outra para nos magoarmos mas para isso não precisamos de estar juntas, mesmo longe continuamos capazes de nos magoarmos, se a distância tivesse alguma importância já não sentia raiva, os meus pais estão para sempre longe, se a distância fosse importante o meu coração não estava tomado pela raiva, tinha sido fácil vencer a Dora,

se quiseres ir embora a porta está aberta

desperdicei uma oportunidade, a Dora pensa que me venceu, que fiquei assustada como a Maria da Guia que não para de torcer as mãos no avental, um pássaro um pássaro doente é um perigo para uma gaiola

com medo da mão do meu pai, a Maria da Guia apaixonada por um comunista, pode haver doença mais grave do que esta, a minha mãe esperava pela desculpa que a Maria da Guia havia de arranjar,

um pássaro doente é um perigo para uma gaiola

o meu pai podia ter aproveitado o hábito que apanhou para me torcer o pescoço, um leve, levíssimo estalido e não precisávamos de ajustar contas,

afinal a mãe está à espera que o pai me mate

esta miúda só diz disparates

a minha mãe não podia esperar nada de grandioso do meu pai, nem de mim, nem da Maria da Guia, que está prestes a mentir-lhe, a dizer-lhe o que devia, esta gente é pior do que os cães, esses lutam por um pedaço de carne até ao fim, pior do que a gente de que a Alice se queixava nas cartas, envelopes em papel muito fino, by air, par air, a Alice com os vidros abertos a pensar no que fazer com a verdade, uma vista linda sobre a baía, palmeiras e o mar estendido até ao fim dos olhos e a Alice a escolher desesperar-se, sempre foi tão fraca, aquela rapariga nunca teve jeito para estar viva, uma questão de feitio,

querida amiga, ao fim de tantos anos neste inferno estava convencida de que era imortal, não fosse a felicidade do meu marido, o cheiro insuportável que se lhe colou ao corpo, aqui dizem catinga, têm palavras tão engraçadas

a Alice com os vidros abertos de onde saltou, a Maria da Guia encurralada entre um armário e a mesa da cozinha, de costas para a janela, o povo vencido nunca mais será unido, as lengalengas são tão maçadoras, a minha mãe zangou-se, ergueu a mão

uma criada comunista, era só o que me faltava

em vez de ir buscar as agulhas e a cesta de vime para se pôr a tricotar este pó que tomou conta da casa, se fosse buscar as agulhas e a cesta de vime cheia de novelos de lã a minha mãe deixava de ver o meu pai atrás dos pássaros e não se esquecia que uma senhora deve, em qualquer circunstância, ser chic, très chic, de sonhar com Paris, que só existiu na cabeça dela, se a minha mãe fosse buscar as agulhas aceitava que o assunto desagradável do meu acidente é irresolúvel, de natureza diferente do assunto desagradável da tonta da criada apaixonada por um comunista resolvido com uma bofetada na cara da Maria da Guia, esta gente é pior do que os cães, esses apanham e continuam a gostar dos donos, e a Maria da Guia

a menina precisa de alguma coisa desta sua criada comunista

segue-me, com aqueles passos silenciosos que só as melhores criadas têm, não tarda a deixar-me aqui sozinha, passo pela mesinha do telefone, digo, se o telefone tocar não estou, não quero falar com ninguém, há anos que este telefone não toca, menina

muito menos com a Dora que não para de me ameaçar, se venderes a casa nunca mais me vês, se venderes a casa podes esquecer-te que tens uma filha, ainda me deu uma hipótese, uma única hipótese, se eu precisasse do dinheiro, podia ter aproveitado mas disse-lhe, não preciso do dinheiro, as ceras não correm bem mas tenho dinheiro suficiente,

é só por maldade que vendes a casa

então é por maldade, vamos pensar que sim, os meus pais não deviam ter confiado em mim, não se pode confiar numa mostrenga, especialmente numa mostrenga que se fez nascer, os monstros mais cedo ou mais tarde cumprem a obrigação de se vingarem dos seus criadores, vamos pensar que também é por maldade que quero vingar-me do Ângelo, se esse mentiroso telefonar diz-lhe que me lembro dele, ouviste Maria da Guia, se esse mentiroso telefonar diz-lhe que ao contrário do que julga não me enganou, lembro-me dele muito bem, estou sozinha, a Maria da Guia definha numa gaiola alugada, um pássaro doente desejando que a mão do meu pai, aproximo-me do telefone, levanto o auscultador preto de baquelite e um apito continuado, o mesmo de sempre, iiiiiiiiii, deixo-o estar na orelha, iiiiiii, a bolacha cheia de números, se os juntar de determinada maneira ouço, faça o favor de dizer, queria falar com o Ângelo, sou a irmã,

deve ser engano, o Ângelo não tem nenhuma irmã

se os juntar de determinada maneira ouço a voz da mãe do Ângelo que nunca conheci, sempre a vi ao longe, as criadas além da cor, um moreno feio, têm um brilho gorduroso que lhes é comum, um cheiro a sabão, as ancas largas, as mãos ásperas, são todas tão parecidas, a mãe do Ângelo não tinha aquele tom específico que distingue as melhores serviçais, várias vezes juntei os números e sempre a mesma voz arrogante, incompatível com a que uma serviçal deve ter, já lhe disse que é engano, o Ângelo não tem nenhuma irmã, insistia, juntava os números, queria falar com o Ângelo, sou a irmã, e a mãe do Ângelo, uma criada mal-ensinada, insolente, deixou de se dar ao trabalho de me responder, desligava mas eu continuava a falar, penso que para um sítio parecido com o das mensagens que o artista deixa à Dora, a mãe do Ângelo nunca me ouviu,

> para se vingar o seu filho deitou-se com a mostrenga da irmã

deixou-me para sempre no sítio onde ficam as vozes que nunca são ouvidas, um sítio onde cabem as vozes todas do mundo, um sítio maior do que o próprio mundo, quando o Ângelo apareceu no hospital fingi e deixei-o fingir que era a primeira vez que nos víamos, em vez de

> sei quem tu és, sei o que me fizeste

lhe dizer a verdade, foi fácil fingirmos porque o Ângelo estava muito diferente do rapaz que eu conheci, quando naquela tarde apareceu no hospital o Ângelo já era um espantalho a gaguejar o que tinha ensaiado, pode não ser a melhor altura mas

um espetáculo fraquinho como são todos os espetáculos que o Ângelo dá, um espetáculo que interrompi com

não sabemos nada dos outros, nunca imaginei que o meu pai conhecesse tanta gente, um corrupio de visitas que

uma mentira, não ia dizer ao Ângelo que nunca tinha aparecido ninguém, que há muito que os amigos, vizinhos, colegas tinham matado o meu pai, que esta morte era só uma formalidade, o Ângelo enervou-se e gaguejou mais na deixa que tinha preparado, eu sou, eu sou, completei a frase, um amigo, com certeza que é um amigo, o meu pai sempre gostou de ter amigos, era um homem muito prazenteiro não fosse o hábito de colecionar pássaros e de ficar a olhar para eles, o hábito de ter duas famílias,

o hábito de denunciar pessoas

não, esse hábito o meu pai não teve, conheci todos os hábitos do meu pai, foi o Ângelo que inventou esse hábito para se vingar, ainda bem que não o deixei

também sou filho dele, é uma história muito comprida, não sei se é a melhor altura

dizer a verdade, podia desculpar-me, com o meu pai a morrer tudo se tornou irrelevante, ou a dor não me permitiu, tinha boas desculpas mas interrompi o Ângelo por desinteresse, não queria saber nada de uma vida que estava a acabar, a verdade sobre um homem que para todos os efeitos já tinha deixado de existir pareceu-me inconveniente, e se o que o Ângelo tinha para me dizer me interessava pouco, o que tínhamos de fazer caso o deixasse falar, a encenação de um reencontro familiar, os abraços e as lágrimas, os silêncios magoados, ainda me era mais penoso, interrompi o Ângelo porque queria ficar sossegada à espera que o médico cumprisse o dever de me informar que o meu querido pai estava morto, um dever como tantos outros que tem, cumprimentar os vizinhos, votar, oferecer presentes a aniversariantes, nubentes, batizandos, retribuir postais de boas-festas, separar o lixo, um dever que se cumpre e de que não se fala mais, nem uma palavra mal dita, a voz delicadamente monocórdica, as mãos tranquilas, os olhos pacificados, uma conversa breve, no máximo cinco minutos já que o tempo dos vivos continua a esgotar-se, mesmo perante a coisa eterna que a morte parece ser, naquela tarde no hospital o Ângelo quis enganar-me e ainda hoje está convencido de que conseguiu, pensa que não me lembro dele nem do mal que quis fazer-me, afinal se o Ângelo telefonar atendo e pergunto-lhe mais uma vez

quando te deitaste comigo já sabias que era tua irmã

o que já sei, o Ângelo vai mentir-me, tem a mania de jurar que nunca me tinha visto antes daquela tarde no hospital,

juro pelo que tu quiseres que nunca te tinha visto, que te vi a primeira vez naquele dia no hospital e eu tenho a mania de lhe responder, enfadada, passaste horas especado no fim da rua a vigiar-nos, é engraçado que nunca me tenhas visto, normalmente o Ângelo irrita-se, és sempre tão desagradável, já te tinha visto ao longe mas a primeira vez que falei contigo foi no hospital quando ele, o Ângelo nunca diz o meu pai ou o nosso pai, diz ele, ou o teu pai,

este homem não te conhece, nunca te esqueças que este homem não te conhece

o Ângelo que continua a mentir-me para não ter de confessar uma das muitas vinganças que engendrou, podia dizer-lhe tens a certeza que naquela tarde do cerco, ou, tens a certeza que eu e tu, tens a certeza que nós não, o telefone está a tocar,

onde andas com a cabeça, Maria da Guia

talvez seja a modista a avisar que o vestido que mandei fazer para assinar a escritura está pronto, atende o telefone Maria da Guia antes que a mão da minha mãe torne a ganhar balanço, a pulseira de pérolas a escorregar no antebraço, a aproximar-se do cotovelo, outra bofetada na outra face sem que a Maria da Guia a tenha oferecido, nenhum comunista segue os mandamentos cristãos, a Maria da Guia com a cara a arder, por causa das lágrimas, que estas criaturas têm lágrimas muito salgadas,

as criadas, quando saudáveis, têm este tom avermelhado

a Maria da Guia devia estar habituada àquele calor nas faces, não devia ser diferente do que sentia quando amassava os petits fours ou esfregava a roupa no tanque, o calor da cólera não deve ser diferente,

telefone para si, menina

quem é, perguntava eu, nunca me dava ao trabalho de olhar para a criatura, é a costureira, menina, a Maria da Guia sempre disse menina, a menina porta-se como uma vadia, a menina faz coisas feias com os rapazes, a minha mãe com a mão levantada,

ordinaire, très ordinaire

uma vontade cega de espancar a criada comunista, a mão da Maria da Guia a hesitar entre proteger a cara ou a senhora daquela vontade cega, as criadas, quando bem ensinadas, pensam primeiro nos patrões,

a senhora nunca mais me bate, a senhora nunca mais me bate

a Maria da Guia escolheu proteger a minha mãe, a minha mãe parada na caridade da mão que a agarrou, o telefone não para de tocar, deve ser a modista a dizer que não conseguiu aprontar o vestido porque tem de vender enciclopédias porta a porta,

a praga do prêt-à-porter, a maldita praga do prêt-à-porter

também me podia lamentar, quando se quer encontra-se sempre razões para lamúrias, a praga do laser, a maldita praga do laser dos centros espanhóis

a escritura está marcada para daqui a pouco, tenho de me ir arranjar, ontem à noite pintei as unhas, hoje de manhã estiquei o cabelo, gosto de sentir o ar quente do secador no pescoço e demorei-me bastante a esticar o cabelo, a chuva é que não calhou nada bem, um carro salpicou-me de lama a gabardina e o meu cabelo encrespou-se, os sapatos mancharam-se e ficaram com mau aspeto, antes de chegar à rua estava bonita, e a minha mãe

esse vestido não te assenta bem

não me elogiou como na tarde perfeita de primavera, o vestido não assenta nada bem e a modista neste quarto, que era o quarto de costura,

milagres nunca fiz, se fizesse milagres estava no altar

encolhia os ombros, se a minha mãe insistia num arranjo a modista respondia mal, foi isso que espantou as clientes, não foi a praga do prêt-à-porter, ninguém atura uma modista mal-educada, foram as respostas que a minha mãe não ouvia,

desculpe, tem toda a razão, que ideia a minha

tão aflita estava a desculpar-se da mostrenga que tinha gerado, as mãos da modista andavam pelo meu corpo, um pedaço de carne, veja lá, se aperto aqui arrepanha dali, e aqui à frente, veja lá, se lhe tirasse este franzido veja lá como ficava, a minha mãe muito envergonhada, tem razão, tem toda a razão, veja lá, noutro corpo qualquer este problema nem sequer se punha, veja lá como noutro corpo assentava que nem uma luva, o tecido e a confeção são de primeira, e à noite a minha mãe deitada ao lado do meu pai, com a colcha de renda num rolo aos pés, o missal ou o terço nas mãos, uma mártir

Baltazar, tens a certeza de que ninguém na tua família

o meu pai encolerizado, deixa-me em paz Celeste, deixa-me em paz, a Maria da Guia afastou-se da minha mãe, desapertou o nó do avental, tirou a farda, amarrotou com os pés o que a distinguia das outras criadas, no hipermercado a minha criança nem pela farda se distingue, no hipermercado a minha criança é igual a todas as que estão fardadas, a Maria da Guia virou costas,

acabou-se, minha senhora, acabou-se

no hipermercado a Dora nunca vira costas, um sítio onde mal se mexe, se um cliente

veja lá, não me amasse as cebolas

maldisposto se zanga, a Dora sorri e pega com mais cuidado no saco de cebolas origem nacional 2 kg, na estação meteorológica digital visor LCD memória para valores máximos e mínimos relógio data e alarme, estufa túnel para jardim 14 varetas 7 ligadores 2 estacas e 2 cordéis, no pacote de arroz carolino extralongo cuidadosamente selecionado, nos cestos com rodas multifunções em material resistente montagem fácil, a minha Dora fascinada com a quantidade de coisas de que as pessoas se convencem que precisam, com a quantidade de pessoas que são proprietárias de coisas inúteis, a Dora fica o dia inteiro na caixa do hipermercado

> olhe que não tirei o dia para os seus enganos, passou duas vezes os rolos higiénicos

a sorrir, nunca ninguém fez queixa dela, a Dora sabe que faz parte da imagem do hipermercado, é a última coisa que os clientes veem no hipermercado segundo o que o gestor de recursos humanos lhes explicou, daí a importância do sorriso, a Dora uma boa funcionária, a melhor, mesmo no intervalo, casa de banho, sala de descanso, máquina de café e de sandes com película aderente, um intervalo disponível na versão de cinco ou de dez minutos, é uma boa funcionária, a melhor, a minha Dora está no banho, não me ouve gritar,

> atende o telefone, Dora, atende o telefone

a minha criança recebe a notícia

> houve um acidente na autoestrada

sem dizer nada, os anjos têm dificuldade em falar, podia dizer que é minha filha, que apanhámos o hábito de nos magoarmos, que o nosso amor magoado é a única coisa que temos, os anjos têm dificuldades com as palavras, se pudesse a Dora dizia que me perdoava tudo, a venda da casa que me fazia mal, a vontade de me demorar no passado, como a Dora não diz nada os homens que me encontraram

tresanda a álcool

prendem-se a detalhes irrelevantes, por exemplo, o meu estado de embriaguez, o fio de sémen a escorrer nas minhas pernas,

andou na festa

não fazem por mal, são os detalhes que nos prendem às histórias, o meu anjo podia salvar a história que estes homens contam de mim, podia dar-lhes outros detalhes, porventura mais importantes, atende o telefone Dora já que a Maria da Guia não vai chegar a tempo, o quarto alugado onde definha é longe e o reumático já lhe complica o andar, atende o telefone que

amanhã saio de casa, nem mais um dia

os anjos nunca se zangam, uma impossibilidade, mas há coisas estranhas, também não me parece que os anjos possam existir fardados numa caixa de hipermercado, quanto mais não seja por uma questão de espaço, as asas dos pássaros não cabem numa gaiola tão pequena, quero dizer, dos anjos, pensando bem talvez a Dora não seja um anjo, talvez tenha de me resignar com a carne de que a fiz, talvez, atende o telefone Dora que o homem quer cumprir o dever de te informar do

tresanda a álcool

acidente que me prendeu nesta posição, das coisas que ficaram espalhadas pelo chão, o homem vai omitir, porque escapa ao dever de informar, os pormenores,

andou na festa

o sangue que me escorre da boca, o barulho que os grilos fazem nos meus ouvidos, se a Dora fosse um anjo podia salvar-me, se a tivesse deixado ser um anjo, se não a tivesse condenado à morte no mesmo instante em que lhe dei a vida, fi-la à minha imagem e semelhança, eu própria me encarreguei de a condenar à vida e à morte, não pode ser um anjo, a Dora atende o telefone, o homem cumpre o dever de a informar e a Dora cumpre a vingança de não contar ao homem detalhes que modificassem a minha história, detalhes como este de a julgar um anjo, atende o telefone,

amanhã saio de casa

e vais para onde se a única coisa que tens neste mundo é a sombra que fazes e mesmo assim é preciso que faça sol, e as oito horas no hipermercado, camisola interior com bordado 100% algodão superpenteado sem costura lateral apropriada para secador, termómetro digital visor LCD de fácil leitura em 60 seg adequado para medição oral retal e axilar exatidão ± 0,10°C, os hábitos são tão difíceis de desentranhar, o meu pai a colecionar pássaros, as tardes das quartas-feiras em silêncio depois do desaguisado com a tonta da Clarissa, o Ângelo especado no fim da rua a odiar-nos, os hábitos são tão difíceis de desentranhar, quando nos põem numa vida não sabemos ter outra, menina

a Maria da Guia ignorou o sol que encharcava os mosaicos da cozinha, apanhou a farda e o avental que tinha amarrotado com os pés e foi para o fogão, um hábito, o Ângelo cresceu forte como todos os bastardos crescem, mais fortes do que as ervas daninhas, um hábito,

um homem como ele não podia casar com a minha mãe

pouco depois de ter crescido apanhou o hábito de se pôr a cismar com vinganças, outra e mais outra até eleger a mais cruel, de todas as vinganças escolheu a mais simples e a mais cruel, compreende que o pai dele tenha escolhido a minha mãe para casar, que o meu pai tenha proposto à mãe dele as duas assoalhadas esconsas onde ainda hoje vive, compreende tudo, deve ter aprendido com a mãe

compreendo que não estragues a tua vida para te casares comigo

ninguém corrige o passado, ponto final

que nunca se apiedou do meu pai, um rapazinho cobarde, a chorar, a mãe do Ângelo zangava-se,

vou casar-me com ela mas só te amo a ti

um homem a sério não chora, um homem a sério não se deixa apanhar no hábito de olhar para os pássaros, e se amanhã não aparecer na igreja, se não me casar com ela

nunca se viu um noivo com os olhos inchados de choro, vê lá se tens juízo

e o meu pai a pedir-lhe um beijo, sempre foi tão patético o meu pai, o meu pai a pedir-lhe um beijo,

amo-te, só te amo a ti

sem suspeitar de que no dia seguinte a mãe do Ângelo ia entrar na igreja com o filho pela mão para assistirem ao casamento, ninguém reparou na mulher que entrou na igreja com um miúdo pela mão, olhavam para a tiara da noiva, admiravam a casaca preta e lustrosa do noivo, ninguém reparou, estava uma manhã demasiado quente para o mês de maio, o Ângelo pediu à mãe que lhe tirasse a camisola de lã, a mãe do Ângelo apertou a mão do bastardozinho do noivo, daqui a nada já nos vamos embora, o miúdo perguntou,

quem é aquela senhora vestida de branco que está ao lado do pai

e a mãe ralhou-lhe,

aquele homem não é teu pai

o Ângelo nunca mais disse o meu pai, nunca diz o meu pai ou o nosso pai, diz sempre ele, o teu pai, no fim da cerimónia o miúdo queria ir falar com o pai e com a senhora bonita vestida de branco,

por que é que aquele homem já não é o meu pai

a mãe agachou-se para ficar ao nível dos olhos do miúdo,

aquele homem não é teu pai, o teu pai morreu

a mão da mãe agarrou o miúdo por um braço e levou-o para longe da senhora bonita vestida de branco que o meu pai abraçava, uma fotografia que está no quarto, para longe dos convidados que os cercavam, os meus pais abraçaram-se e o fotógrafo estendeu o véu de três metros sobre a relva, pediu o sorriso que os meus pais emolduraram sobre o aparador da sala de jantar, quando olhava para a fotografia a minha mãe, o teu pai não é nada fotogénico, os convidados foram--se revezando ao lado dos noivos, ficaram todos no álbum que a Dora em pequena folheava e que coube no saco de recordações que trouxe de casa dos avós, a Dora gostava que a avó lhe contasse os detalhes da história do casamento,

um dia lindo, mon ange, quando chegar a altura também vais ter um dia lindo como eu tive

a Dora nunca ouviu os detalhes de que a minha mãe se lembrava, a tiara que nunca estava no sítio por causa do cabelo demasiado fino, o véu que se prendia em todo o lado, os sapatos de cinderela que lhe aleijavam os pés, a casaca lustrosa que sufocava o meu pai, os pais da minha mãe que não estavam certos de terem decidido bem, afinal de contas não o conhecemos de lado nenhum

a Dora ouviu os detalhes que a minha mãe inventou para ela, a ausência dos meus avós, dos campónios,

pessoas como nós desfeiam um casamento fino

foi transformada num casal que fazia a vez de, estes eram os teus bisavós, os pais do teu avô, e os convidados do noivo, quatro antigos colegas do seminário e dois colegas do emprego

a vergonha que eu tive quando vi os convidados do teu pai

foram misturados nos restantes convidados, os seminaristas envergavam uns fatos de má qualidade e os dois colegas estavam um bocadinho melhor mas as mulheres, só o teu pai para convidar aqueles desgraçados para o nosso casamento, a vergonha que eu tive quando vi os convidados do teu pai, à Dora a minha mãe contava, eu e o teu avô tivemos um casamento muito grande, cento e cinquenta convidados, não sei se o Ângelo e a mãe dele faziam parte deste número, a minha mãe nunca disse que viu aquela mulher mal vestida agachada à frente do miúdo

nunca mais te quero ver a chorar, nunca mais

o fotógrafo pediu aos noivos que entrassem num carro preto, o fotógrafo tufou o véu da noiva na chapeleira, compôs o lenço de pescoço do noivo que estava torto, e depois pediu, o noivo com uma cara mais alegre, a minha mãe nunca contou que viu a mulher levantar-se e ficar de mão dada com o miúdo, mãe e filho assistiram à partida dos noivos, uma convidada disse para o marido, certamente alguma criada que em tempos serviu em casa da Maria Celeste, esta gente quando é bem tratada ganha afeição, certamente alguma criada que veio desejar felicidades, a mãe afastou-se com o miúdo uns passos,

diz lá o que aconteceu ao teu pai

e o miúdo sem hesitar,

morreu, o meu pai morreu

a mãe abraçou o miúdo, é isso mesmo, limpou-lhe o resto das lágrimas, mãe e filho desapareceram abraçados atrás dos arbustos da igreja, a propósito do dia do casamento a minha mãe nunca disse, a mim, à Dora, a ninguém, que se espreitassem um bocadinho para fora do enquadramento das fotografias podiam ver o filho e a amante do noivo, uma campónia de mão dada com um ranhoso, só um incapaz é que permite que a amante apareça com o bastardo no casamento, só um incapaz, a história do casamento teve sempre

um dia lindo, mon ange

outros detalhes, para a Dora, para mim, detalhes onde não cabia, pouco depois da lua de mel o meu pai pediu à amante que fugisse com ele não consigo viver mais um dia sem ti, mais um dia com ela

e como a amante não aceitou sentou-se numa cadeira a chorar,

de onde me vem isto agora, de onde me vem esta certeza de que foi assim que tudo se passou

pousou a cabeça sobre o tampo da mesa e esteve a soluçar mais de duas horas, a amante não se aproximou nem deixou que o filho se aproximasse, o meu pai sempre foi tão patético, a amante disse qualquer coisa ao filho, o miúdo aproximou-se, o senhor deseja tomar alguma coisa, o meu pai agarrou o miúdo, não as mãos que mais tarde desapiedadas apanhavam os pássaros doentes ou defeituosos, outras mãos ainda novas, esperançadas, o meu pai puxou o bastardo para o beijar, o miúdo limpou das bochechas as lágrimas do meu pai,

o senhor quer tomar alguma coisa

anda cá ao teu pai

o miúdo fugiu para o outro lado da mesa, a mesa onde estão agora as maçãs engelhadas no lago com cisnes que faz de fruteira, as maçãs mirraram sob os olhos estrábicos dos cisnes,

onde vais buscar estas coisas, Violeta

o meu pai morreu, já disse que o meu pai morreu

não vires o nosso filho contra mim, peço-te

porta-te como um homem

o meu pai, um espantalho parecido com o filho bastardo, com tão pouca graça como o filho bastardo, pôs a cabeça entre as mãos e implorou, não me faças isso, peço-te pelo nosso filho que não me faças isso,

sei sem saber como sei

o miúdo disse assustado à mãe, o senhor não para de chorar, e a amante disse, não se sabe portar como um homem, nunca soube, quando fores grande porta-te sempre como um homem, o meu pai escondeu a cara envergonhado, nunca se soube portar como um homem, a amante cumpriu em cada instante a vingança cruel que tinha engendrado,

não ias estragar a tua vida para te casares comigo, compreendo isso, como é que podia não compreender

e ensinou-a ao bastardo, o meu pai, um desgraçado, não parava de implorar, vem cá, sou o teu pai, não morri, olha para mim, diz ao miúdo que sou o pai dele,

se tornas a dizer isso ponho-te na rua

o meu pai passou a ser o senhor que os visitava todos os dias, o senhorio diz que não paga o arranjo dos canos da casa de banho, e o senhor levava a mão à carteira, o miúdo precisa de uns sapatos, o miúdo entusiasmou-se com uma bicicleta, se por acaso o senhor, não pode ficar para o mês que vem,

bem te avisei que isto não era vida

a amante falava mais alto e mais zangada e logo o meu pai, não te preocupes querida, eu cá me arranjo, mesmo se à noite, a minha mãe, o dinheiro parece que desaparece nas nossas mãos, e o meu pai, se o que ganho não chega para os teus luxos tens de ter paciência, a minha mãe, só não percebo como se gasta tanto dinheiro, é só isso, e o meu pai mais zangado, parece impossível que não saibas falar de mais nada, Celeste, e se ao jantar a minha mãe, e se fôssemos ao médico com a miúda, talvez haja algum tratamento novo, o meu pai arrumava os talheres, o que não tem remédio remediado está, penso que a minha mãe tinha pena de mim, nessas ocasiões a bastarda que o coração do meu pai tinha criado metia-lhe dó, quando a minha mãe falava o meu pai vestia o casaco e

vou espairecer

saía de casa, quando eu falava o meu pai vestia o casaco e saía de casa, quando a minha mãe se calava, o meu pai vestia o casaco e saía de casa, quando eu me calava o meu pai vestia o casaco e saía de casa, nada do que eu ou a minha mãe fizéssemos ou deixássemos de fazer impedia o meu pai de sair de casa, muito tempo antes de ficar xexé já o meu pai saía todas as noites para espairecer, o Ângelo refere-se à vida do meu pai, antes de ter ficado xexé, depois de ter ficado xexé, ao princípio eu e a minha mãe ainda disfarçávamos mas depressa deixámos de o fazer, toda a vida o meu pai teve uma amante que lhe deu um filho bastardo e nunca ouviu um queixume da minha mãe, de mim, enquanto a amante ensinava ao filho a vingança mais cruel, enquanto compreenderes nenhum carrasco pode nada contra ti, eu e a minha mãe experimentávamos o poder terrível da compreensão,

ele tem deveres para com eles

um homem como o teu pai não ia estragar a vida a casar-se com uma mulher como a minha mãe

ainda hoje o Ângelo compreende tudo, aposto que quando o meu pai ficou xexé mãe e filho celebraram a vitória nas duas assoalhadas miseráveis, tinham destruído a vida do meu pai, a da minha mãe, a minha, há uns anos depois de umas cervejas, de muitas cervejas,

sempre senti que ele se envergonhava mais de ti do que de mim que era

o Ângelo, um adversário tão fraco, confessou que o meu pai se envergonhava mais de mim do que de um bastardo, o Ângelo nunca conseguiu dizer bastardo, diz a palavra Ângelo que as palavras deixam de nos doer se as dissermos muitas vezes, a própria dor deixa de o ser à medida que permanece em nós, à medida que se demora em nós, aproveita e diz também

o meu pai tinha vergonha da mostrenga em vez de ter vergonha do bastardo que ficaste contente com o castigo dos meus pais, a tua mãe disse-te, casou-se com uma mulher que o ia fazer subir na vida

uma senhora deve em qualquer circunstância ser chic, très chic

e tudo o que ela lhe deu foi uma mostrenga, à compreensão o Ângelo acrescentou o requinte do perdão e está para sempre

perdoei-lhe tudo

preso na vingança que o tolhe, ainda hoje o Ângelo me maça com histórias de cobardes, o meu pai, a mãe dele e a minha, de amores impossíveis, os mesmos atores, de azares, aí já entramos eu e o Ângelo em papéis secundários, nunca soube o que fazer com esta história, nunca quis compreender o meu pai nem perdoá-lo, nunca quis compreender a minha mãe, a amante, o filho bastardo,

gostava de todos nós à maneira dele

quero que o meu pai e a maneira de ele gostar se fodam

depois de umas cervejas já não sei o que digo, nunca mais falei com o Ângelo sobre nós, vou vender esta casa, o hábito de me demorar no passado é perigoso, se me distraio posso nunca mais sair daqui, a partir de hoje vai ser tudo diferente, estou livre, hoje acerto as contas com a vida e nunca mais o passado me faz mal, uma sanguessuga voraz, não quero ficar presa ao passado, nem pela vingança como o Ângelo, nem pelo amor como a Dora, o passado aceita qualquer coisa para nos manter presos, a memória é a tortura pior, a memória que não me deixa descansar mesmo se já não sinto o corpo, suspensa pelo cinto de segurança, naquela noite embebedei-me nas duas assoalhadas miseráveis do Ângelo, ou noutra noite em que o fui visitar, era frequente embebedar-me quando o visitava, se calhar para me poder rir sinceramente das piadas desenxabidas, bêbeda via o meu pai naquela casa com a amante e com o bastardo, satisfeito como nunca o vi nesta casa, se calhar esta casa também lhe fazia mal, as paredes também se juntavam para o sufocar, os tetos baixavam, esta casa também fazia mal ao meu pai, embebedava-me mas em vez de me rir das piadas dava-me para gritar com o Ângelo,

> deixa-te de tretas, não lhe perdoas um dia, um só dia dos que viveste nesta espelunca, quanto mais a vida que te obrigou a ter

conheço o Ângelo, oferecia-me de beber para me ouvir gritar, podemos não ser feitos exatamente da mesma carne, nem do mesmo sangue, mas conheço o ódio do Ângelo como se fosse meu, naquela noite ou noutra, o Ângelo esbofeteou-me,

> não sabes o que dizes, estás bêbeda

lembro-me de ter pegado no elefante de jade e de ameaçar parti-lo, para o livrar do azar de ter ficado preso naquela vingança, queria livrá-lo do azar mas o Ângelo implorou-me, pousa o elefante, por favor, estava assustado como nunca o vi, pousei o elefante com a tromba virada para a porta, olhei para as bailarinas paralíticas da cristaleira e para o lago com os cisnes que fazem de fruteira, o Ângelo só existe nas duas assoalhadas miseráveis, as pessoas têm existências intermitentes, eu por exemplo nunca existi quando os rapazes namoravam as minhas amigas, as minhas amigas nunca existiram quando os rapazes me apalpavam nas matinées, nas poucas vezes que os repreendi, é um favor que te faço, ninguém queria ser visto com um batoque como eu, e se contares a alguém digo que é mentira, o passado é um pântano perigoso, mais escuro do que as salas de cinema, a minha mãe ficou toda entusiasmada quando soube que eu ia ao cinema com um rapaz, o entusiasmo não serviu de muito,

tens de aproveitar, olha que convites desses não deves ter muitos mais, a Maria da Guia faz de chaperon

nunca nenhum rapaz me foi buscar a casa e nunca a Maria da Guia fez de chaperon, ao princípio ainda perguntei, a que horas me vais buscar, estás parva, não te vês ao espelho, portanto ia sozinha ter com os rapazes

não sabíamos que gostavas tanto de cinema, Violeta

que se riam de mim, com o passar do tempo a minha mãe tratou deste assunto como de todos os assuntos desagradáveis com que lidou,

não há nada que o silêncio não mate

portanto ao contrário das outras raparigas, as decentes, chegava sozinha ao cinema, as outras raparigas vinham com um rapaz pelo braço, traziam sempre uma prima, uma irmã mais nova, uma tia, e não me cumprimentavam, os rapazes pediam lugares escondidos sem sequer disfarçarem, as outras raparigas diziam aos rapazes que traziam pelo braço, tem cá uma fama, as mães das outras raparigas, não te quero falada como aquela coitada, apesar de chegar sozinha ao cinema era muito requisitada, tinha sempre um rapaz de cada lado, quando as luzes se apagavam sentia as mãos deles nas minhas pernas, por baixo dos meus braços para me chegarem às mamas, puxavam a minha mão para a braguilha, nunca ninguém viu nada, os arrumadores, os vendedores de doces, nunca viram nada, os rapazes escolhiam bem os lugares para fazerem aquilo, diziam aquilo, nos intervalos cediam os lugares a outros que se sentavam ao pé de mim para fazermos outra vez aquilo, as luzes apagavam-se e os novos rapazes puxavam as minhas mãos para as braguilhas, quando o filme acabava as outras raparigas iam-se embora de braço dado com os rapazes que as levavam a casa e eu ia sozinha, os rapazes gritavam, gostaste Violeta, para a semana há mais, e riam-se muito, na semana seguinte um deles telefonava-me e dizia o nome do filme, cheguei a ter uma fila inteira de rapazes para trocarem de lugar em cada intervalo, documentário, desenhos animados, apresentações, e os imbecis mudavam de lugar para me mexerem, para que eu mexesse neles, para fazermos aquilo, as outras raparigas nos lugares decentes, centrais, e eu no segundo balcão a mexer em sexos intumescidos, no intervalo grande os rapazes iam falar com as outras raparigas, eu andava sozinha pelo cinema, comprava um chupa-chupa ou um chocolate, nos intervalos nenhum dos rapazes me conhecia e logo que o intervalo acabava corriam para mim, brigavam pelos lugares, queriam as minhas mãos a afagar-lhes as pilas recém-iniciadas no prazer, na maneira intermitente de existirmos os rapazes das borbulhas que me apalpavam nas matinées nunca existiram para as raparigas decentes com quem se casaram e de quem tiveram filhos, a minha mãe nunca existiu para a Dora, a avó da Dora nunca existiu para mim, o pai do Ângelo nunca existiu para mim, o meu pai nunca existiu para o Ângelo, a Maria da Guia não existe fora desta casa, não podia ir-se embora com o namorado comunista para não deixar de existir, no chão da cozinha as lágrimas da Maria da Guia caíam dentro do sol que encharcava os mosaicos,

desculpe, minha senhora

mais alto, desculpe minha senhora, a minha mãe complacente, longe dos mosaicos encharcados de sol já que uma senhora não deve bronzear a pele, a culpa não é tua, a culpa é de quem anda por aí a gritar disparates, vamos lá esquecer este assunto desagradável,

o povo vencido nunca mais será unido

a Maria da Guia ficou nesta casa até ao fim da minha mãe, até ao fim do meu pai, fui eu que a mandei embora, na gaiola onde definha a Maria da Guia nunca se esquece de perguntar,

o povo vencido nunca mais será unido

a senhora precisa de alguma coisa, o senhor doutor precisa de alguma coisa, naquele tom específico que só as melhores criadas têm, a menina precisa de alguma coisa, uma gaiola, não mais do que cinco metros quadrados, que mantém limpa, esfrega e encera o chão, lava à mão os cortinados, os hábitos são tão difíceis de desentranhar, a Maria da Guia cheia de rugas, as criadas depressa se enchem de rugas, uma pele fraca que se encarquilha, parecem-se todas umas com as outras, cheiram todas umas às outras, a sabão,

a menina precisa de alguma coisa

estou à espera que alguém me venha salvar, um anjo, o Ângelo, o camionista, a mulher do camionista, a Denise, o ucraniano, a Betty, os filhos pálidos da Betty, os compradores, a segunda ajudante, o funcionário, o velho do campo de golfe, o homem do descapotável, os indianos do restaurante, a noiva que tinha o véu da pila, as amigas da noiva, a Carminho, o sofá de veludo azul, o empregado da cafetaria, o rapaz que tinha escrito na camisola smile, alguém que tenha lido os recados que deixei na área de serviço, alguma coisa me há de salvar, não posso ficar fechada

c'est fini, c'est fini, ma chérie

nesta casa que arrefece, sou alérgica a este pó de sal que está por todo o lado, as lágrimas quando secam deixam um pó salgado que corrói tudo, a secretária do escritório está toda manchada, o sorriso emoldurado dos meus pais desapareceu da estante, a Dora levou-o no saco de recordações quem havia de dizer que os teus avós cabem num saco, que o que deles sobrou cabe num saco

com que ontem apareceu em casa, sei como magoar a minha filha, somos boas adversárias, a Dora sabe como magoar-me, de ti nem um saco, nada, de ti não quero nada, empatadas, a minha Dora nunca tentou escapar-se ao motivo por que nasceu, cumpre a sua obrigação a sorrir como o gestor de recursos humanos lhe ensinou,

ninguém nos magoa tanto como um filho

cumpre as ordens da chefe a sorrir, na sala do intervalo, a chefe, toca a despachar, e a Dora imediatamente de pé mesmo se as colegas, parece um pau-mandado, a Dora, o pedaço mais perfeito de mim, sai da sala, não lhes responde, um anjo, um telefone a tocar não assusta os anjos que dormem no céu, trombetas, trombetas celestiais, os homens que me tiraram do carro avisam a Dora que recebe a notícia em silêncio, os homens prendem-se em detalhes irrelevantes, afastam-se da minha história, esta que conto, fecho o escritório, é a última vez que corro esta porta, o meu pai fica lá dentro enquanto o filho, o bastardo, o Ângelo gosta tanto de dizer xexé e não gosta nada de dizer bastardo, fica no fim da rua a odiar-nos, um rapaz normal com o pequeno problema de ficar horas especado no fim da rua a odiar-nos, de viver para vingar esse ódio,

compreendo que ele nunca me tenha dado o nome

um rapaz normal ao passo que eu, daqui a umas horas vendo esta casa, do escritório os compradores vão fazer uma salinha de televisão, vão mandar deitar abaixo paredes, erguer outras, mudar portas, a casa onde os compradores vão morar não existe para mim, esta casa não existe para os compradores, a casa onde a Dora foi feliz com os meus pais não existe para mim, a casa onde fui infeliz com os meus pais não existe para a Dora, esta maneira intermitente de existirmos, a filha dos compradores, uma adolescente a mudar de pele, no meu quarto, sem saber de um gesto meu, de um susto, de um desejo, uma desconhecida a dormir no meu quarto e o sol a bater nos mesmos sítios, a oferecer-lhe uma luz igual à que me deu, a filha dos compradores a dormir no meu quarto e a chuva a fazer o mesmo barulho que eu ouvia, os figos apodrecidos do fim do verão a terem o mesmo cheiro, as marcas do baloiço onde a Dora voava até ao céu no mesmo chão, a filha dos compradores não pode ver os meus pais bêbedos de amor pelo anjo que os salvou, talvez se a cozinha não estivesse tão escura, talvez visse a máquina de fiambre enferrujada sobre a pedra, o fogão coberto de fuligem, a pedra da cuba do lava-louças carcomida, a porta do frigorífico aberta, se estivesse um dia bonito o sol furava a persiana e fazia pequenas ovais naquele pedaço de chão e a filha dos compradores podia ver o mesmo que eu, se estivesse sol a cozinha recebia a luz nos mesmos sítios, ao princípio da tarde o sol começava a bater no quarto da criada, não o quarto da Maria da Guia que esta casa dela só teve o trabalho, o quarto sempre foi o da criada que acabou por ser sempre a Maria da Guia,

custam tanto a ensinar e esta está tão bem ensinada

muito perto do fim a minha mãe ainda, tem de se mandar pintar o quarto da criada, uma criatura abstrata, não a criatura que se consumiu nesta casa e que teve o azar de sobreviver aos patrões,

esta gente é pior do que cães, esses morrem com saudades dos donos

um quarto pequeno destinado a uma categoria muito específica de criaturas, um tom comum, a pele esverdeada e gordurosa, são todas tão parecidas, um cheiro a sabão, só se distinguem pelas fardas, subo as escadas, no andar de cima os quartos, dos meus pais, o meu, o das visitas que raramente tivemos, que mais tarde foi da Dora, um anjo que não nasceu preto,

andaste com um preto, um retornado preto

ainda bem, um anjo preto não era capaz de salvar os meus pais, mesmo necessitados de salvação os meus pais eram seletivos, um anjo preto não os podia salvar,

quem é o pai

não podia ser o retornado preto uma vez que a neta tão loura com a pele tão branca,

nem sabe quem é o pai da filha, nunca regulou bem da cabeça

quem é o pai, tentava saber a minha mãe lembrando-se do estrangeiro andrajoso que uma vez viu comigo, subo as escadas pela última vez, os degraus demasiado pequenos, escorregadios, à espera de um engano, de um passo em falso, a escada de madeira coberta do mesmo pó salgado que corrói a casa, pássaros aos gritos nas gaiolas, a importância que um ato ganha por ser o último, é a última vez que subo estas escadas, o último dia desta vida, já não existo como me conheci, no primeiro dia da minha vida ainda não existia como me conheci, chega a ser irónico como nos fogem o primeiro e o último dia das nossas vidas, subo as escadas, as telhas partidas deixam entrar chuva que fica a brilhar na madeira escura, com esta chuva como consegue o Ângelo ficar especado no fim da rua a odiar-nos, podia ter viajado comigo, os velhos cancelaram a excursão mas o Ângelo podia ter vindo comigo em vez de ficar cismado em vinganças, entro no meu quarto, acendo a luz, abro as portadas, fiz-me à estrada sozinha, a Denise e a Betty estavam à minha espera, com sorte despachava as ceras ecológicas, a especial para as varizes, sou uma boa vendedora, a melhor, sempre respeitei os meus inimigos, uma luta leal, o laser dos centros espanhóis é desleal, não me admira nada que um dia destes apareçam sobre a pele das clientes dos centros espanhóis milhões de fantasmas sequiosos de vingança, as soluções definitivas não contam com a tenacidade dos meus inimigos, a Denise gosta de me ouvir falar do laser e dos centros espanhóis,

> não a mando embora porque também me divirto com as parvoíces que diz

o ucraniano não a diverte e a Denise vai mandá-lo embora, para triste já basta a vida dela, a Betty não precisa que ninguém a divirta, não precisa de nada para além da Vivenda Elizabete, as minhas clientes esperavam-me, não estas, não neste destino, outras, noutros destinos, nunca soube viajar sem ter quem me esperasse, a não ser nos meus mapas, mundos de papel que colecionava, este armário está cheio de mundos de papel, terras a que não associo nada, uma paisagem, um animal, uma flor, sítios que só existem para os preencher como quero, os compradores vão pegar nos meus mapas, a mulher para o marido, nunca tinha visto uma coleção de mapas, o marido pega num dos mapas e depois noutro e noutro, estão todos desatualizados, os países já não têm estas fronteiras, não servem para nada, o homem atira desiludido os meus mapas para o chão, esta casa está cheia de porcaria, abro a janela do meu quarto e avisto o Ângelo, em vez de estar a escolher as piadas que vai dizer no próximo espetáculo está ali especado no fim da rua a odiar-nos, o Ângelo que se deixa morrer com o mesmo vagar das piadas de elefantes que conta, já ninguém se ri com piadas de elefantes, se a luz do palco não o cegasse

> onde foram desencantar esta desgraça sem graça nenhuma

talvez nunca mais aparecesse aos velhos com o fato de cetim azul-celeste, os velhos sempre tão mal-agradecidos, um amontoado de desdentados a reclamar, a comida até é boa mas o cómico é uma desgraça sem gracinha nenhuma, dos trocadilhos que fazem os sacanas dos velhos riem-se, o Ângelo cego e surdo no palco convencido de que o riso é o melhor que podemos oferecer aos outros,

> nunca mais te quero ver a chorar, nunca mais te quero ver a chorar

onde foi o Ângelo buscar um disparate tão grande, sento--me no colchão da minha cama que os ratos esburacaram, esta casa um ninho enorme de ratos e nem assim me sinto vingada, olho para a perna partida do toucador, o espelho estilhaçado que me triplica e que me incompleta ao mesmo tempo, a minha roupa no guarda-fatos, as mãos ásperas da modista

> milagres não consigo fazer, se fizesse milagres estava num altar

no meu corpo, se aperto aqui arrepanha dali, olhe para esta barriga, por muito que eu tente disfarçar, a minha mãe desfeita em desculpas, tem razão, fez o melhor que podia, arranjei-me para a escritura, o meu vestido garrido que me assenta tão bem, pintei as unhas de rosa berrante, estiquei o cabelo, pus a gabardina a limpar na lavandaria, não tive culpa se a chuva, se o carro me salpicou de lama, se uma malha dos collants, não tive culpa, antes de sair de casa estava bonita,

> ordinaire, très ordinaire

a minha mãe com as revistas de moda nas mãos, logros que se encheram de bolor no sótão,

> talvez este lhe ficasse menos mal

a modista mordia os lábios, não me parece, e este, o que acha deste, o mesmo esgar na cara da modista, se não fosse tão gorda, a minha mãe pousava as revistas, então vamos fazer o de sempre, um cache coeur e uma saia a direito numa cor escura, preto não, que as meninas não devem usar preto, azul muito escuro, cinzento antracite, bordeaux carregado, escolhi um vestido garrido e pintei as unhas de rosa berrante,

olhe que a menina vai chegar atrasada à escritura

vou vender-te e vou vender o teu namorado comunista

a menina é má, é uma menina muito má

os cache coeurs e as saias a direito de cores muito escuras estão no guarda-fatos, olho-me num pedaço que não está partido do espelho do toucador, o cabelo enrolado e a cara ainda mais redonda, uma bola, um pouco de sombra que os olhos ficam mortiços no meio de tanta carne, as pálpebras pintadas de azul e verde, riscadas a preto, pestanas postiças, rouge, uma leitoazinha rosada, um batom da cor do sangue, os lábios em carne viva, os compradores irónicos, pergunto-me se tem um espelho em casa, se antes de sair para a rua se viu ao espelho, por acaso vi-me neste das três caras incompletas, e no de minha casa, num de uma loja, e até no do banco, na porta de entrada que tem um vidro espelhado, por acaso vi-me, mas se não me visse não interessava, vejo-me desde que me conheço, sei o aspeto que tenho, a segunda ajudante para o funcionário, e a vendedora, não me admirava que andasse na vida, parecia uma puta barata, discordo, disso é que tenho de discordar, uma puta cara como devem ser todas as putas, as virtuosas é que ficam em conta, um arozinho de ouro no anelar esquerdo, dois ou três filhos, um almoço no restaurante no dia de anos, um pijaminha da sogra no natal, as virtuosas é que são baratas, as putas têm a obrigação de ser caras, a minha mãe insistia com o meu pai,

tens de ter uma conversa com a tua filha, Baltazar

alguém na tua família se portava assim, alguém tinha este aspeto, eu dizia, vou sair, devo chegar tarde, desde quando isso são modos, vais sair com quem, vou sair, o que lhe interessa o que digo se posso sempre estar a mentir,

Baltazar, alguém na tua família

saio do meu quarto, entro no quarto da Dora, o pedaço mais perfeito de mim, um anjo que não nasceu preto e pôde salvar os meus pais, a minha mãe, arranjámos o quarto para a menina, gostamos tanto de ter a nossa neta connosco, e o meu pai, sempre foi tão fraco, gostamos muito de a ter cá, a minha mãe, não é vida para uma criança andar de carro de um lado para o outro, Baltazar diz à tua filha que uma criança tão pequena não pode andar sempre de um lado para o outro, é melhor que a deixes aqui connosco, aceitei, quando ia de viagem entregava-lhes a Dora, a minha mãe sentava-se ao lado desta cama lacada a branco e ficava a olhar para a neta, um anjo que salvou a descendência da maldição, quando vinha buscar a minha filha encontrava-a num vestido cor-de-rosa com pintinhas brancas, sapatos brancos, um laço no cabelo, abro o armário, a Dora levou as roupas todas, saio do quarto da Dora, no corredor uma mancha de água no sítio onde me sentava a escutar os meus pais, a porta do quarto deles aberta e a cama sem a colcha de renda, deito-me sem a preocupação de me sujar, sobre a mesa de cabeceira da minha mãe uma revista, o que o céu, o céu não coube no saco de recordações que a Dora fez, o céu não cabe em sítio algum desta vida, abro uma gaveta da mesinha de cabeceira da minha mãe, medicamentos fora do prazo, uma prótese do maxilar inferior com dois dentes, vários cartões, sócia de, associada número, utente, muitos cartões, um certificado, sócia há vinte e cinco anos de, nunca tinha visto a gaveta tão desarrumada, sentada na cama dos meus pais as paredes começam a aproximar-se para me sufocarem, o teto vai baixando lentamente, sinto-me mal, fecho os olhos, clarões, o quarto a rodopiar, a casa desafia-me vingativa

traidora, agora é que vais pagá-las todas juntas

mas eu sei que a venci, esta casa nunca mais me pode fazer mal, daqui a nada o quarto para de rodopiar e os objetos ficam quietos, daqui a nada já não estou enjoada, já não tenho sede, a língua deixa de estar pastosa e descola-se do céu da boca, falta pouco para conseguir gritar por alguém, tenho frio, daqui a nada o corpo já me obedece, um pedaço de carne que deixei de sentir, abro os olhos, vejo a casa de um sítio onde nunca tinha estado, aprendi finalmente a voar

quero tocar no céu

como a Dora no baloiço, estou longe, muito longe, no céu que não coube no saco que a Dora encheu de recordações, ouço uma sirene, tenho a certeza de que é uma sirene, deve ser a ambulância que chamei para o meu pai, uma mão sobre o peito, qualquer coisa no coração, não uma dor, nem um aperto, uma coisa mais indefinida, as mãos trémulas no auscultador preto de baquelite, acho que o meu pai está a morrer, uma sirene, o meu pai morria depressa, como as coisas são, a minha mãe morreu devagar, vítima de doença prolongada depois de o médico, alguém na sua família, que eu saiba não, a minha mãe experimentou a solidão de ser única, mais cedo ou mais tarde tinha de provar o veneno que me deu,

> para o que havia de dar à Celeste, sempre tão razoável, o que havia de dar à Celeste para se deixar matar tão nova

mais cedo ou mais tarde tinha de se tornar num assunto de conversa das parceiras da canasta, como a Alice, como eu, a morte da minha mãe a acompanhar o chá e os petits fours, durante um tempo, pouco,

> basta-me conhecer a natureza humana

que tudo se esquece rapidamente, ainda por cima os velhos que se aproveitam da fama de desmemoriados, uma sirene, a posição em que me encontro, este barulho que não é da chuva, nesta casa a chuva não faz este barulho, gri-gri, grilos, não podem ser grilos, nunca aqui houve grilos, quero comprar um grilo, aqui está, mas este grilo é coxo, e a senhora quer o grilo para cantar ou para dançar, não tem graça Ângelo, compreendo que te apupem nas sociedades recreativas, a Dora dorme, amanhã diz ao artista que se zangou comigo, que vai sair de casa, que só o tem a ele,

amo-te

o pedaço mais perfeito de mim

conheço o amor de ouvir falar

a sirene não para, vieram ao sítio errado, o meu pai está, diz a palavra, diz a palavra que as palavras quanto mais se repetem menos magoam, não é isso que estás sempre a dizer ao Ângelo, diz, o meu pai está morto, não fui eu que chamei esta ambulância, deixei o meu pai morrer sem lhe falar do Ângelo, da mãe do Ângelo, da vergonha que tinha de mim, a sirene, luzes, luzes que me varrem numa pressa esquisita, homens que falam,

é desta que pagas por tudo, bufo de merda

reconheci o Ângelo no cerco, reconheci a voz do Ângelo nos telefonemas anónimos,

diz-lhes que estão enganados, que me conheces, que sou a tua irmã, a mostrenga da tua irmã

temos de pedir ajuda

dois homens com riscas fluorescentes nos coletes, uma sirene, luzes, azuis, amarelas, a gota onde os meus olhos estão presos, uma gota de água parada num estilhaço de vidro vertical, quanto tempo pode uma gota de água estar parada num estilhaço de vidro vertical, quanto tempo pode a minha vida aguardar-me, segundos, horas, a partir de hoje vai ser tudo diferente, o meu futuro na gota de água a brilhar como um cristal um manto escuro que me cobre

quando finalmente os dois homens conseguem aproximar-se de mim um deles assobia e diz, ninguém se safou, e o outro acena com a cabeça, concordante, como o carro ficou, já vi muita chapa amolgada mas isto, os homens chegaram até mim com dificuldade, escorregavam na lama e as lanternas que trazem nas mãos descreviam círculos indecisos de luz, perto de mim os homens queixam-se, que raio de noite esta para alguém se espatifar aqui, aqui é este baldio inacessível onde caí, uma descida íngreme ladeada de ervas que arranharam as mãos dos homens, quando os homens viram de perto o meu carro

temos de pedir ajuda

perceberam que só os dois nada podiam fazer, um deles esfrega as mãos para as aquecer, pega num telefone portátil e marca o número, deve ter embatido naquele separador que está todo metido dentro, vinha muito depressa, ainda andou uns bons metros aos ziguezagues, aquelas marcas que vimos no asfalto, tornou a bater mais à frente, e aí sim galgou as barreiras e veio capotar aqui, a sorte destes gajos foram os faróis, se os faróis não ficassem acesos ninguém descobria o carro aqui, não temos rede, o homem guarda o telefone no bolso, dizem que servem para uma emergência mas depois ou não há rede ou é a bateria que vai abaixo, estes bem podem agradecer aos faróis, quer dizer, se ainda puderem agradecer, não percebo por que falam como se estivesse aqui mais gente, não sei se foi assim que o acidente aconteceu, quando acordei já estava nesta posição esquisita, não sei o que entretanto se passou, estes homens estão encarregados de vigiar a autoestrada, há cada emprego mais esquisito, dias e noites a andarem de um lado para o outro, os dois homens passavam quando um deles, o que não conduzia, viu os faróis acesos do meu carro, ou muito me engano ou um carro foi parar lá abaixo, o outro olhou mas ficou na dúvida, um carro não conseguia ir tão longe,

quero voar até ao céu, tocar no céu

o que ia ao lado insistiu, são os faróis de um carro, o condutor ligou a sirene, parou junto à proteção metálica, olharam para o ermo onde caí, vamos ter de ir lá abaixo, não sei qual dos homens desligou as luzes e fechou o carro, ambos praguejaram contra a chuva que os molhava, que merda de tempo, esta noite os homens ainda não descansaram, pedidos de auxílio em todo o lado, acidentes, avarias, coisas caídas na estrada, um dos homens, já não sei qual deles é o condutor, diz, mas que temporal este, parece que anda o diabo à solta, os homens saltaram a vedação, escorregaram na lama, queriam andar depressa mas não conseguiam, as lanternas dos homens iluminaram o meu saco de viagem preso num arbusto, as embalagens das ceras, os brindes, o caderno de contas, à medida que se aproximavam um dos homens assobiou,

ninguém se safou, é impossível que se tenham safado

e limpou a água que lhe escorria do carapuço para a testa, chove como nunca vi, uma parede de água, tirem-me daqui, a Denise e a Betty estão à minha espera, nunca faltei a um encontro com uma cliente, sou uma boa vendedora, a melhor, a mais pontual, a que tem melhores argumentos, a que nunca desiste, tirem-me daqui, um dos homens rodeia o carro, parece que só lá está uma pessoa,

tirem-me daqui

por que não me ouvem, grito com mais força mas estranhamente não me ouço como costumava ouvir-me, deve ser por causa do barulho que a chuva faz, um dos homens, o mais velho se bem que não tenham grande diferença de idade, com um embate destes não me admirava nada que tivessem sido cuspidos, não me admirava nada,

não percam tempo, não há mais ninguém, o Ângelo telefonou esta manhã para avisar que a excursão tinha sido cancelada, sem velhos não há espetáculo, viajava sozinha, ia a ouvir uma música bonita, não percam tempo à procura do Ângelo que dobrou o edredão dos folhos pelos vincos e está a dormir na cama onde o meu pai e a mãe dele se deitavam, os bastardos são capazes de tudo, os seres imperfeitos, incompletos como os bastardos são capazes de tudo, o homem mais novo disse, vou dar uma vista de olhos, o mais velho rodeou o carro, vamos lá ver o que aqui está, espreita, aponta-me a lanterna, a gota de água enche-se de luz, fica tão bonita, nunca tinha visto uma gota de luz, é uma mulher, grita para o mais novo que se tinha afastado, é uma mulher, o outro mais ao longe, se é uma mulher devia estar acompanhada, nenhuma mulher viaja sozinha numa noite destas, vou ver se encontro alguém por aqui,

> não percam tempo, por que não me ouvem, deve ser por causa desta dormência que apesar de tudo me agrada, um ligeiro espanto, como quando nos deitamos sobre um braço e o adormecemos, não tarda que comece a sentir o formigueiro que espevita a carne, que os meus olhos se libertem da gota de água, não tarda que os homens ouçam os meus gritos

dentro da gota de água vejo o homem mais novo à procura de quem me acompanhava, a lanterna às voltas, nunca pensei que fosse tão bonita a luz dentro da água, o homem mais velho continua ao pé de mim e queixa-se da chuva, do vento, do meu carro, um amontoado de chapa retorcida e de vidros partidos, talvez consiga abrir a porta, tenta que a mão passe pelo sítio onde o vidro se partiu, o vidro em pedacinhos a brilhar em todo o lado, um pedaço de um céu estrelado no chão, o homem desiste, rodeia o carro sem saber como tirar-me daqui, o homem apercebe-se de que a outra porta já não existe, um pedaço de chapa, tenta puxar o que foi uma porta mas não consegue, repete, nada, isto só com uma serra, conclui, e mesmo a serra, o homem mais novo diz, talvez entrando pelo porta-bagagens, não me parece prudente, de qualquer maneira não a conseguíamos tirar, o homem mais novo aproxima-se, não vejo mais ninguém, penso que ela vinha sozinha, as coisas devem ser todas dela, os grilos voltaram para dentro dos meus ouvidos e não me deixam ouvir mais nada, os homens espreitam-me, não os ouço descrever-me, o meu corpo, a minha cara, chegaram a uma conclusão sobre o meu estado, os grilos calam-se, e um dos homens, já não os consigo distinguir, são tão parecidos,

não há nada a fazer

senta-se num pedaço de chapa, põe as mãos na cara, era melhor que não tivesses visto os faróis, vamos ficar aqui o resto da noite, que disparate, as minhas clientes esperam-me amanhã de manhã bem cedinho, a Denise acorda sempre de mau humor e se me atrasar ainda fica pior, nem o café que o ucraniano vai buscar à pastelaria do centro comercial a anima, tenho de chegar a horas para a Denise não se zangar comigo, a Denise não perdoa um cão prestável, uma anormal atrasada, e a Betty que até tem bom feitio também não suporta atrasos, nunca nada se atrasou na Vivenda Elizabete, os filhos cresceram depressa e já possuem a tristeza pálida dos adultos, nunca nada se atrasou na Vivenda Elizabete, um dos homens diz que vai lá acima ao carro pedir uma grua,

não há nada a fazer

a Dora está a dormir na cama de ferro que tem pássaros e flores na cabeceira, um corpo de criança enroscado, convencido de que amanhã sai da nossa casa, um corpo de criança com os joelhos dobrados e levados ao peito, os braços cruzados, os gatos vadios a passearem sobre a minha criança que deitada na relva se deixava cegar pelo sol, como é que os homens dizem que não há nada a fazer se daqui a pouco a Dora está sentada na caixa do hipermercado a passar códigos de barras de maçãs, gala royal, green smith, red delicious, golden, reineta, pink lady, fuji, starking, tantas maçãs diferentes e os dias todos iguais, nunca uma promoção, na compra de uma semana completa ganhe 25% de dia, ou compre dois dias felizes e leve três, nunca um brinde para clientes habituais, três horas com o formato de primavera, ou um expositor com dias defeituosos em saldo, uns minutos desperdiçados ou umas horas adormecidas, descontos, dias mais baratos, se os dias não possuíssem a monótona qualidade de serem todos iguais podiam vender-se na secção dos hortícolas, dias alegres, melancólicos, terríveis, correntes, calmos, murchos, dias 100% biológicos, embalados ou avulso, tantas maçãs diferentes e os dias todos iguais, este dia, que pode ser o dia da minha, este dia nem assim deixa de ser igual a outro qualquer, antes de se deitar o Ângelo despejou os cinzeiros, pôs os panos de cozinha a secar na porta do forno, fechou a tampa da sanita, mais um dia igual na vida do Ângelo, este não pode ser o dia da minha, se fosse as bailarinas dançavam no cimo da cristaleira, o elefante de jade virava as costas à porta sem fazer caso do azar, os cisnes da fruteira afogavam-se no óleo de cedro que deixa a mesa polida, se fosse o camionista da área de serviço despedaçava a mulher em vez de adormecer nos braços dela como faz há mais de trinta anos, se fosse alguma coisa diferente, um pormenor, uma coisa insignificante mas tenho a certeza que alguma coisa, se eu aqui não estivesse não podia continuar tudo igual, se eu já não existisse o dia não amanhecia como de costume

bêtises, ma chérie, bêtises

nem a chuva caía neste aprumo vertical que lhe vem do princípio do mundo, se este fosse o dia a Dora acordava numa espécie de sobressalto, o Ângelo num susto que lhe atrapalhava a respiração, a Denise não pensava livrar-se do ucraniano e a Betty partia a coleção dos bules e das chávenas em miniatura, tenho a certeza de que alguma coisa diferente, ainda que insignificante como é a maior parte das coisas, um dos homens diz que é melhor esperarem no carro para não ficarem gelados,

não há nada a fazer

o outro ainda sugere que tentem entrar pelo porta-bagagens, não é prudente e, de qualquer maneira não lhe consegues chegar, estou finalmente inacessível, sempre quis fugir das mãos que me apanhavam em todo o lado, das palavras que me atingiam, setas envenenadas, e agora estranhamente inacessível a vida tem um sentido de humor parecido com o do Ângelo,

vais sempre longe de mais

uma espécie de espetáculo que todos apupam no fim, os mais impacientes não conseguem esperar pelo fim, um pequeno desentendimento como o que acontece entre os dois homens, um acha que devem recolher as coisas espalhadas pelo chão mas o outro diz que é melhor fazerem isso quando a ajuda chegar, os dois homens continuam a caminhar debaixo da chuva, um deles, como é que posso distinguir estes homens iguais, tantas maçãs diferentes e estes homens iguais, ainda há pouco um deles parecia-me mais velho do que o outro mas agora nem isso, um dos homens apanha do chão a minha agenda, quer guardá-la no bolso, à chuva as letras começam a misturar-se, daqui a pouco uma mancha azul,

não te vás embora

o homem fica a olhar para os nomes e para os números que desaparecem, o que vai mais à frente chama-o, o homem deita fora a agenda, não sabe ler uma mancha azul, um recado num papelinho amarelo, os homens que me vão tirar do carro já vêm na estrada,

donde me vem esta certeza

os homens afastam-se com as lanternas, são bonitos os círculos de luz com chuva dentro, os impermeáveis, os homens a caminharem, os homens afastam-se, são bonitos a caminharem debaixo da chuva, deixam-me sozinha, não me importo de esperar sozinha, sempre me entretive com qualquer coisa, a ideia de estar morta ou outro disparate qualquer, os homens também só dizem disparates, como é que não há nada a fazer se a partir de hoje vai ser tudo diferente, não conseguem chegar a mim mas

esta miúda é impossível, ninguém consegue conversar ao pé dela

deviam apanhar as minhas coisas que estão espalhadas pelo chão e que me fazem falta, a Denise quer os brindes e a Betty as amostras, isto para não falar de, estas coisas insignificantes não podem sobreviver-me, uma página de uma revista dobrada no canto superior esquerdo, uma embalagem de cera para mulheres com varizes, palavras cruzadas incompletas, um caderno de contas, os homens acabam de trepar o talude, saltam a vedação, alcançam o carro, entram, um deles senta-se ao volante, roda a chave e carrega no botão do aquecimento, têm frio, muito frio, mesmo com os vidros do carro todos partidos não tenho frio,

a chauffage, Baltazar, a chauffage

também não tinha frio nas viagens para casa dos meus avós, a pedido da minha mãe o meu pai puxava um botão para a esquerda sem desviar os olhos da estrada, um gesto, a minha mãe esticava as mãos para receber o calor que me amarrotava o estômago, a Maria da Guia de cabeça para trás com os olhos fechados para deter o enjoo que lhe crescia na boca, desculpe senhora, a Maria da Guia de pé na berma da estrada a vomitar, nenhum de nós lhe segurava a cabeça, ou lhe chegava um pouco de água, virávamos a cara para não nos enojarmos mais, a Maria da Guia sozinha a limpar a boca a um lenço na berma da estrada, o problema maior das viagens é a criatura que não há maneira de não enjoar, cá para mim ainda não perdeu o medo ao carro, visitávamos duas vezes por ano os campónios que ficavam muito agradecidos, uns velhos ignorantes que nem sabiam o que era a joie de vivre de que a nora, uma santa que salvou o filho, tanto falava,

uma viagem esplêndida, não foi, Baltazar

viagens longas que não deixavam um vinco no vestido amarelo-clarinho da minha mãe que lhe assentava tão bem, no casaquinho que punha sobre os ombros, nada estragava a perfeição da minha mãe, nem o marido com a coleção de pássaros, a filha mostrenga, a criada comunista, a amante do marido com o bastardo, a tonta da Clarissa que se começou a dar ares, o marido da Alice com dois mulatos pela mão, a primeira e última coisa que estragou a perfeição da minha mãe, vítima de doença prolongada, a primeira e única coisa que lhe tirou a joie de vivre

alguém na sua família

a vida é uma coisa malin

os homens estendem as mãos para o ar quente,

não há nada a fazer

os campónios estendiam as mãos sôfregas para nos agarrar, a minha mãe libertava-se e ia para o quarto onde se recompunha da viagem, a única divisão daquela casa que, por exigência dela, tinha algum conforto, sentava-se no banquinho do boudoir, nem na casa dos campónios perdia o hábito da meia dúzia de palavras na língua mais bonita do mundo, chamava a Maria da Guia,

vê lá se pões outra cara que com essa metes medo

desculpe minha senhora, desculpe, daqui a nada já estou bem, as criadas quando bem escolhidas nunca adoecem e não têm má cara, a Maria da Guia ajudava a minha mãe a pendurar o colar de pérolas num dos arrebiques de madeira que emolduravam o espelho, a ripar o cabelo aqui e ali, a refrescar-se com água de colónia, a tirar as roupas da mala, a despejar o nécessaire, a alinhar os cremes e as pinturas, e depois ia ajudar a campónia, a minha mãe demorava-se no quarto, não queria sentar-se na mesa, comer o que os campónios tinham preparado, demorava-se, o meu pai chamava-a, um grito impaciente, estamos todos à tua espera, Celeste, e a minha mãe saía do quarto com um sorriso que parecia autêntico, a Maria da Guia já fardada ficava de pé ao lado da mesa, a minha mãe não olhava para o balde da comida dos porcos que fervia pendurado na lareira por um gancho, para as panelas de ferro dos campónios, as malgas de barro, virava a cara e sem parar de sorrir

a vida é uma coisa malin

dava uma desculpa para a falta de apetite, a torrada que tinha comido ainda há pouco, o café que lhe caiu mal, o chá que estava muito forte, nunca se sentava à mesa porque os campónios enjoavam-na tanto como o cheiro da comida dos porcos que cozia no balde, eu e o meu pai comíamos em silêncio, a Maria da Guia tinha de esperar que todos terminassem para comer os restos das batatas e das couves, sabiam-lhe bem, um sabor da infância, dizia, enquanto estávamos à mesa a minha mãe andava de um lado para o outro e fazia muito barulho com os saltos altos no chão de madeira, oferecia um lenço de seda que tinha comprado para a avó ir à missa, umas ceroulas de lã para o avô, embrulhadas num papel florido com um grande laçarote, para ficar mais quentinho no inverno, andava de um lado para o outro e os campónios agradeciam-lhe as ofertas, a minha mãe dizia, umas pequenas lembranças para saberem que estão sempre nos nossos corações, os campónios queriam acreditar, a verdade é que ainda o carro não tinha aquecido na viagem do regresso e já não nos lembrávamos deles, quando regressava ao jogo da canasta das quartas-feiras a minha mãe

> foram uns dias muito agradáveis

não se queixava dos campónios, de mim, do meu pai, dizia, fazem sempre bem uns dias no campo, o Baltazar descansa melhor, a miúda gosta de animais, eu tenho sempre qualquer coisa para fazer, por dias muito agradáveis a minha mãe entendia o meu pai sentado numa cadeira da varanda horas a fio, eu a perseguir as galinhas e os coelhos que os campónios criavam e que todos os dias nos davam a comer em sinal de abastança, ela ao lado do meu pai a passar as receitas do caderno de receitas do ano anterior para o caderno de receitas do novo ano, enquanto eu perseguia as galinhas no quinteiro ouvia o meu pai, a miúda anda a espantar os animais, mas a minha mãe

> esta miúda é impossível, ninguém pode estar entediado ao pé dela

fazia de conta que não o ouvia, copiava em letra esmerada a galantine da Teresinha, as empadas da Milu, o pão de ló da, a recordação dos sabores distraía-a da existência dos campónios, a miúda ainda se aleija ou estropia algum animal, insistia o meu pai, e a mãe levantava-se contrariada, assomava ao parapeito da varanda, já para dentro, já para dentro Violeta, e voltava às receitas que a Maria da Guia depois executava, os cadernos das receitas ficaram no armário da cozinha, duvido que alguma vez a compradora consiga dar as voltas certas à massa folhada, que a filha adolescente, uma cobra a mudar de pele, coma os petits fours, a minha mãe copiava receitas em vez de comer a fruta acabada de apanhar que os campónios lhe ofereciam, ou de agradecer as brasas que os campónios à noite atiçavam na lareira, como podia a minha mãe falar com uma gente que nem sequer sabia da existência da língua mais bonita do mundo, quando nos íamos embora

Baltazar há alguém na tua família que não tenha este ar desgraçado

a minha mãe despedia-se com um beijo e já do carro acenava com a mãozinha delicada aos campónios que não faziam parte do álbum do casamento, e na nossa casa só uma fotografia muito pequena em que quase não se veem mas que mesmo assim está escondida no escritório,

pessoas como eles desfeiam uma casa

os pais da minha mãe no álbum de casamento, emoldurados na sala de jantar e na sala de estar, omnipresentes, e dos campónios a fotografia pequena, quando encetávamos a viagem de regresso os campónios já não existiam, todas as pessoas têm existências intermitentes

foram umas vidas muito agradáveis

eu por exemplo posso ter deixado de existir por momentos, não tenho frio, medo, dores, não estranho não sentir nada, um dos homens pousa o colete das riscas fluorescentes no banco de trás e diz ao outro, não te esqueças de fazer o totoloto, eu já meti o meu, o outro homem não se desembaraça do colete, não costumo jogar, ora aqui está uma maneira de os distinguir, o jogador e o não jogador, as pessoas arranjam sempre maneira de se distinguirem, uma vontade de serem únicas que só as prejudica, esta semana há jackpot, avisa o jogador, o não jogador olha para a chuva, já pensaste como tudo pode acabar de um momento para o outro, somos nesta vida vitelos a caminho do matadouro, o jogador não responde, o não jogador continua, já imaginaste se fosse a tua mulher, ou um dos teus filhos, o jogador bruscamente, não é, não tenho nada de imaginar, se me pusesse a imaginar coisas há muito que tinha deixado de andar na estrada,

por que falam assim de mim

quando o totoloto me sair, temos de pensar positivo para sair da cepa torta, o jogador gosta de dizer cepa torta, quando ganhar o totoloto compro uma quinta e planto um olival, uma vidinha simples, o não jogador, estou para aqui a pensar para onde ia aquela mulher, se ela se apercebeu de que, o jogador, deixa-te de parvoíces, faz o totoloto que todas as oportunidades para se ficar rico são poucas, o não jogador, o meu maior medo é de um dia dar com um dos meus naquele estado, andamos de um lado para o outro na estrada e um dia, o jogador, se te saísse o totoloto fazias o quê, o não jogador, um gajo está a trabalhar descansado, eu até gosto do que faço, mas se der com um dos meus espatifado num ermo, o jogador, já me estás a irritar com essa conversa, jogo sempre com a mesma chave, um dia destes vai ser a minha vez, um dia destes, depois é só comprar a quinta e acordar com os galos a cantar, ainda te lembras de acordar com o canto dos galos, o não jogador, acho que nunca acordei com os galos a cantarem, o jogador, pensa lá no que fazias se te saísse o totoloto, o não jogador, olha que não sei, talvez comprasse uma casa maior, um carrito, não sei, o jogador, o teu problema é esse, o teu problema é não teres objetivos, outra forma de distinguir os dois homens, o que tem objetivos e o que não tem, nesta vida um gajo tem que ter objetivos, eu nunca me distraio, ando sempre, sempre a pensar, lembra-te que tens um objetivo, andas cá para atingir um objetivo, é a única maneira de levarmos isto, hoje foi esta mulher, amanhã é outro qualquer e mais outro, já socorri tantos que chego a pensar que toda a gente morre na estrada, de qualquer maneira isto passa depressa, num dia nasce-se e noutro já se está a morrer, e até podem nem ser precisos dois dias, se não tivermos objetivos estamos lixados, quando me ponho a pensar em parvoíces lembro-me da quinta e fica tudo bem, os gajos como tu, que andam cá sem objetivos, é que são um problema porque não têm onde se agarrar, o homem que não tem objetivos calou-se e o que tem objetivos também, ambos têm os pés frios, sono, fome, ambos querem roupa seca, calor, uma cama para dormirem, um pedaço de pão, estes homens são realmente iguais, achas que ainda demoram, podia perguntar qualquer um dos homens, não sei, respondia o outro, depende, a estrada está má, podem ter sido chamados para outro acidente, os homens ficam novamente calados, a chuva ribomba no tejadilho, até parece que canta, diz um deles, acho que nunca vi chover tanto, aquela mulher devia ter alguma coisa urgente para fazer, não sendo caso de urgência só se fosse doida é que andava na estrada numa noite destas, devia ter alguma coisa muito urgente para fazer

por que falam de mim no passado

não me admirava que não tivesse, diz o desconfiado, anda por aí tanto maluco à solta, daqui a pouco tiram-me do carro e o desconfiado é o primeiro a sentir o cheiro a aguardente, vês como tinha razão, malucos à solta é o que não falta por aí, coisa urgente para fazer com este cheiro só se fosse espatifar-se, o desconfiado ainda não sabe que vai dizer estas palavras, os homens falam de mim no passado e nunca o futuro me foi tão acessível, o homem que é jogador que tem objetivos e que é desconfiado acrescenta, ao menos esta matou-se sozinha, o pior é quando apanham inocentes pela frente, o desconfiado ainda não sabe que vai dizer o que eu já sei,

bêtises, ma chérie, bêtises

sei de tudo num tempo que não é este que está a passar, nem o que já passou, nem o que vai passar, um tempo planificado, acessível por inteiro como as estradas dos meus mapas, o tempo finalmente cartografado como as terras dos meus mapas, sítios que só existem para me esperarem, tempos que só existem para que eu os percorra, de cabeça para baixo, suspensa pelo cinto de segurança, num momento em que posso já não existir, num momento que pode já não existir para mim um dos homens olha para o relógio, para que servem os relógios se só contam o tempo que já deixámos de ter, o já passado, quando o único que importa é o que resta, o que ainda se tem, a partir de hoje vai ser tudo diferente,

não te preocupes, que já não há nada a fazer

nunca se sabe

os outros homens estão demorados, como são parecidos estes homens, já não os distingo outra vez, o pior são os relatórios, não gosto nada de alterar as horas, tenho sempre medo que dê bronca, e um dia ainda dá, um dia alguém, uma sirene, tenho a certeza de ouvir uma sirene, uma carrinha aproxima-se dentro da gota de água onde os meus olhos se prenderam, no tejadilho tem luzes amarelas como as da encruzilhada dos quatro caminhos, uma chuva de pirilampos, uma linha branca, a estrada, daqui consigo ver a estrada como nos meus mapas, uma estrada inteira, com princípio e fim, diferente da língua negra que me engoliu, daqui consigo estar em todo o tempo,

bêtises, ma chérie, bêtises

no momento em que o telefone toca na minha casa, em que a Dora se encontra com o Ângelo na sala de espera do hospital, aguardam que o médico os informe, a Dora e o Ângelo na sala de um hospital como há muitos anos eu e o Ângelo numa sala de outro hospital à espera que o médico me informasse do meu pai, do nosso pai, o espantalho do Ângelo a querer dizer-me, também sou filho dele, e agora a querer dizer à Dora, posso ser o teu pai, a tua mãe e eu, impedi-o de falar, fi-lo dizer que era um amigo do meu pai, convidei-o para ir a minha casa e quando entrámos na minha rua logo uma gracinha, que o Ângelo já tinha apanhado o hábito das piadas,

se isto é a travessa do paraíso imagino a do inferno

agora é a vez de a Dora impedir o Ângelo de falar, a Dora continua a dormir na cama de ferro com pássaros e flores na cabeceira, um corpo de criança enroscado, não falta muito para que amanheça na travessa do paraíso, a tempestade amainou, os miúdos brincam com uma bola de futebol, as velhas enchem as cordas com roupa que querem secar, os velhos regressam às varandas onde têm raízes, são as raízes que os impedem de saltar, o problema da Alice foi não ter raízes, da varanda corrida da casa dela a Alice só via mar e céu, mar e céu, mais cedo ou mais tarde tinha de ser tentada a fazer parte daquele verde ou daquele azul, mais cedo ou mais tarde, os homens que me vão tirar do carro vêm na estrada, esta noite termina como outra noite qualquer e o dia nasce como outro dia qualquer, os homens que me vêm buscar aceleram, não reparam nos avisos da berma da estrada, mantenha a sua distância de segurança, uma marca, perigo, duas marcas, segurança, os homens nunca jogaram à macaca que eu desenhava no quintal,

a morte não é um passe-temps Violeta

como é desesperante este hábito da minha mãe de dizer palavras em francês, obrigou-me a ter lições com a Mme Santos que depressa desistiu de mim, quel esforrço pobrrezinhe, non adiantarr, a pobrrezinhe jamais falarrr le français, jamais

nesse dia tive pena da minha mãe, é certo que não durou muito, o que nos uniu nunca demorou, umas horas, uns minutos, no dia em que a Mme Santos desistiu de mim a minha mãe abriu a carteira e sorriu, tinha a mania de sorrir quando ficava triste, uma fiada de dentes certos, os lábios desenhados, um sorriso doce

onde está o porte-monnaie

para a Mme Santos, a Mme Santos que passados uns anos ficou sem alunos, quando percebeu que já ninguém queria aprender a língua mais bonita do mundo

brainstorming, coffee break, a praga do inglês, a praga do inglês, whatever

a Mme Santos pensou que os doces não passam de moda e nunca se tornam inúteis, treinou o creme brûlée, as bavaroises, os feuilletés, a minha mãe não chegou a saber que a Mme Santos implorava aos donos dos cafés para lhe comprarem doces, que a Mme Santos envelheceu pobre e que continua velha e pobre a pedinchar caridade na língua mais bonita do mundo, ninguém a ouve, não é de admirar, agora os pobres que se usam são muito diferentes,

as modas são mesmo assim

já não se usam os provincianos nem sequer os pretos que vieram das colónias, a Mme Santos não pode competir com os lourinhos que chegam do leste, aquela pele tão branquinha e os dois pedaços de céu nos olhos, os pobres tradicionais não se safam enquanto do leste vierem estes pobres tão jeitosos,

se tenho deixado a Maria da Guia fazer o que queria, o que era agora da vida da criatura

tenho de dar razão à minha mãe, se a criatura tivesse feito o que queria agora não tinha a felicidade de definhar numa gaiola, não mais do que cinco metros quadrados, um cochicho, que esta gente só está bem apertada, não fosse a minha mãe e a Maria da Guia era mais uma miserável já que não é loura, não é bonita, não é culta, como são os pobres que agora se usam, a Maria da Guia é velha, feia e analfabeta, como são quase todos os pobres que entretanto se deixaram de usar, se a minha mãe não tivesse intervindo a Maria da Guia era mais uma comunista velha e pobre e hoje em dia não há quem queira saber disso, mesmo assim, sendo a Maria da Guia só velha e pobre já não tem quem lhe faça a esmola de lhe esfregar um pouco de rouge nas bochechas,

un peu de rouge et voilá

isto dos pobres é como o resto, uns têm mais procura do que outros, a minha mãe por exemplo gostava mais dos pobres saudáveis, a Teresinha dos pobres doentes ou era a Maria do Céu que gostava dos pobres doentes, a tonta da Clarissa preferia os pobres órfãos, por acaso nunca conheci quem gostasse de pobres comunistas, de qualquer maneira a sorte que a Maria da Guia tem de se estar a esgarçar silenciosamente naquele cochicho quando o mundo mudou ao ponto de já não se usar a língua mais bonita do mundo, de já ninguém vender fiado à Mme Santos, de se usarem pobres tão diferentes, o mundo mudou mas a Maria da Guia não precisa de se preocupar em ser o dernier cri,

as modas são mesmo assim

se fosse ao jornaleiro pedir as revistas que se encheram de bolor no sótão tenho a certeza de que as propostas desta estação eram todas à volta dos pobres do leste, páginas e páginas de pobres de leste, em vez das calças à boca de sino e dos colarinhos que pareciam asas de avião, as modas são mesmo assim, dizem os compradores antes de deitarem fora as revistas, perco tempo com disparates e os homens que me vão tirar do carro aproximam-se, passam por outro aviso que também não leem, mantenha a sua distância de segurança, chapéus de bico amarelos desenhados na estrada, uma marca, perigo, duas marcas, segurança, a vida não é mais complicada do que um jogo, como o da macaca, o jogo da macaca tem

já não vais a tempo de perceberes o jogo

duas ou três regras e o resto é sorte, mantenha a sua distância de segurança, uma marca, perigo, duas marcas, segurança, um jogo simples com regras simples, a mais importante, acertar, uma questão de perícia no manuseamento de pedras, a sorte de bem manusear as pedras, a vida é um jogo simples com um objetivo simples, saltar de ano em ano sem pisar o risco, outra regra, nunca pisar o risco, se alguém faz batota há sempre alguém disposto a denunciar,

o jogo só te parece simples porque já não o podes jogar

bufo de merda, põe-te na alheta, a ajustar contas com o Ângelo que denunciou o meu pai porque também era pai dele, os homens que me vêm buscar não reparam no jogo que a estrada, ou melhor, que a vida lhes propõe, as luzes da ambulância dividem o breu do temporal, um néon, os homens estão atentos aos refletores brancos e laranjas das bermas, ao tracejado branco que divide as faixas, não sabem que estão sempre a jogar a vida deles, vejo a estrada que ainda há pouco fiz como se a estivesse a ver num dos meus mapas, dezenas de mapas em minha casa, um hábito como o de colecionar pássaros, vamos buscar cada coisa aos pais, a Dora vai deitar fora os meus mapas, a minha coleção toda no caixote do lixo sem hesitação, a Dora

onde é que vais buscar essas coisas, Violeta

não tem saudades de viajar comigo, eu tenho saudades de viajar com a Dora, sentava-a no meu colo e partíamos, navegávamos nas águas azuis-clarinhas de papel, a minha Dora no meio de um oceano, nas estradas riscadas a várias cores, um arco-íris, vamos por aqui, e a minha criança ria-se, ainda não se tinha convencido de que me odiava, aconchegava-se na minha carne quente, ainda não pensava no monte de carne que a envolvia como uma aberração, ainda não tinha aprendido a ter vergonha da mãe mostrenga, ainda só sabia as coisas essenciais, tenho fome, tenho sede, tenho sono, gosto da tua carne quente, a Dora muito distante da adversária que se tornou, vamos para onde, perguntava-lhe, para a ilha dos esquilos, a ilha dos esquilos, terras de que não conhecíamos nada, uma flor, uma paisagem, uma cor, a terra de Wilkes, terras que serviam apenas o desejo de partir, sempre o desejo, nunca a consumação, nessa altura a vida era uma sucessão de atos simples e a Dora só sabia coisas simples, de vez em quando a Dora esborrachava terras com o polegar, o polegarzinho da minha criança destruía cidades inteiras com a minha permissão, a Dora levantava o dedo e reconstruíamos as cidades destruídas, quando se cansava de tanto andar por terras, rios, mares, quando se cansava de esmagar cidades, de as reedificar, a Dora adormecia no meu colo, a pequena malfeitora com o bafo doce, limpava-lhe as gotas de suor do pescoço, e adormecia no ser mais bonito que fui, mais manso, tenho saudades de viajar com a Dora nos meus mapas, de me embriagar com o bafo doce, de molhar as mãos no suor dela, a Dora que daqui a nada acorda, a minha Dora numa sucessão de gestos mecânicos esquecida da visão sábia dos mapas, dos olhos de criador, tomada nos gestos dos dias todos iguais, nas certezas tão inúteis como os produtos que regista no hipermercado, os homens que vêm buscar-me veem a árvore tombada pela qual há bocado passei, os ramos da árvore esbracejam, um remoinho de folhas, os homens desviam-se da árvore e não pensam na tristeza das árvores que morrem de pé a sonhar com a primavera seguinte, os homens que esperam no carro continuam calados, o totoloto, os objetivos, os receios, a desconfiança perderam a importância porque os homens estão cansados e têm frio e sono, eu espero, não me importo, sempre me entretive com qualquer coisa, com a ideia de que posso ter morrido ou outro disparate, dentro da gota de água uma luz muito estranha, azul, mas um azul muito diferente do céu de verão, uma luz semelhante à da sala onde a minha mãe esperou, como pude ter esquecido a luz

de todos os mistérios escolho o da dor, que traz consigo o esquecimento

da sala onde a minha mãe e uma dúzia de corpos esperaram, quando a visitava a crueldade daquela luz atordoava-me mas bastava um franzir de olhos e habituava-me, normalmente precisava do mesmo tempo que a enfermeira levava a verificar que a bata que me estendia não me servia, naquela sala era eu a única que não usava bata, a enfermeira desculpava-se,

tamanhos únicos

eu sorria, a enfermeira sorria, sorríamos apesar dos corpos que esperavam naquela sala, da luz insuportável, alcançava a cama da minha mãe que estava junto a uma janela que nunca vi aberta, desviava a cama para me aproximar, o espaço também era insuficiente para mim, junto da minha mãe verificava se o ocupante da cama do lado ainda era o mesmo, e o da cama seguinte, e o outro, procurava com despudor os que tinham morrido, fazia apostas, os que iam morrer antes, os que iam morrer depois da minha mãe, não são possíveis outros pensamentos numa sala onde dez ou doze moribundos esperam, quando me abeirava da minha mãe o insensato desejo de a beijar, de a abraçar,

bêtises, ma chérie, bêtises

mas a senhora voluntária, o médico, a senhora enfermeira, olhavam para mim e o desejo desaparecia, debruçava-me e encostava os lábios na testa da minha mãe como se a tivesse encontrado num café que ambas frequentássemos, o beijo indiferente que lhe dava na testa era mais uma ferida que lhe abria no corpo, podia ter escolhido perdoá-la, ou vingar-me da raiva que ainda agora me agita o coração, podia ter escolhido esquecer-me de tudo mas escolhi não modificar o que tínhamos sido,

quando renegamos o passado perdemos o futuro

a senhora voluntária aproximava-se de mim e informava-me de que podia dar a comida à minha mãe, é melhor não, respondia com segurança, os olhos, a cara da senhora voluntária lamentavam a sorte da minha mãe, que espécie de filha é que se recusa a dar a comida à mãe, a senhora voluntária encarregava-se de dar a papa que a minha mãe engolia com dificuldade, a minha mãe não podia fugir da senhora voluntária, andar de um lado para o outro como fazia na casa dos campónios, as senhoras voluntárias estão ali para assegurarem que os moribundos partem para a morte de barriga cheia, sempre é uma viagem, ainda por cima ninguém sabe quanto tempo demora, já ninguém diz moribundos, referem-se a doentes terminais, a habilidade em arranjar palavras que não magoam, o braço magro da minha mãe preso a um saco de sangue que brilhava na cabeceira, a senhora voluntária sabia que aquele sangue brilhante era inútil num corpo moribundo, nada impedia a morte que se tornava visível àquela luz, não em forma de gritos, os moribundos são mansos que o desespero é uma coisa dos vivos, olhava para o corpo que tinha pertencido à minha mãe, que a tinha servido uma vida, olhava para tudo sem perceber

> são tão feios os lábios dos moribundos, não acha, senhora voluntária

como se pode ser aquilo, as pernas da minha mãe presas à cama pelos tornozelos, para não se aleijar que o corpo já não tinha quem mandasse nele, a minha mãe tão distante do vestido amarelo-clarinho que lhe assentava tão bem, uma bata cheia de carimbos que escondia o tubo

> há uns tempos que ando para te dizer que já não se usam batas com carimbos

que ligava a bexiga da minha mãe ao saco de plástico purpureado, a tonta da Clarissa a dar-se ares só porque tem um filho médico que anda de estetoscópio pelos corredores do hospital, não, esse era revolucionário e andava de camuflado, é a Maria do Carmo que tem um filho médico que anda de estetoscópio pelos corredores do hospital,

> as minhas amigas tiveram filhos normais que têm empregos normais

a minha mãe um corpo deitado num lençol cheio de carimbos, na fronha da almofada um vómito amarelado, algumas gotas de sangue escuras, diferentes do sangue brilhante do saco,

longe ou perto do fim este corpo merece o melhor

outro lençol cheio de carimbos que a tapava, uma colcha com alguns rasgões também cheia de carimbos,

as modas são mesmo assim

iniciais do serviço, do hospital, de outros hospitais por onde as roupas já passaram, a minha mãe sem reparar nos carimbos, com os olhos tão vazios, quase iguais aos olhos recém-nascidos da Dora, o corpo da minha mãe a degradar-se tão espantosamente como o corpo da minha filha cresceu, a mesma força, a mesma inevitabilidade, a mesma perplexidade para quem assiste, a minha mãe a existir apenas para carregar o corpo que a traiu, um serviçal rebelde, ingrato, diferente da Maria da Guia que aprendeu quem lhe fazia bem, o corpo da minha mãe o primeiro traidor que não acatou a autoridade da minha mãe, o meu pai, o Ângelo, a mãe do Ângelo, a tonta da Clarissa, o namorado comunista da Maria da Guia, o marido da Alice, os campónios, até ao corpo traidor não houve quem a minha mãe não expulsasse ou silenciasse, a minha mãe impotente perante o único traidor que a venceu, o primeiro assunto desagradável que não resolveu já que

não há nada que o silêncio não mate

os corpos falam sempre muito, são indiscretos por natureza, no fim de tudo o corpo da minha mãe

de todos os mistérios escolho o dos corpos que continuamente renascem

flor, árvore, nuvem, coral, grão de areia no deserto, o milagre da vida oferecido ao traidor mais cruel, o único que teve a oportunidade de se redimir, é o riso o que nos salva, pertenço a um grupo de seres bem-dispostos, os gordos têm fama de alegres apesar do peso que carregam, dos poucos anos que as estatísticas lhes dão, das doenças que os rondam, pertenço a um grupo de seres bem-dispostos, um verdadeiro mistério, os homens que me vêm buscar passam a unidade fabril, o que é feito da palavra fábrica, nesta noite os retângulos iluminados parecem falsos, o fumo sai das chaminés e arredonda-se no temporal até ser uma névoa bonita, quase um cenário, os operários continuam a trabalhar, desconhecia que os operários ainda trabalhavam à noite, os operários não sabem que aqueles homens passam na estrada, que vêm buscar o que resta de mim, por mais vulgares que todos sejamos há sempre coisas que nos escapam, que desconhecemos, os operários não sabem que sempre me agradou a ideia de fábrica, que penso na vida como uma fábrica, uma gigantesca fábrica na qual todas as peças são facilmente substituíveis, o Ângelo tem razão, ninguém corrige o passado porque não há nada para corrigir, a vida é independente da vontade que a anima, a vida do meu pai como se o Ângelo e a mãe dele não existissem, a vida da minha mãe como se a vida do meu pai fosse diferente, a minha vida como se não tivesse nascido mostrenga, a vida da

Dora ainda por se cumprir, a vida como um ato mecânico e inconsciente, respirar, ninguém tem mão em mais nada, inspirar e expirar enquanto o tempo não se esgota, os homens deixam para trás a fábrica por onde há pouco passei, ia ter com a Denise e com a Betty que daqui a umas horas estranham o meu atraso, o telefone delas está na agenda de que um dos homens deixou cair, mas não as consigo avisar que vou chegar atrasada, um imprevisto, ninguém consegue ler manchas, ninguém

não te vás embora

consegue deter uma vida que decidiu acabar-se, têm de avisar a Denise e a Betty, não posso perder mais clientes, já perdi o Salão Princesa, um restaurante indiano, o Rosa da Manhã, um asilo de pombos e de cartazes onde fecharam o sofá de veludo azul, o sofá de veludo azul de que me levantava com inesperada agilidade, sempre me esforcei para que o meu corpo parecesse leve aos olhos dos outros mas só agora o sinto verdadeiramente leve, a Denise e a Betty estão à minha espera, a Carminho ficou para sempre à minha espera no Salão Princesa, a minha conversa é sempre a mesma,

são tão maçadoras as lengalengas dos vendedores

há anos que repito as curiosidades, um espetáculo fraquinho, cada ser humano tem cerca de cinco milhões de pelos, nunca fui capaz de dizer, temos cerca de cinco milhões de pelos, sempre me excluí, sempre fiz de conta que os meus inimigos não me venciam diariamente, um assunto desagradável, uma vendedora não deve, não pode ter questões particulares, as boas vendedoras nunca falam delas, a superfície da pele humana está coberta de pelos à exceção das palmas das mãos e das plantas dos pés, a pele glabra, sei tudo o que devo saber, sou uma boa vendedora, a melhor, sobrevivi ao Salão Princesa, ao Rosa da Manhã, ao desuso da língua mais bonita do mundo, aos meus pais, à casa que hoje vendi, à vingança do Ângelo, à vergonha da Dora, nunca me detive nas mortes de que a minha vida se fez, se faz, nunca me detive em detalhes, são os detalhes que nos prendem, conheci o majestoso sofá de veludo azul e a vulgaridade da Denise com as calças de licra por baixo da bata e pastilha elástica na boca, um ruminante com o cabelo pintado de um castanho-avermelhado que lhe fica mal, a Denise e o sofá de veludo azul desencontraram-se no tempo, não há nada que os una para além de mim, da minha existência, são frequentes os desencontros, o tempo raramente está acessível por inteiro, a não ser quando se fica nesta posição esquisita de cabeça para baixo, suspensa pelo cinto de segurança, num tempo que pode já não ser o meu mas que ainda é o da Denise, que daqui a pouco além de estranhar o meu atraso vai deixar cair o pente, ou a tesoura, está sempre a deixar cair coisas, vai queixar-se das varizes e da maldita espinha, do ucraniano e de todos os que o antecederam, o tempo, que parece sempre o mesmo mas é outro, que também continua a existir para a Betty que daqui a pouco além de estranhar o meu atraso vai deixar um cheiro a limão enjoativo no gabinete de estética clandestino da Vivenda Elizabete clandestina, vai informar a cliente do ponto de fusão daquela cera, uma cera igual à que ficou presa no arbusto, ou a composição daquela outra que está perto do charco, resina, mel, o tempo que todo igual se individualiza em cada ser, no tempo que continua a existir para a Betty passam documentários na televisão por cabo que o marido da Betty pirateou, a Betty aprende que na Grécia antiga as sacerdotisas colocavam cinzas quentes sobre a pele para lutarem contra os pelos, os meus inimigos, a dor era tão forte que as sacerdotisas se embebedavam antes de travarem a luta, a Betty continua a duvidar do que ouve, neste caso por exemplo, era na Grécia ou era no Egito, a Betty sorri, a gente vê tanta coisa que confunde tudo,

sabia que a pele é o maior órgão do corpo humano

o tempo da Betty continua a passar na vivenda clandestina apesar de eu já não lhe descrever o folículo piloso, a composição das ceras adequadas a um determinado tipo de pele ou de pelos, azuleno, glicose de beterraba, resina, goma-arábica, cera de abelha, óleo essencial de canela, a Betty no tempo que ainda tem vai ouvir outra vendedora, não tão boa como eu, inexperiente, preguiçosa, a minha vida uma luta contra milhões de inimigos, fazia cem, duzentos quilómetros, os que fossem necessários, nunca pensei reformar-me, o Ângelo tinha a certeza de que eu, mais cedo ou mais tarde, desistia,

o futuro já não nos pertence

vencida pelo laser, pela estrada cada vez mais perigosa, pelas clientes oportunistas,

a praga do laser

o Ângelo não me conhece, não me vencem facilmente, nunca desisti de nada, o Ângelo aconselhou-me várias vezes a parar porque não sabe que as máquinas nunca se desviam do fim para que foram construídas, quando já não são necessárias abatem-se, nunca se desviam do fim, o Ângelo sabe poucas coisas, foi por saber poucas coisas que se julgou capaz de se vingar do meu pai, de mim, de nós, o Ângelo apareceu no hospital no dia em que o meu pai decidiu parar o coração e morrer depressa,

esta gente acaba sempre por escolher o melhor

ao contrário da minha mãe que morreu com vagar, nem na morte se entenderam, o Ângelo fez de conta que era a primeira vez que nos falávamos como se tivesse esquecido a vingança mais idiota que um bastardo podia engendrar, para além de um bastardo quem mais se lembrava de emprenhar a meia-irmã mostrenga, os homens que me vêm buscar mudam de faixa, estão muito perto, os homens que estão no carro indicaram o quilómetro onde me perdi, não há a possibilidade de um engano, um desencontro que me prolongue aqui, os homens encontram-se, não há nada a fazer, a sirene calou-se, só as luzes continuam no frenesim de rodopiar, os homens descem o talude com lanternas, alcançam o baldio onde caí, as lanternas descrevem círculos desencontrados, tão bonitos, uma chuva de pirilampos, tirem-me daqui,

por que é que ninguém me ouve

tirem-me daqui, grito no silêncio a que o meu corpo me abandonou, o meu corpo, o traidor mais cruel com que me podia cruzar, vence-me na primeira oportunidade que lhe dou, é um bom adversário, o melhor, nada posso contra ele, um homem espreita pelo vidro, uma cara redonda, os olhos esbugalhados, um nariz achatado, se é esta a última cara que vejo o homem tem a obrigação de sorrir, foi isso que o gestor de recursos humanos ensinou à Dora, a última imagem da vida, o que me fica da vida,

uma vida perdida é sempre uma coisa triste

o sorriso é o que de mais barato podemos oferecer aos outros

outro homem espreita, a cara mais magra, os olhos despropositadamente azuis, um esgar onde faltam dois dentes, um incisivo e um canino, o homem abana a cabeça,

um segundo e zás, ficamos neste estado

sempre consegui não ouvir ou não ver o que não quero, contra a minha vontade ouço e vejo estes homens que em vez de sorrirem dizem disparates e

deve pesar como chumbo

temem pela vida deles, pela vida dos que amam, aproveitam a morte dos outros para recearem a deles, a dos que amam, os homens iniciam o trabalho de me desencarcerarem, podiam aproveitar para desencarcerar o sofá de veludo azul do tempo de que ficou prisioneiro, o barulho de uma serra, as árvores deitadas por terra e o sonho da primavera seguinte definitivamente acabado, de vez em quando os homens trocam palavras que não querem dizer nada mas que se podiam tornar ofensivas dado o estado em que me encontro, passas-me a chave, ou a chuva não ajuda nada, os faróis apagaram-se finalmente, repito, morta, morta, morta, a palavra que já não me pode magoar, não há palavra que não deixe de doer quando repetida, morta, morta, repito, o que fazer com as pernas que não se sentem, os gestos que não se cumprem, a voz que não chega a ninguém, na berma da estrada ninguém colocou o aviso,

> em caso de morte liberte-se imediatamente da memória do seu corpo

> morra com velocidade imoderada

os homens chegam a mim, libertam-me, quanto tempo demoraram, quanto tempo do que pode já não ser o meu, quanto tempo do que já é o meu, e se a partir de agora existir sem tempo, um dos homens pede, a maca, e fá-lo sem pressa, não há nada a fazer, enganam-se, sou resistente, uma mania, resisto a tudo, a sentimentos novos, não gosto de sentir nada de diferente, a estados novos, tenho a certeza de que todas as coisas se comportam como as ceras, os sentimentos, quanto mais simples mais eficazes, a vida, quanto mais simples mais resistente, os homens vão passar-me para a maca, resisto ao medo de me tornar um número na sala da luz azul onde a minha mãe esperou

> o vinte e dois foi de urgência para a gastro, o dezassete foi fazer um tac, o quinze faleceu

resisto, percorro os meus mapas para não ver a luz da sala onde se perdem os nomes, o nome, a primeira coisa que recebemos e a primeira que perdemos, às vezes a vida entretém-se a ser coerente, quando começamos a viver, o nome, quando começamos a morrer, um número, às vezes a vida entretém-se a ser absurda, o sete fez um edema, o dez está a precisar de uma transfusão, às vezes a vida fica parada como naquela sala

não há nada que o silêncio não mate

onde os nomes desaparecem, os nomes levam tudo, não, os nomes não conseguem levar a esperança, os moribundos deixam que lhes roubem tudo menos a esperança, vou curar-me, os moribundos nada mais possuem naquela sala, uma alma caridosa podia avisá-los de que a esperança é um embuste que os demora a morrer, um terrível embuste, talvez o médico, a senhora enfermeira, a senhora voluntária,

estamos a falar de doentes terminais

que já que estão protegidos da esperança insensata dos moribundos, perdão, dos doentes terminais, sempre é mais chique, cosmopolita, a ideia de um cais, de um ponto de chegada, de uma festa, talvez estes senhores pudessem avisá-los de que a esperança serve apenas para os atrasar,

não sei o que os prende aqui

levam-me, imagino que para uma festa, afinal pertenço ao número de obesos, um grupo caracterizado pela boa disposição, a admirável alegria dos gordos, bem-vinda ao Gordinha Feliz, para maiores de cem quilos

levam-me, imagino que para uma festa, os estudiosos dizem que os gordos compensam a fraca autoestima com uma alegria falsa, os estudiosos percebem lá alguma coisa de moribundos, de gordos moribundos, os estudiosos podem lá saber alguma coisa de um mistério tão denso, a morte mata os que a veem, uma sedutora fatal, os homens transportam-me com dificuldade, o meu peso, a lama escorregadia, a chuva que os impede de ver o caminho, o corpo mortificado da minha mãe, o corpo do meu pai, leves, facilmente transportáveis, os estudiosos não podem saber nada sobre a morte, não perguntaram nada aos meus pais quando começaram a morrer, nem à Maria da Guia, não se morre de uma só vez, a Maria da Guia, por exemplo, começou a morrer quando a impediram de tratar da senhora, dos lençóis da senhora, da comida da senhora, das dores da senhora, quando foi substituída pela senhora voluntária, que nome mais engraçado têm estas pessoas que enchem os moribundos de papas de bebé e maçãs assadas, na esperança, na esperança não que a esperança só engana os moribundos, na expectativa de terem um lugar central no espetáculo do Ângelo, quero dizer no céu, as senhoras voluntárias brincam às bonecas, mais um esforcinho, mais uma colherinha, estas bonecas são mais desengraçadas do que as das ajudantes do Salão Princesa, já não têm segredos e não fazem bolas de sabão com a cabeça, ficam-se por gracinhas como estarem ligados a máquinas que apitam, terem sacos de sangue na cabeceira, derramarem as bexigas para sacos, arroxearem os lábios, quem inventou estas bonecas não tinha jeitinho nenhum, não fazia ideia do que a criançada gosta, como a criançada se diverte, cercada pela noite os homens levam-me numa maca,

tresanda a álcool

por que não consigo levantar-me e começar a andar, um milagre que já li algures, nem sequer um milagre novo, criado para mim,

andou na festa

por que não me levanto e impeço que me depositem na sala da luz feia onde a minha mãe esperou, ao princípio a minha mãe fixava-se nos estetoscópios que se debruçavam, nos relógios de pulso que lhe mexiam, nos anéis que lhe escarafunchavam o corpo, fixava-se em qualquer coisa que a prendesse à vida que abandonava, uma borbulha, uma nódoa, um sorriso, qualquer coisa que não a deixasse afastar-se, quando chegarem ao fim do trajeto os homens que me transportam vão pôr uma cruzinha no sítio do relatório que diz, entrou cadáver, um deles, ou outro parecido com eles, vai telefonar à Dora, outro vai preencher um relatório mais completo, nome completo, número de bilhete de identidade, data do nascimento, data do óbito, localidade do nascimento, do óbito, estado civil, a minha última morada, o nome dos meus pais, estes funcionários estão fartos de recolher informações desinteressantes sobre mortos, de darem a notícia de que alguém morreu, um dos funcionários, o último a pegar no processo no espaço dedicado às informações complementares, escreve como é que eu fui acabar com a minha vida

acidente de viação na, ao quilómetro, despiste provocado por estado alcoolizado da vítima, notifique a polícia e os demais interessados, o meu corpo fragmentado em múltiplos danos, o corpo da minha mãe um depósito de órgãos avariados, uma sucata, umas peças, poucas, em bom estado, os dentes brancos, bonitos, certinhos, nunca mais vou existir inteira, a minha mãe nunca mais existiu inteira, uma soma de pedaços avariados, lamentamos muito, dizem à Dora, lamentamos muito, e a Dora agradece, tem o hábito de agradecer tudo, uma menina dócil que nunca se desentendeu com as colegas e que nunca deixou de sorrir aos clientes, um anjo que não me quer salvar, os homens transportam-me na maca,

estava bêbeda que nem um cacho

queixam-se,

pesa como chumbo

esta maldita chuva que não para

andou na festa e depois veio matar-se na estrada

os homens trocam palavras que não chegam a formar uma conversa,

cuidado com esse tronco, vai antes pela esquerda

deitada na maca repito uma, duas, muitas vezes

quero voar até ao céu, quero voar até ao céu, quero voar

deitada na maca flutuo, estendo a mão para a Dora que está deitada sobre o mar com o fato de banho às flores, tento tocar nela mas as flores soltam-se e formam ondas que a levam para longe, nunca tinha visto ondas de flores, há tantos anos que eu e a Dora não vamos à praia, a Dora costuma ir com o artista, vai para todo o lado com o artista

já te disse que se chama José, custa-te assim tanto dizeres José

que todos os dias lhe deixa mensagens, amo-te, estou à tua espera, também te amo, também te espero, o artista e a Dora estão convencidos de que conhecem o amor, de que a partir de agora nunca mais vão estranhar o amor, só temos medo dos desconhecidos,

conheço o amor de ouvir falar

do desconhecido para onde vou, o artista e a Dora julgam-se mais completos, mais perfeitos, não sabem que o que os une é o hábito comum de inventarem um sentimento e de o repetirem, amo-te, estou à tua espera, quando soube do meu acidente a Dora não repetiu nenhuma das palavras que ouviu nem chorou,

se queres espatifar-te na estrada é contigo

o Ângelo também não, como são parecidos, a Dora não chorou porque as esculturas não choram, o Ângelo não chorou porque os espantalhos não choram, a Dora e o Ângelo são tão parecidos, quando vi o Ângelo no hospital,

também sou filho dele

não me apercebi de que era tão parecido com o meu pai, os ombros descaídos, os pés afastados, os olhos esbugalhados, os braços demasiado compridos, a diferença é que o Ângelo não pode ganhar o hábito de colecionar pássaros como o pai, um espantalho assusta os pássaros, ninguém consegue desviar-se do fim para que foi criado, os homens não podem levar-me para a sala da luz moribunda, não podem enfiar-me uma bata cheia de carimbos,

tamanhos únicos

tapar-me com um lençol cheio de carimbos, se calhar ainda há alguma coisa a fazer, se sentir a chuva fria que me cai na cara

onde andas com o corpo, Violeta, onde andas com o corpo

tenho a certeza de que ainda há alguma coisa a fazer, não sinto nada, também é verdade que os gordos sentem menos frio, aquecem-se com as gorduras que acabam por lhes rebentar com o cérebro, o coração, e se sentir medo, a aflição de estar entre a vida e a morte, onde andas com a cabeça, Violeta, onde andas com a cabeça

não sinto nada, a estrada é já há algum tempo uma reta longa, a pista de um aeroporto, um redondel de luzinhas apesar do manto que me cobre, os homens taparam-me toda, um saco de plástico, amarraram-me, umas fitas que me imobilizam, a estrada é já há algum tempo uma reta, o temporal amainou, um dos homens diz, está a amanhecer, de novo silêncio, começa outro dia que vai ser igual a todos os dias que já passaram, a todos os dias que estão para vir, o despertador daqui a nada aciona a voz que vai acordar a Dora, o Ângelo levanta-se mais tarde, passa as manhãs na cama onde o meu pai se deitava com a mãe dele,

os bastardos são mesmo assim

a Denise aconchega-se nos braços do ucraniano, são tão prestáveis os cães, a Betty esfrega o corpo com o cheiro a limão, prende o cabelo com um elástico e vai acordar os miúdos pálidos que chegam sempre a tempo ao futuro, o camionista dorme abraçado à mulher na cabina do camião, os vidros da cafetaria assistem ao render dos empregados, se está a amanhecer donde vem este manto escuro que me cobre, um manto mais escuro do que qualquer noite que vivi, que outros vão viver

o que a terra

um esplendor por detrás das nuvens, dentro das nuvens, um ardor no céu que lhe desacerta a cor, a luz que galga, intrépida,

de todos os mistérios escolho o da luz indócil que diariamente vence as trevas

um gesto que despe a terra, que corre varandas, asas, mãos, um brilho deixado nas camélias, nas acácias, e os olhos tão cegos

três mortos, onze feridos graves e vinte e três feridos ligeiros

para as manhãs que começam, para os números dos quadrozinhos dos jornais, balanço provisório dos acidentes de viação provocados pela tempestade ao lado de um gráfico da temperatura média da semana, em graus Celsius, e da precipitação, em mm por metro quadrado, um gráfico que compara esta semana com a do ano anterior, semana de dois a oito, três mil duzentos e dezassete acidentes, vinte e dois mortos, setenta e sete feridos graves, setecentos e cinquenta e quatro feridos ligeiros, o gráfico demonstra que o número de mortos decresceu ligeiramente, o de feridos graves aumentou, o de feridos ligeiros diminuiu,

traduzam a realidade em números que nem por isso a domam

neste dia que começa inauguro-me num grupo de números, ainda não sei a categoria a que pertenço, também ainda não sei se posso optar entre acidentada, morta, ferida grave, ferida ligeira, ilesa ou se é competência exclusiva do funcionário a que os homens me entregaram, o que é responsável pelos formulários, deve ser o funcionário que decide a que categoria pertenço, tanto melhor, de qualquer maneira não me desagrada ser parte de números, toda a vida fui, dos obesos, dos alfabetizados, das mães solteiras, dos trabalhadores por conta própria, dos automobilizados, dos fumadores, dos contribuintes ativos, dos agnósticos, dos que leem menos do que um livro por mês, dos que praticam sexo inseguro, dos que nunca saíram do país, dos que não têm animais, dos que não fazem exercício físico, dos que são omnívoros, dos que adormecem de barriga para cima, dos que ressonam, não me desagrada ser parte de números, os números até conferem algum rigor à minha existência, neste dia que começa inauguro-me num grupo de números e como parte de um número que sou podem somar-me à criança que esmagou os pulmões na chapa do carro, a criança também parte de um número que como qualquer outro pode sempre ser subtraído, os pais da criança ilesos, a morte e a vida uma série de acasos, antes de se tornar parte de um número a criança ia de viagem com os pais e pediu-lhes um chocolate,

quando chegares a casa

a criança sorriu e ficou a pensar no chocolate, as crianças podem perder muito tempo a pensar em assuntos complicados como os chocolates, ainda falta muito para chegarmos a casa, perguntou, os pais disseram que iam devagar por causa do temporal, a criança não sabia o que era um temporal mas se soubesse era provável que não tivesse medo porque não conhecia o perigo de andar na estrada, a criança não conhecia quase nada, ia presa numa cadeirinha no banco de trás a pensar em assuntos tão sérios como um chocolate, perguntou se podia ser o do papel encarnado, os pais riram-se,

quando chegares a casa

e a criança perguntou se podia ser o da bolacha, os pais fingiram que não percebiam a que chocolate a criança se referia, o que tem bolacha e um papel azul, especificou a criança, e os pais continuaram a fingir que não sabiam, os pais brincavam com a criança, não se lembram de terem ouvido a pancada mas lembram-se de um silêncio terrível, o silêncio mais cruel, mais atroz, mais injustificado, portanto a viagem acabou e a criança portou-se bem mas há qualquer coisa errada nesta história, a criança tornou-se parte de um número que como qualquer outro não gosta de chocolates, além disso a criança não pode dizer aos pais, agora nesta nova condição, não preciso de chocolates, os pais vão gastar o resto da vida deles a culparem a estrada, a tempestade, o condutor que os abalroou, o destino, o número de que a criança se fez parte exclui os outros números com que os pais sonharam, o número de crianças que vão receber presentes no próximo natal, que vão entrar na escola, que escorregam nos parques infantis, que aprendem a andar de bicicleta, os pais choram a criança que se afastou dos números a que pertenceu, o número de crianças que gostam de chocolates, que vão ao circo no natal, que ouvem uma história antes de adormecerem,

a realidade fora dos números é quase sempre incompreensível

eu e a criança somadas ao rapaz que pediu o carro emprestado à mãe, tenho de ir buscar uma coisa a casa do pai, a mãe tentou demovê-lo, com esta chuva, mas o rapaz, tenho de ir, é assim tão importante, e o filho disse que sim, com este tempo filho, não acho bem, por favor tenho de ir, mas o que é que pode ser assim tão urgente, o filho não queria dizer, é uma coisa que tenho de fazer, a mãe tinha medo do temporal mas pegou nas chaves do carro e deu-lhas, conduz com cuidado, o filho saiu da sala a assobiar uma canção que passa na rádio com frequência, a mãe sentou-se a corrigir os testes dos alunos, já com o blusão vestido o filho veio dar-lhe um beijo, volto já, e bateu com a porta, a mãe ouviu o elevador que o levou, voltou à correção dos testes, neste soneto o poeta está triste porque a amada se foi embora, a professora risca e escreve a vermelho, arrependido, a professora sublinha o verso correspondente,

pudesse voltar atrás

e continua a corrigir, um teste, dois, três, um monte de folhas já corrigidas, outro monte de folhas por corrigir, a professora está cansada de ensinar a linguagem dos poetas, os dias são pequenos para o que tem de fazer neles, acende um cigarro e põe-se a pensar que talvez um dia o marido, o pai do filho, o ex-marido, o único namorado que teve, lhe escreva um soneto tão arrependido como o poeta, talvez um dia, a mãe corrige testes, o filho conduz com cuidado para casa do pai, um trajeto de dez minutos, o rapaz vai buscar uma fotografia

onde vais buscar estas coisas, Violeta

da rapariga por quem está apaixonado, é a primeira vez que o rapaz está apaixonado, a mãe acaba de fumar o cigarro, tem a regra de não ultrapassar os cinco cigarros por dia, põe água a aquecer para um chá, um chá sabe bem numa noite tão fria como esta, o filho deve querer chocolate quente, quando o filho voltar vão beber juntos o chá e o chocolate quente e depois vão-se deitar, talvez o filho lhe conte o que tinha de ir buscar, a mãe ainda não se habituou a que o filho tenha segredos, a que tenha crescido, dezanove anos, pensa, crescem tão depressa, neste momento a mãe ainda não sabe que o filho está condenado a nunca passar dos dezanove anos, a ter dezanove anos para sempre, neste momento a mãe não sabe que o filho acabou de gastar o último segundo do tempo que a vida dele teve, um carro em contramão, duas luzes fortes que o encandearam, dezanove anos contra um carro em contramão, neste momento a mãe ainda não sabe da dor que a vai obrigar a bater com os punhos fechados contra a parede, a gritar, matei-o, fui eu que o matei, dezanove anos perdidos contra um carro em contramão

vai dizer, matei o nosso filho, fui eu que o matei, o ex-marido, o pai do filho tenta acalmá-la, não és tu que tens culpa, nunca mais me perdoo, ninguém pode ajudá-la, a mulher olha para o homem que ainda julgava amar mas não pode sentir mais nada, a dor tomou conta de tudo,

onde vais buscar estas coisas, Violeta

eu, a criança e o rapaz somados a outro e mais outro até sermos o número dos balanços anuais, por enquanto somos um dos números da noite da tempestade

três mortos, onze feridos graves e vinte e três feridos ligeiros

a vida e morte abstratas e irreais como os números um, vinte, mil desconhecidos salvos, é a mesma coisa que um, vinte, mil desconhecidos assassinados, ninguém sente nada por números, os números podem ser somados, subtraídos, divididos e multiplicados mas não podem gostar de chocolates, não podem apaixonar-se, não podem lutar contra milhões de inimigos,

bêtises, ma chérie, bêtises

amanhece e pela gelosia mal corrida do quarto da Dora entram sete linhas de luz que pousam suavemente nos pássaros e nas flores da cama de ferro, sete linhas de luz que rascunham o dia sem acordarem a minha criança da noite em que dorme, a locutora que o despertador na mesinha de cabeceira aciona

> uma melhoria significativa do estado do tempo a partir da tarde, de manhã a ocorrência de nevoeiros matinais com formação de geada no norte do país

acorda o pedaço mais perfeito de mim, este dia começou como outro qualquer, a Dora abre os olhos e espalha o sono pelo quarto, boceja para expulsar os sonhos, com o que sonhou esta noite a minha criança, se é que sonhou, as noites são cada vez mais curtas, os olhos da Dora preguiçosos vagueiam pelo quarto,

> os meus olhos fixos numa gota de água que não desliza

a Dora estica o braço e carrega no botão que interrompe a locutora, o temporal desta noite causou três, depois afasta os cobertores, a Dora senta-se na cama, põe-se de pé, não há uma vontade específica em cada um destes atos já que todos os dias são os mesmos e a repetição prescinde da vontade, a Dora veste o robe, dá um nó ao cinto do robe, calça os chinelos, meia dúzia de passos curtos até à casa de banho, entra, senta-se na sanita, urina, afasta o cortinado da banheira, puxa o autoclismo, levanta uma perna e entra na banheira que está gelada, um arrepio que lhe eriça os pelos louros, uma penugem, põe a água a correr, um barulho que parece o telefone a tocar mas a água a correr confunde-a, e ninguém telefona tão cedo, a água quente desliza pelo corpo magro, pequeno, quase de criança, o chuveiro preso com as mãos sobre o peito, a cabeça encostada a parede, o espelho embaciado, uma névoa que alastra, a Dora pega no sabonete que escorrega, uma campainha que parece mesmo a do telefone, a Dora ensaboa-se deixando que a água quente bata no corpo, quando termina apoia novamente a cabeça na parede, o prazer da carne quente, da pele rosada, novamente o barulho que parece o do telefone a tocar,

atende o telefone, Dora

estes homens precisam de saber que o cheiro a aguardente é um detalhe a que não se devem prender, assim como o sémen do camionista da área de serviço, as unhas pintadas de rosa berrante, o vestido garrido, os sapatos de salto alto, os homens precisam de saber que os detalhes da minha história são outros, atende o telefone, Dora, diz a estes homens que esta noite não foi diferente de nenhuma outra, ia numa viagem de trabalho, parei na área de serviço, a Denise e a Betty estão à minha espera, sou uma boa vendedora, a melhor, atende o telefone antes que eu, antes que os homens

diz a palavra Ângelo, que as palavras magoam menos quando são ditas

desliguem, a água demasiado quente, a carne agitada, a Dora tem a certeza de que o telefone está a tocar mas está a saber-lhe bem a água a escorrer pelo corpo, pensa, se for importante tornam a ligar, não deve ser nada, um engano, alguém que ligou para outro número e veio parar a este, os números têm de percorrer caminhos tão enviesados que é natural que alguns se percam, a Dora fecha a torneira, a pele do corpo avermelhada em vez da alvura de que a fiz, o sangue a correr mais depressa, o coração a bater, a mala feita no quarto, o pedaço mais perfeito de mim decidido a abandonar-me,

amanhã saio de casa

a voz da minha criança que já não me magoa, se calhar um privilégio do dia que pode ter começado sem mim, amanhece nas duas assoalhadas do Ângelo, na estrada que percorri, na casa de que me vinguei, no quarto da Denise, na Vivenda Elizabete, na área de serviço, na sala onde ontem assinei a escritura, nos destroços do meu carro, no ermo onde caí,

de todos os mistérios escolho o da luz

e não há um lugar onde a luz seja a mesma, sete linhas na gelosia mal corrida da travessa do paraíso, uma nesga na marquise do Ângelo, um deslumbramento na estrada, manchas claras que passam as telhas partidas da casa que vendi, um pássaro que canta no beiral da janela do quarto da Denise, o cheiro a sabonete na Vivenda Elizabete, um barulho de café na área de serviço, um amarelo pálido no tampo polido da mesa onde assinei a escritura, um brilho num pedaço de metal retorcido do meu carro, uma desolação no ermo onde caí, não há um lugar em que a luz seja a mesma

e no entanto luz, apenas luz que inunda todas as coisas

neste dia que pode ter começado sem mim, sempre cheguei atrasada ao meu futuro, desta vez parece não ser só um atraso, uma coisa mais grave, tenho de me apressar se quero chegar a tempo a um dia onde ainda possa entrar, tenho de alcançar o tempo de que a vida se faz, a Dora atende o telefone,

bufo de merda

o Ângelo com um lenço sobre o bocal que lhe disfarçava a voz,

chegou a tua vez, vais pagá-las todas juntas

a ameaçar o meu pai que por acaso também era pai dele, a vida está cheia de absurdos, o Ângelo com as duas mãos apertadas no auscultador, o corpo debruçado ao lado do elefante de jade que tem a tromba virada para a porta para dar sorte, o Ângelo decidido a vingar o rapaz que ficava horas especado no fim da rua a odiar-nos, o rapaz que dizia como vai o senhor quando o meu pai entrava no cochicho onde ele vivia, e depois, sempre educadamente, vou chamar a minha mãe, o pai do Ângelo morto numa manhã em que vestiu uma casaca preta, lustrosa, com os sapatos a brilharem, o pai do Ângelo morto ao lado de uma rapariga vestida de noiva, o Ângelo pela mão da mãe com uma camisola que o picava, a perguntar, segundos antes de o pai morrer, quem é aquela senhora vestida de branco ao lado do pai, a mãe do Ângelo agachada, nos olhos dois tições de cólera, aquele homem não é o teu pai, o teu pai morreu, o Ângelo chorou como qualquer miúdo chora ao saber que o pai morreu, o Ângelo chorou a morte do pai que continuava numa manhã cheia de sol com uma casaca preta lustrosa ao lado de uma senhora muito bonita com um véu de tule sobre a relva, o pai do Ângelo acabado de morrer estava esquecido de que conhecia o filho,

os mortos são quase todos esquecidos

o Ângelo começou a odiar a senhora muito bonita vestida de branco com um véu muito comprido estendido na relva, uma tiara com uns brilhantes fingidos na cabeça, uns sapatos de cinderela, começou nesse preciso instante o hábito de nos odiar,

este senhor não te conhece, nunca te esqueças que tu também não o conheces

diz-lhes que me conheces

é engraçado como quase todos os hábitos têm um princípio que até pode ser irrelevante, as ruas cheias de cravos vermelhos, o filho da tonta da Clarissa a falar na televisão de camuflado, todos os hábitos têm um princípio de que às vezes não nos lembramos, quando é que os rapazes começaram a convidar-me a descer a uma cave, quando é que as outras raparigas fugiram da doença contagiosa em que a minha fama se tornou, o Ângelo apanhou o hábito de nos odiar no dia em que o pai dele morreu e foi por isso que

não podes corrigir o passado mas podes vingá-lo, ponto final

denunciou o meu pai aos revolucionários,

aquele homem, que se esqueceu de me conhecer no dia em que vestiu uma casaca lustrosa, é um bufo

o Ângelo apontou o dedo ao meu pai numa tarde em que o céu tinha a cor do céu e as flores a cor das flores, o Ângelo um rapaz ainda bonito, distante do espantalho que anima os bailes das sociedades recreativas, as excursões dos velhos, os aniversários das crianças, nessa tarde perfeita os meus pais

diz-lhes que me conheces

novamente cercados como no dia do casamento, convidados revolucionários, tanto faz, apenas pessoas, muitas, que se aproximam demasiado, que se tornam desagradáveis, que não sabem comportar-se, talvez por isso a minha mãe não tenha reparado em como o miúdo se parecia com o noivo, os braços compridos, as mãos enormes, espantalhos, ou em como o chefe dos revolucionários se parecia com o marido,

esta gente inventa cada coisa para se safar

quando o meu pai levantou a cabeça para o Ângelo tinha o olhar de perdedor, o cerco começou a desfazer-se, a minha mãe olhou para o Ângelo, para mim, eu e o Ângelo estávamos do mesmo lado,

não há quem consiga distinguir um bastardo de uma mostrenga

o Ângelo empurrou o meu pai com as mãos, já tinha tentado pontapeá-lo mas não alcançou o corpo do meu pai que cambaleou sem que ninguém lhe tocasse, a minha mãe sem perder a compostura, uma senhora

sempre chic, très chic

que afrontou os revolucionários, tenho a certeza de que houve um engano, não somos quem procuram,

a mostrenga e o bastardo unidos jamais

não há como os filhos para nos magoarem

os meus pais livraram-se do cerco e o Ângelo perdeu para sempre a oportunidade de ser um anjo que os salvou, se o Ângelo tivesse ouvido o meu pai,

diz-lhes que me conheces

este senhor nunca fez mal a ninguém, só a mim

ao libertar-se do cerco a minha mãe fez com que o bastardo perdesse para sempre a oportunidade de ser um anjo que os salvou, a minha mãe não tinha suportado um revolucionário salvador, uma criada comunista, uma neta preta, a minha mãe sempre esteve convicta de que todas as coisas têm uma ordem, ou uma natureza como costumava dizer, os bastardos são vingativos e não podem ser anjos, os anjos têm de ser brancos, as criadas não tem cabeça para serem comunistas ou para outra coisa qualquer, apesar do cerco já se ter desfeito a mão da minha mãe manteve-se agarrada à do meu pai, no cumprimento da promessa na saúde e na doença, na alegria e na tristeza, cercados ou livres, até ao último dia das nossas vidas

a que se obrigou no dia em que o Ângelo assistiu à morte do pai dele, a mão da minha mãe elegante com as unhas envernizadas num tom pérola, uma senhora não deve pintar as unhas de rosa garrido, não, não era isso, uma senhora não deve temer um bando de ladrões nem que estejam mascarados de revolucionários,

vamos, Baltazar, que estes senhores não sabem o que querem

a minha mãe como se os revolucionários não soubessem o que fazer da revolução, quero dizer, dos reféns, a minha mãe como se não soubesse o que fazer com o meu pai que implorava ao chefe dos revolucionários,

diz-lhes quem eu sou

que não soube o que fazer ao miúdo tão parecido com o noivo dela que entrou na igreja no dia do casamento, o homem agora tão parecido com o marido, de repente a minha mãe soube que tinha de puxar o meu pai e que tinham de começar a caminhar, o Ângelo não lhes acenou como na manhã em que os noivos partiram no carro preto, ficou parado a engendrar vinganças, de todas as vinganças escolheu a mais cruel, a que ainda hoje executa

compreendo tudo o que se passou, não podia ser de outra maneira já que é a vingança que o prende à vida, não pode abandonar as duas assoalhadas miseráveis para se lembrar permanentemente que tem de fazer alguma coisa, ficar horas parado no fim da nossa rua, denunciar o pai aos revolucionários, cercar o pai e a mulher, emprenhar a mostrenga da irmã, as duas assoalhadas miseráveis servem para o lembrarem de que tem de fazer qualquer coisa, a Dora atende o telefone, a voz desconhecida de um homem podia inquietar a minha criança mas fazem tantos inquéritos pelo telefone, há tantos enganos, o homem confirma o meu nome, a matrícula do meu carro, perguntas simples a que a Dora vai respondendo enrolada na toalha de banho, perguntas muito simples que não assustam a Dora, se as perguntas fossem difíceis a Dora ainda ficava nervosa mas são mais fáceis do que as de qualquer concurso da televisão, o meu nome, a minha morada, a matrícula do meu carro,

teve um acidente esta noite

a Dora percorre os papelinhos amarelos que estão pela casa toda e nenhum recado a avisa do acidente, o último recado que escrevi, compra pão se faz favor, o penúltimo, chamar o eletricista, o antepenúltimo, passar pelo sapateiro, em nenhum recado, ter um acidente de viação, a voz do homem embate no silêncio da Dora, lamento imenso, nos papelinhos onde deixei recados não consta, não esquecer de lamentar imenso, de me lamentar imenso, a voz do homem insiste numa coisa parecida com um

alguém que reconheça o corpo

pedido, uma formalidade, a voz do homem estridente se comparada com o silêncio em que a Dora se mantém já que não imagina

não há nada que o silêncio não mate

como é possível saber que o corpo que a gerou está morto, que a carne de que é feita apodrece, que o sangue que lhe corre nas veias parou, a Dora pálida, a voz do homem na morada do sítio onde se encontra o meu corpo, o atrapalho do corpo, uma dificuldade que os assassinos experimentam nos romances policiais, os corpos são uns atrapalhos difíceis de esconder, é um caso sério para nos livrarmos deles,

tudo o que tu tocas morre

foi uma distração, não podemos garantir que nunca nos fazemos mal,

tudo o que tu tocas morre

mais cedo ou mais tarde uma distração como a da Alice que se pôs a olhar para o céu dos pássaros, uma distração, a voz do homem na morada em que o meu corpo está e o da Dora a vaguear pela casa sem sítio onde parar, um nó na garganta, a Dora enrolada na toalha de banho sem derramar uma lágrima, a voz do homem enredada num horário, se não lhe der jeito passe quando puder, um assunto desagradável que o silêncio da Dora não resolve,

bêtises, ma chérie, bêtises

não há nada a fazer

a dor da minha criança vagueia pela casa sem saber como regressar ao corpo que treme de frio, um corpo magro, quase de criança que continua enrolado numa toalha de banho, passa pela porta entreaberta do meu quarto, deita-se sobre a minha cama, a senhora precisa de alguma coisa, pergunta a voz do homem do outro lado, a Dora imagina-me no sítio onde o meu corpo está, pede clemência à dor que se sentou no sofá onde eu costumava sentar-me, uma dor que lhe aperta a garganta e a impede de perguntar onde foi o acidente, a que horas, o silêncio da Dora enredado nos detalhes de que a morte também se faz, a voz do homem, lamento imenso, e o silêncio da Dora à procura do ódio a que se habituou, da vergonha, de qualquer coisa que substitua a dor que a impede de respirar, a Dora já sabe desde a morte dos avós que os que sobrevivem aos que amam também morrem um bocadinho, pode-se morrer aos poucos e com vagar, a morte pode não ter pressa, a Dora senta-se na cama onde nunca mais me vou deitar e quer desatar num pranto que a livre daquele aperto sobre o peito, dentro do peito, garras que lhe arranham o coração, o pedaço mais perfeito de mim ouve-me e não sabe

nasceste para que eu tivesse a certeza que existia alguém capaz de me magoar

como viver o primeiro dia de liberdade, uma vida inteira a servir um fim e de repente a vida da minha criança abruptamente injustificada, a liberdade pode ser assustadora, a Dora apenas uma farda facilmente substituída na caixa do hipermercado, apesar da ausência da Dora o hipermercado funciona sem se notar diferença alguma por pequena que seja, a luz continua branca, demasiado branca, a música alta, demasiado alta, nada diferente nos legumes, nas fraldas de bebé, nos artigos de ménage, nos produtos da charcutaria, nos congelados, nada diferente a não ser

funcionária da informação à caixa número 10

a ausência da Dora de que ninguém se apercebe já que outra mulher com uma farda igual e um sorriso igual a substitui,

tão parecidas umas com as outras, nem pelas fardas se distinguem

outra mulher ocupa o lugar da Dora que se deixou ficar deitada sobre a minha cama a antecipar o medo de como me vai encontrar, a pele azulada, os cabelos puxados para trás num penteado esquisito,

não há nada como os penteados clássicos, ma chérie

as mãos cruzadas sobre o peito, não, por enquanto os braços ainda estão estendidos ao longo do corpo, a Dora está deitada na minha cama quando o artista toca à campainha,

José, custa-te assim tanto dizeres José

quando o José toca à porta, a Dora pensa que é uma vizinha com um recado, um problema no intercomunicador, publicidade, o carteiro, existem sempre tantos motivos para se tocar à porta de alguém que a Dora abre a porta, quando vê o artista o coração, ainda há instantes doído, bate mais depressa, então é deste sobressalto que tanto se fala, deste contentamento que é tão despropositado nestas circunstâncias,

conheço o amor de ouvir falar

aconteceu-te alguma coisa, estava preocupado, não foste trabalhar, não atendes o telefone, e vens assim à porta enrolada na toalha de banho e nem perguntaste quem era, não deves fazer isso, e se fosse um ladrão, a Dora recua, o artista

José, custa-te assim tanto

cala-se, a alegria do coração da Dora desvanece-se lentamente, tem de dizer que, tem de dizer, a minha mãe, como é que se diz, o artista espera, acordei indisposta, a minha criança sempre mentiu muito bem, um dom com que nasceu, mas agora já estou melhor, o José,

ouviste-me dizer José

aconteceu alguma coisa, nada, não, não aconteceu nada, a Dora sem ouvir as palavras que se formam dentro dela, uma indisposição que já passa, um pesadelo, só preciso de descansar um bocado, a Dora atordoada na ausência em que me tornei, incapaz de parar de ler o meu último recado, compra pão se faz favor, o pão de que eu gostava continua a ser vendido na padaria, a mesa da cozinha onde o guardava continua no mesmo sítio, se continua tudo igual por que não vai a Dora comprar o pão, por que não o deixa sobre a mesa da cozinha, nunca de costas que dá azar, se nada mudou por que não consegue a Dora, nem hoje nem nunca mais, ir comprar o pão, tão irónicas as coisas insignificantes que nos recordam, o pão de que se gosta, um recado, a agonia da minha criança, o pedaço mais perfeito de mim, ou o pedaço mais perfeito do que fui, a esforçar-se por não chorar à frente

desta vez fui longe de mais

do artista que desconfia da indisposição, a minha criança fez muito bem ao colocar a dor que a atingiu na categoria das indisposições que passam rapidamente,

de todos os mistérios escolho o da dor, que traz consigo o esquecimento

a minha criança sempre soube jogar, uma boa adversária, a melhor, a dor como uma indisposição que daqui a nada passa, mesmo se sente a violência inusitada da dor que por ingenuidade julgava domada com a morte dos avós, mesmo se sente a dor terrível a minha criança resiste, uma boa filha, a melhor, tens a certeza que estás bem, só preciso de dormir e de acordar outra vez, logo à noite falamos melhor, posso ficar aqui na sala enquanto dormes, não, por favor não fiques, a Dora encaminha-o para a porta, não te preocupes que fico bem, um beijo rápido nos lábios e o artista sai, desce as escadas, a Dora abre a porta, não, não o vai chamar, o artista espreita do fim do lance das escadas, a Dora pergunta, notas alguma diferença em mim, o artista não percebe, a Dora explica, na minha cara, no meu corpo, qualquer coisa, o artista olha-a lá do fundo, estou para sempre longe de mais

um mortal a olhar para um anjo distante como só os anjos podem estar, o artista não sabe o que responder, não fiques preocupado, logo à noite falamos, quando fica sozinha a Dora senta-se no sofá, a minha morte é invisível no pedaço mais perfeito de mim, e olha pela primeira vez com atenção para o quadro que comprei há uns anos numa loja chinesa, as montanhas tão verdes, o céu tão azul, de lado o botão para ligar uma musiquinha reles e em cima outro para acender uma luzinha que o ilumina, quando o trouxe para casa a Dora fartou-se de achincalhar o que

onde vais buscar estas coisas, Violeta

considerava uma prova evidente do meu mau gosto, recusou-se a ajudar-me a pendurar aquela coisa horrorosa na parede, e agora a Dora procura-me na paisagem chinesa, toma o meu lugar no sofá, aninha-se no buraco que o meu corpo ao longo dos anos cavou, olha para as montanhas anormalmente verdes debaixo de um céu anormalmente azul, experimenta gostar do que eu gostava,

se calhar não morremos enquanto alguém sentir por nós

não quer apaziguar-se, a Dora repara pela primeira vez na desproporção cómica do pescoço dos cavalos, no estrabismo involuntário de uma das chinesas, coisas que lhe podiam dar vontade de rir, se calhar não morremos enquanto alguém se rir connosco

a minha adversária derrota-me com tudo o que eu já não sou capaz de sentir, com tudo o que eu já não sou capaz de fazer, desta vez não há empate, a minha adversária ganhou-me, ao menos que eu sinta a derrota da última luta, ao menos que sinta o sabor amargo da derrota, nada, não sinto nada, a Dora ganhou-me, finalmente uma vencedora incontestada nas nossas lutas, a Dora levanta-se do sofá, fica ligeiramente tonta, para uns segundos apoiada na mesa, tem de se ir arranjar para ir ao sítio onde estou à espera que ateste o que fui, a nossa própria carne algumas certezas há de ter sobre nós, quando diz o meu nome

um nome de flor que também é uma cor

um homem aponta-lhe o caminho para a sala onde a espero, não me importo de esperar, sempre me entretive com qualquer coisa, a ideia de estar morta ou outro disparate semelhante, outro homem recebe-a depois de várias portas, corredores, os caminhos que nos levam aos outros são quase sempre longos e confusos, perdemo-nos neles facilmente, outro homem acompanha-a até mim, a Dora olha aturdida para o meu corpo, não é a minha mãe, não conheço este corpo brando, discreto, o corpo que pertenceu à minha mãe era descomedido, espalhafatoso, a voz da Dora sumida para o homem,

é ela

leve-me daqui, leve-me daqui, o homem ajuda a Dora que cambaleia, pobre criança,

vê ao estado a que cheguei

a minha mãe deitada na cama do hospital numa enfermaria, não ainda na sala da luz insuportável, diz lá se mereço isto, se alguém merece isto,

cale-se mãe

como é que posso ter a certeza de que não estou a confundir as histórias, a trocar as conversas,

tresanda a álcool

se nem os homens que ajudam a Dora eu consigo distinguir, este é o que a levou até mim ou o que lhe indicou os corredores por onde passa, se estes homens permanecerem indistintos não consigo ficar com uma imagem distinta da vida como o gestor de recursos humanos ensinou à Dora, se estes homens não colaborarem é muito difícil convencerem-me a voltar à vida, a Dora pensa nos segredos que ficam para sempre escondidos no corpo que deixa para trás,

o meu pai

detalhes irrelevantes na nossa história, na nossa história há só um facto verdadeiramente importante, ouves-me Dora, consegues ouvir-me, nasceste para que eu pudesse experimentar o amor, nasceste para me salvares de mim, esse é o único segredo que deves descobrir

bêtises, ma chérie, bêtises

um segredo é sempre um mal-entendido

porque os segredos não se desvendam, imagina que o meu pai queria contar-me o segredinho dele, o esforço de uma vida inteira deitado a perder num segundo de desespero, calei-o, não podia deixá-lo deitar fora uma vida inteira, até me pergunto se o teu avô estava bom da cabeça, não me admirava nada que tivesse enlouquecido,

anda cá, bichinho

que mania a tua, já te disse tantas vezes, o teu pai apanhou esse hábito como podia apanhar outra doença qualquer,

o pedaço mais perfeito de mim em vez de sermos uma só, um pedaço

não fujas do assunto, tenho direito de saber quem é o meu pai

não penses nisso agora que o sofrimento atiça o que de pior há em nós, o sofrimento torna-nos piores do que alguma vez nos julgámos capazes, acabou-se, acabou-se tudo

ponto final, ou melhor, asterisco com gel

cala-te, Ângelo

Ângelo

é uma hipótese, uma hipótese como outra qualquer

não me interessam hipóteses

cala-te, Dora

tudo é uma hipótese

a vida é uma hipótese sem tese

onde é que vais buscar estas coisas, Violeta

nunca fomos um só, pedaços incompatíveis, bastardo e mostrenga

reconheci o bastardo de o ver especado no fim da nossa rua, foste o primeiro que vi no bando dos arruaceiros que nos quis assaltar, o teu pai nunca soube ou nunca quis saber que também eu passei horas especada à frente das duas assoalhadas miseráveis a odiá-los, o perdão não está nas minhas mãos, mesmo que eu deixasse o teu pai contar-me o segredinho dele não podia perdoá-lo, o teu pai amou aquela criatura e o bastardo como nunca o julguei capaz de amar, um hábito, não mais do que um dos muitos hábitos que me magoaram,

são tão maçadoras as lengalengas das histórias

não se deve fazer perguntas quando os corpos se calam para sempre, a Dora reconhece o meu corpo, debruça-se e chora, também chorei quando a parteira nos separou, primeiro baixinho e depois alto, cada vez mais alto, quando a parteira cortou o cordão umbilical

nunca mais uma só

e ouvi a Dora chorar a única coisa que senti foi a morte dela em mim, foi por isso que chorei, ninguém me tinha avisado de que todas as vidas nascem de uma morte, não estava preparada

também nunca ninguém me avisou de que todas as vidas nascem para uma morte

para me sentir tão só, nunca mais me senti tão só como no dia em que me tiraram, de dentro de mim, o meu pedaço mais perfeito, depois de ter chorado sobre mim a Dora afasta-se apoiada num dos homens, cambalcia,

olhem para aquela filha perdida na dor

quando fica sozinha pega no telemóvel e marca o número do artista, tem de falar com o artista antes que seja tarde de mais,

não há nada que o silêncio não mate

a Dora quer dizer ao artista que não pode trocar a vida por nada, que a carne de que a fiz não se pode transformar em pedra porque são terríveis os corpos sem vida, todas as formas de imitação da vida são terríveis, a Dora afasta-se do edifício e marca o número do artista, quer que o artista a ouça antes que seja tarde de mais,

vem buscar-me porque estou só

do outro lado, és tu Dora, és tu, não te consigo ouvir, a Dora continua calada sem dizer nada do que tinha pensado, agora que tem a certeza de que há alguém que lhe responde, que chama por ela, desliga e torna a chorar, baixinho, depois mais alto, cada vez mais alto, a Dora debruçada sobre o meu corpo, pela primeira vez frio, à procura da minha carne, definitivamente rendida, dos meus olhos, para sempre fechados, das minhas palavras, para sempre silenciadas, de mim, para sempre morta, a Dora sobre mim a chorar muito alto como no dia em que nasceu, como no dia em que se cumpriu a sentença a que nos condenei, a que nos condenaram a compaixão é a única coisa que podemos oferecer aos outros

os meus sentimentos

obrigada, muito obrigada, um aperto de mão, um abraço, um beijo rápido na face, depende das pessoas, da intimidade, da circunstância do cumprimento, os gestos ainda reservam algumas surpresas ao contrário das palavras que se repetem numa lengalenga, as minhas condolências, ainda era muito nova, os meus pêsames, vamos sentir a falta dela, não merecia ir tão cedo, coitadinha, ninguém ouve realmente o que diz, o que é dito, as palavras numa

bêtises, ma chérie, bêtises

confusão que se desvanece nas paredes da capela mortuária, amareladas, as paredes da capela são feias, as palavras num rumor que se afasta da chama das velas que tremeluzem junto à urna, modelo napoleão, sugestão do agente funerário, prefiro cangalheiro, um nome que assenta melhor a esta profissão, quem é que anda sempre a alterar as palavras, madeira de boa qualidade, garantia do mesmo agente funerário, as palavras num agravo que se enfia no lado lancetado de Cristo crucificado, no coração exposto da Virgem,

dai-nos o sofrimento alheio e livrai-nos do nosso, amém

não percebo como vêm as pessoas assistir a um espetáculo tão fraquinho, os décors são maus apesar do modelo napoleão que o agente funerário propôs, o ator principal está sempre e para sempre calado, não percebo como existem espectadores para um espetáculo destes, se o Ângelo fizesse uma magia que resultasse ou se, para variar, contasse uma boa piada,

no fim o coração estava tão fraquinho, tão fraquinho, que em vez de bater apanhava

o Ângelo não devia desperdiçar os velórios, o medo provoca o riso, gargalhadas nervosas que ficam a ecoar nas paredes amareladas, os figurantes ensaiaram nos outros espetáculos semelhantes o ar compungido, os abraços que quase sentem, os figurantes são bons profissionais, salvam o espetáculo do fiasco a que o ator principal o condena,

os mortos são todos esquecidos

os figurantes falam no futuro, nada torna o futuro mais urgente do que a morte que o interrompe, insistem no dever de seguir em frente,

circule pela direita e com prudência, os vivos desejam-lhe uma boa viagem são tão maçadoras as lengalengas dos deveres, quero dizer, dos velórios

para este espetáculo o Ângelo devia ter vestido o fato de cetim e a camisa dos folhos em vez deste fato preto que não o favorece, os olhos ainda parecem mais esbugalhados, os braços mais compridos, se nunca foi capaz de se apresentar convenientemente em lado algum não era hoje, um dia igual a outro qualquer, que ia aprender, hoje de manhã o Ângelo apareceu em minha casa com um ramo de lírios na mão, logo que a porta se abriu uma piadinha de mau gosto

vim saber se precisavas de alguma coisa

não preciso de nada, a vantagem deste estado é nunca mais precisar de nada

a Dora agradeceu-lhe e disse que não precisava de nada

ainda não parei de pensar na vossa zanga ontem no restaurante, as vossas palavras andaram toda a noite às voltas na minha cabeça, apesar de já estar habituado às vossas discussões

não há pior do que um espantalho com a mania de que é reconciliador, ontem fiquei preocupado, como se adivinhasse que ia acontecer o pior, o Ângelo nunca percebeu que cada confronto entre mim e a Dora nos aproxima mais, um espantalho incapaz de tirar partido da vingança que engendrou, um espantalho assustado com uma ameaça inofensiva, amanhã saio de casa

a tua mãe diz aquelas coisas mas gosta muito de ti, afinal de contas foi ela que te deu a vida, és carne da carne dela, sangue do sangue dela, não há nada que possa alterar isso

Baltazar, alguém na tua família tinha tanto jeito para dizer disparates

o tumor cresceu na minha mãe, carne da carne dela, sangue do sangue dela, os médicos, dezenas de médicos a que a minha mãe foi na esperança, a esperança, a tal cilada a que nenhum moribundo escapa,

amanhã saio da tua vida, ma chérie, amanhã saio da tua vida

o tumor, que era carne da carne da minha mãe, sangue do sangue da minha mãe, acabou por matá-la, não há nada nem ninguém que altere isso, de qualquer forma nunca pensei que tantos viessem assistir a um espetáculo tão fraquinho, não param de chegar, o homem que entra dá um abraço forte a outro e depois a outro, abraçava todos os presentes se o deixassem, a proximidade da morte tem o condão de tornar as pessoas ridículas, se estes homens se encontrassem noutro sítio qualquer não se abraçavam desta forma, não tinham estas caras que pretendem ser de pesar mas que só conseguem tornar-se risíveis, não contavam uma história, é de bom-tom, não chega a ser chic, très chic, em qualquer velório é de bom-tom contar uma história de que o corpo velado tenha feito parte, queria ir a Paris, a última vez que a vi disse-me que queria ir a Paris

mas já não é de bom-tom regozijar-se com as vontades que o corpo velado deixou por cumprir, os vivos só o fazem por necessitarem de tornar mais importante o tempo de que dispõem, de qualquer maneira uma maldade com que os mortos já não se importam, são tão indiferentes os mortos,

são tão maçadores os vivos

parada nesta posição esquisita o tempo mostra-se como nunca o tinha imaginado, dentro dos meus ouvidos grilos, gri-gri gri-gri, os olhos cegos por uma gota de luz, a Dora chora, as parceiras da canasta num chorrilho de trivialidades, a morte dos conhecidos, dos desconhecidos, serve apenas para afastar a nossa própria morte, o tempo dos vivos ganha outra importância, os atos dos vivos, os mais vulgares, tornam-se desusadamente especiais,

três vertical, vítima de acidente rodoviário, sete letras

penúltima letra um t

tento escorraçar o silêncio de que todas as mortes se fazem, falo muito alto, quase um grito, tenho medo, não conheço animais mais medrosos, para vencer o silêncio agarro-me ao medo, nesta altura só o medo me pode salvar deste corrupio de mãos, de caras e de flores, irrita-me o barulho que o papel celofane faz, um barulho desagradável, três vertical, vítima de doença prolongada, sete letras

penúltima letra um t

Violeta

Celeste

a Dora dorme na cama de ferro que tem pássaros e flores na cabeceira com a certeza de que me odeia, a farda do hipermercado está sobre as costas da cadeira, nem um vinco, as sete linhas de luz ainda não alcançaram a gelosia mal corrida, a manhã ainda não começou no quarto da Dora, a Maria da Guia ronda a urna da minha mãe sem parar, um cão a ganir com saudades da dona,

a senhora precisa de alguma coisa

a Maria da Guia sem a farda que a distingue das outras criadas da rua, só não lhe ralho porque não há mais criadas, se as houvesse era um problema, são todas tão parecidas, o mesmo tom de pele, o brilho gordurento, o cheiro a sabão, os olhos caídos num lamento que não lhes sai da boca, as ancas largas, os braços fortes, as mãos calejadas, se houvesse mais criadas era um caso sério para a distinguir,

quando nos põem numa vida não sabemos ter outra, menina

esta gente só faz o que não deve, tudo o que esta gente diz está errado, quando nos põem numa vida mudamo-nos logo para outra, sem um olhar para a vida que deixámos, sem pensar na vida que nos espera, a Maria da Guia podia ter uns petits fours para estas pessoas que estão exaustas de tanto se fingirem tristes, não sei como os servia nesta capela tão apertada, de qualquer maneira era uma atitude simpática, um gesto que ficava bem em qualquer criada, a Maria da Guia não fez os petits fours porque sem receber uma ordem não consegue fazer nada, serve os refrescos naquela bandeja, quando acabares traz a travessa de miminhos de vitela, a Maria da Guia nunca fez nada que não lhe tenha sido ordenado, alguém a mandou pôr aqueles olhos tristes, as criadas quando bem amestradas não sentem nada, alguém a mandou entristecer os olhos, a Dora, o Ângelo, a Denise, hei de descobrir quem lhe deu essa ordem,

precisa de alguma coisa, menina

onde andas com a cabeça Maria da Guia, não é a mim que tens de perguntar, é à minha mãe, a senhora é que pode precisar de alguma coisa, de uma revista, dos óculos que deixou na gaveta da mesinha de cabeceira, nem parece da minha mãe esquecer-se de tudo, preparava as viagens para casa dos campónios com tanta antecedência para não se esquecer de nada, o nécessaire carregado de cremes,

nesta terra até o ar queima, se me dissessem que o inferno é aqui não me admirava nada

a mala cheia de vestidos que deslumbravam os campónios, um saco com sapatos, as carteiras a condizer, o cofrinho com as pérolas verdadeiras, o perfume que adocicava a casa numa batalha perdida com o cheiro da vianda dos porcos, das pipas de vinho, do azeite, a minha mãe, bonita e elegante, a prova de que os campónios agiram bem quando expulsaram a mãe do Ângelo, quando impediram o meu pai de correr atrás dela, os campónios fizeram o que tinham de fazer, aliás é

> não fizemos tantos sacrifícios para te vermos casado com uma criada

o próprio bastardo quem o diz, o meu pai não ia desperdiçar a vida que tinha pela frente só porque uma criada ficou de barriga, uma arte que esse tipo de criaturas aprende à nascença, o pai do Ângelo que tinha caído na cilada mais velha do mundo comoveu-se quando viu o filho, se não fossem os campónios o pai do Ângelo tinha desperdiçado a vida que tinha pela frente, não restam quaisquer dúvidas de que os campónios fizeram bem quando expulsaram a vadia e se recusaram a olhar para o bastardo, também não olhavam para as ninhadas de cães e de gatos que afogavam no poço, os campónios não podiam correr o risco de se afeiçoarem, os campónios fizeram tudo bem mas não conseguiram evitar que o bastardo crescesse com a vingança no sangue, que o bastardo aproveitasse a primeira oportunidade e aí foi a vez de o meu pai compreender, o bastardo não podia desperdiçar a vida que tinha pela frente com uma vingança por resolver, o meu pai compreendeu as dezenas de telefonemas anónimos, os molhos de cartas com letra de imprensa, a denúncia ao comité, não houve uma só vingança que o bastardo tenha engendrado que o meu pai não tenha compreendido, foi tudo uma questão de oportunidade, não fez isso por mal, o problema foi ter surgido a oportunidade, engravidar a irmã mostrenga

a tonta da Clarissa, que veio oferecer à minha mãe umas lágrimas de que não precisava, também nunca tinha pensado que o tonto do filho se tornasse tão importante mas surgiu uma oportunidade e aconteceu, o bastardo e o filho da tonta da Clarissa podiam ter sido amigos, para além de não desperdiçarem uma oportunidade têm outras coisas em comum, compraram os dois o poster do menino louro a pôr um cravo vermelho no cano de uma metralhadora, cantaram os dois a gaivota que voava, voava, passado um tempo, apenas o suficiente, o razoável, arrancaram da parede o poster e esqueceram-se da letra da canção,

as revoluções são tão passageiras

a tonta da Clarissa leva de vez em quando o lencinho aos olhos, já participou em muitos espetáculos semelhantes e porta-se sempre muito bem, não há nada a dizer, do lencinho desprende-se o cheiro da alfazema, as tardes todas da canasta reunidas no cheiro a alfazema do lencinho da tonta da Clarissa, a tonta da Clarissa que cada vez se dá a mais ares porque agora o filho aparece quase todos os dias na televisão, é político em full-time e opinion maker em part-time, os empregos têm nomes cada vez mais esquisitos,

era um camaleão que mudava tanto, tanto, tanto, que quando deram conta já era um dinossauro

é a praga do inglês, se ainda se usasse a língua mais bonita do mundo, o filho da tonta Clarissa já largou a barba e o camuflado, as modas são mesmo assim

agora aparece na televisão de fato e gravata e é igualzinho a todos os que aparecem na televisão de fato e gravata como dantes era igualzinho a todos os que apareciam de barba e camuflado, a única preocupação do filho da tonta da Clarissa

as criadas só se distinguem pelas fardas, não fossem as fardas e era um problema

é ser igualzinho, foi graças a essa preocupação que se tornou um opinion maker muito conceituado, o filho da tonta da Clarissa um opinion maker ou melhor um opinion killer que as opiniões têm-se e não se fazem, na televisão o filho da tonta da Clarissa diz sempre meia dúzia de palavras em inglês para ter um ar mais competente,

chic, très chic

e para justificar o living standard elevado que possui, o filho da tonta da Clarissa tão importante que até já apareceu nalguns dos escândalos que andam pelos jornais,

um tempo, pouco, e ninguém se lembra de nada

a tonta da Clarissa tão orgulhosa do filho como do pacemaker que lhe colocaram numa clínica privada, a considerar o filho e o aparelho os melhores que há no mundo, a tonta da Clarissa de qualquer maneira chorosa porque o pior de tudo são as invejas, no tempo da outra senhora não havia tantas invejas, tantos invejosos

e por não perceber este país que é tão ingrato para os seus servidores, mesmo para os mais leais como é o caso do filho, a tonta da Clarissa que veio ao velório da minha mãe testar, mais uma vez, a eficácia do pacemaker e que pode assistir descansada ao espetáculo já que o aparelho garante o pulsar normalizado do coração, a tonta da Clarissa impedida de sentir de forma irregular, um pulsar normalizado que na opinião da Maria da Guia vai acabar por matá-la de tédio, a Maria da Guia que só não é uma opinion killer porque ninguém lhe paga a meia dúzia de verdades que oferece aos poucos que a ouvem,

se não morremos de uma coisa morremos de outra

que é apenas uma criada e a voz de uma criada nunca chegou a lado algum muito menos ao céu, nem sequer ao céu das criadas que se calhar nem existe, um quartinho alugado, não mais de cinco metros quadrados que esta gente se sente mal em espaços grandes,

um tempo, pouco, e chacun à sa place

um tempo, pouco, e ninguém se lembra do filho revolucionário da tonta da Clarissa, do filho político da tonta da Clarissa, do filho opinion maker da tonta da Clarissa, um tempo, pouco, e ninguém se lembra de nada, um tempo, não assim tão pouco, e a Maria da Guia

> ninguém consegue fugir do lugar a que pertence

percebeu a que lugar pertencia, um tempo, não assim tão pouco, e desistiu do namorado comunista, um tempo, imenso, o de uma vida, e esqueceu o namorado comunista, um tempo, e a Maria da Guia ainda não sabe se fez bem, estas criaturas nunca têm a certeza de nada, de vez em quando a Maria da Guia pensa que podia ter corrido o risco de ser uma pobre das que agora não se usam, velhos, pretos, ciganos, campónios, as modas são implacáveis, a Maria da Guia ficou para sempre no lugar que lhe pertence e espera qualquer coisa que não consegue identificar já que

> quando nos pomos numa vida não podemos ter outra

o desejo da morte lhe está vedado, a Maria da Guia não conhece o desejo de descansar o corpo para sempre, a vontade de acabar com a vida, por isso

> deus nos a dá, deus nos a tira, menina, o resto são almas pecadoras que ficam para sempre a penar no purgatório

continua a suportar o corpo que só a serviu para trabalhar, fá-lo no cumprimento de um dever o que a deixa feliz, mesmo se por vezes tropeça na vida que podia ter tido, mesmo assim a Maria da Guia é feliz, deu-lhe para entender que a vida não é mais do que um tempo que acaba sempre por passar, um pensamento comezinho porque nunca teve imaginação, contou-me sempre a mesma história, por aí se pode ver que se trata de uma criatura pouco imaginativa, era uma vez uma mulher que deu ao mundo os oito filhos que teve

quando a Maria da Guia estava bem-disposta enfeitava a história com as portas do cemitério que se abriam sozinhas à meia-noite, ou com treze gatos pretos que decidiam a morte dos habitantes da aldeia, às vezes distraía-se e punha-se a fazer parte da história, fui a sexta, depois de mim ainda vieram mais dois,

oito filhos todos vivos, a minha mãe dizia que tinha sido abençoada por não ter perdido nenhum mas só podia querer dizer amaldiçoada

quando fazia parte da história enchia-se de cautela, a menina já sabe que não pode dizer à sua mãezinha que lhe estou a contar isto, a Maria da Guia devia conhecer muito bem a mulher da história porque a descrevia sempre da mesma maneira, sem alterar uma palavra, muito alta e forte, um xaile preto pelos ombros, uns olhos negros, mais negros do que a madeira ardida,

era uma vez uma mulher, muito alta e forte, que deu os oito filhos que teve ao mundo

se a sua mãezinha não tivesse gostado de mim a minha mãe tinha-me dado para outra casa, nessa altura já só éramos cinco que os três mais velhos já tinham sido dados, a pele da mulher era mais dura do que um pedaço de couro, as mãos tão grandes como pás, e nos pés uns socos de madeira barulhentos como um carro de bois,

todos os filhos pertencem ao mundo, não estou a perceber a história

e verruga, tinha, perguntava tentando imaginar a bruxa de que a Maria da Guia me falava, não, não tinha verrugas, nem vassouras que voam como nas histórias que a menina lê nos livros, esta mulher tinha oito filhos e nem um pedaço de pão para lhes dar, de maneira que se foi desfazendo deles,

essa mulher fez o que todas as mulheres fazem desde o princípio do mundo

matava-os, perguntava tentando dramatizar a história, depende do que a menina considera morrer, quando a mulher escolhia um filho para dar esse filho sabia que já não pertencia àquela casa, que nunca mais pertencia, nunca mais, nunca mais quer dizer o quê

também eu dei ao mundo a única filha que tive

se a menina está sempre a fazer perguntas não consigo chegar ao fim da história, a mulher tinha uma filha muito bem-mandada que gostava muito dos pais e dos irmãos, porque era boazinha essa menina nunca pensou que um dia era a vez dela, convenceu-se de que a mãe ia guardá-la para a velhice, era costume as mães destinarem uma filha para a velhice, um dia, tinha ido a menina à fonte, a mãe gritou por ela, a menina deixou os cântaros e desatou a correr, não fosse a mãe precisar de alguma coisa, ia com pressa e nem reparou nas velhas que estavam no caminho, toda a gente sabia que dava azar cruzar-se com as velhas, um azar muito grande, quando estava bem-disposta a Maria da Guia falava destas velhas que apodreciam rezas na boca para darem o azar a todos os que por elas passassem, a menina tinha muita pressa e sem querer deu-lhes um encontrão, as velhas ficaram muito aborrecidas, se calhar foi daí que nasceu o azar, a menina ainda hoje não sabe, às vezes a Maria da Guia substituía as velhas por um entrevado que passava o dia deitado numa enxerga à porta da taberna a escorropichar copos de vinho, o dia todo na enxerga coberto de moscas à espera que o taberneiro se lembrasse de divertir os clientes, o taberneiro pegava num pedaço de pão muito duro e dava-o ao entrevado que num instante ficava a sangrar da boca, o entrevado matava a fome com o pedaço de pão duro que o feria e os clientes do taberneiro divertiam-se com isso, o tempo tem de se passar de alguma maneira, a Maria da Guia podia variar um bocadinho na história mas chegava sempre à mesma conclusão, de tudo o que aprendi nesta vida, menina, de tudo o que aprendi nesta vida a única coisa de que não me esqueci é que a crueldade é um poço sem fundo, esta conclusão e a mulher e os oito filhos eram as únicas coisas que se mantinham na história que a Maria da Guia me contava, as velhas, o entrevado, as portas do cemitério, os gatos pretos, estavam sempre a mudar, o que me aborrecia, a Maria da Guia comovia-se quando contava a parte em que a mãe passou um pano pela cara e pelas mãos da menina e a mandou vestir a melhor roupa que tinha, a menina percebeu que tinha chegado a vez dela e começou a chorar, a mãe aproximou-se, os socos de madeira fizeram ainda mais barulho e a voz forte foi forte como um trovão, se chorares à frente dos senhores encho-te de porrada, dou-te um enxugo que ficas uns dias sem te mexeres, a menina não chorou mais nem pediu para ficar, podia ter prometido nunca mais esbarrar nas velhas, ou nunca mais falar com o entrevado da taberna, podia ter prometido mas calou-se e a mãe disse-lhe, dou-te o que ninguém me deu, se te deixar ficar aqui és mais uma tinhosa cheia de filhos e de piolhos, dou-te o que ninguém me deu, um sítio quente para dormires e a comida que conseguires comer,

e o mundo recebeu a minha única filha

a Maria da Guia demorava-se muito nesta parte, o que me deixava impaciente, perguntava pelos treze gatos, desta vez os gatos não entram na história, dizia a Maria da Guia, quero a parte dos gatos, se não me contas a parte dos gatos vou dizer à minha mãe o que me contaste, a Maria da Guia ficava aflita, a menina é uma menina muito má, a menina é mesmo uma menina muito má, se continuar assim vai direitinha para o inferno

e a minha única filha ainda hoje é feliz

não queria fazer mal à Maria da Guia mas ia sempre queixar-me à minha mãe, a crueldade é um poço sem fundo,

afinal o bastardo e a mostrenga são feitos da mesma massa

bufo, bufo de merda

por causa da minha queixa a minha mãe ralhava muito com a Maria da Guia, durante um tempo a criatura não me contava a história mas depois retomava o hábito os hábitos são tão difíceis de desentranhar

de falar da mãe e dos oito filhos, se a Maria da Guia não para de rondar a urna faço queixa dela e a minha mãe ralha-lhe, as criadas quando bem ensinadas ficam paradas horas a fio, por acaso até gostava de ouvir uma história, talvez me distraísse das parceiras da canasta, do marido da Alice com os filhos mulatos pela mão, não, esses não vieram ao velório, ou talvez tenham vindo mas ninguém os vê, há muito que os deixámos de ver nos cafés, na padaria, nas ruas, em todos os lugares a que já não pertencem, se a Maria da Guia me contasse outra vez a história eu fazia de conta que não ouvia o regozijo dos vivos, este burburinho de satisfação, se os prezasse magoavam-me, o rumor dos vivos quer dizer, ainda não chegou a minha vez, ainda não chegou a vez dos que amamos, se os prezasse magoavam-me, gri-gri gri-gri, grilos, não podem ser grilos, se os prezasse, não corro esse risco, há muito que conheci a medida deles e é essa a medida que utilizo, é por isso que somos semelhantes, também eu sinto o medo que lhes desacerta os passos e que lhes seca a boca, o medo que os faz olhar pedinchões para o Cristo a pedir que os poupe, tontos, mais cedo ou mais tarde a vez de cada um deles há de chegar e nessa altura não podem esperar mais compaixão do que a que foram capazes,

não se pode dar o que não se tem

há pequenas diferenças, as lágrimas, por exemplo, nem todos as produzem com a mesma facilidade por motivos meramente fisiológicos, a tonta da Clarissa fica muito bem em qualquer velório, sabe chorar bem, sabe fingir bem a tristeza, uma questão de jeito, todos os presentes sabem que quando chegar a vez deles vão ser servidos pela mesma medida de compaixão, é isso que os aflige, é só isso, se a Maria da Guia me contasse a história em vez de rondar a urna,

precisa de alguma coisa, menina

o Ângelo não para de perguntar à Dora se está bem, a Dora diz sempre que está bem e que não precisa de nada, como é que a minha criança pode dizer que está bem se tenho aos pés da urna o coração de flores que a Denise encomendou depois de se ter juntado à Betty e à Lilita e a mais uma meia dúzia de nomes que não consigo ler, as minhas clientes juntas no coração de rosas e orquídeas com um cartão que a florista ditou

nesta última homenagem apresentamos sentidas condolências à família

de uma das muitas minutas que tem para estas ocasiões, também tem minutas para nascimentos, casamentos, bodas de prata e de ouro, votos de rápido restabelecimento, batizados, tem minutas para todas as ocasiões em que se costuma oferecer flores, ao ver a dificuldade da Denise a florista procurou numa gaveta, tenho aqui umas palavrinhas que calham sempre muito bem, a florista gosta de dizer calham, foi pondo de parte uns papelinhos, estes são para casamentos, nesta data tão feliz não podíamos deixar de exprimir o nosso sincero desejo de, este por acaso é dos que têm mais saída, as pessoas costumam gostar deste, olhe, este é para o batizado de uma menina, um dia destes tenho de organizar isto tudo, ah, cá estão, os que procuramos são sempre os últimos, quando me calha bem o que um cliente escreve peco licença e copio, este foi um doutor que o escreveu por ocasião da morte de um amigo que também era doutor, a florista leu o texto com uma entoação tão sofrida que fez rir a Denise, é dos nervos, os nervos dão-me para rir, desculpou-se a Denise, mas parece-me bem, nesta última homenagem apresentamos,

onde vais buscar estas coisas, Violeta

também é dos que gosto mais, aliás este doutor faz coisas muito jeitosas, para um casamento fez um que até me dá vontade de chorar, e então já escolheu as florinhas, a florista gosta de diminutivos, a Denise olhou para os baldes cheios de flores, molhos de margaridas, açucenas, cravos, são tão bonitas as flores,

de todos os mistérios escolho o das flores que morrem bonitas

a Denise podia reparar na beleza das flores se não estivesse tão preocupada com a escolha, sinceramente não faço ideia, a florista ajudou-a, rosas, para uma senhora as rosas calham sempre bem,

para uma mostrenga por acaso sabe quais são as flores adequadas

se fosse um senhor ficavam melhor cravos, ou estas açucenas, a Denise, e estas orquídeas que são tão bonitas, lá bonitas são mas já se sabe que fica um bocado mais caro, a Denise, também só se morre uma vez, e desta vez riram-se a Denise e a florista, por causa dos nervos, de certeza que pelos nervos, a florista disse, se a gente não brincar com estas coisas também se vai num instante, tem razão, uma boa florista, a melhor, aos pés da urna um coração de rosas e de orquídeas com o cartão feito com as palavrinhas que a florista copiou de um doutor para um amigo que também era doutor, sobre o peito os jarros que a Dora comprou noutra florista, incompetente, uma florista tão incompetente que não fazia ideia das flores que se devem oferecer e

por onde anda o meu pai que ainda não apareceu

deixou que a Dora comprasse meia dúzia de jarros murchos, que escrevesse num papelinho, semelhante aos papelinhos amarelos que uso para os recados,

os jarros do nosso jardim eram mais bonitos, mas agora só te posso dar estes

onde raio se meteu o meu pai

pergunto-me que tipo de pessoa é esta florista que tem uma minuta destas, não devia ser permitido a existência de uma pessoa tão rancorosa como esta florista, deviam obrigá-la a fechar a casa, nunca se sabe do que é capaz uma florista rancorosa, os jarros da Dora sobre o peito e sobre a cara o ramo de lírios do Ângelo

o que está aqui a fazer o bastardo

dentro de papel celofane, um cartão em papel de boa qualidade, umas quantas palavras, e no fim, com eterna saudade,

como é que se deve escrever um cartão de condolências

outra piada sem gracinha nenhuma, assim nem nos velórios se consegue safar,

com caneta de tinta permanente

se o Ângelo não estivesse tão preocupado com a Dora percebia logo que a piada não resultou, ninguém se riu, ainda não é o espetáculo adequado para o Ângelo, o Ângelo não escreveu no cartão o que devia, por exemplo, do bastardo que nunca perdoou, o Ângelo devia ter escrito isto não para ter graça mas para ser sincero uma vez na vida, a verdade é o melhor que podemos oferecer aos outros, não o riso, o Ângelo podia ter aproveitado o ensejo para me oferecer a verdade, além de que umas palavrinhas escritas com o coração calham sempre bem na opinião da florista da Denise, portanto o ramo de lírios e um cartão colocados sobre a cara, e no resto do corpo mais flores, de vizinhos, de conhecidos, flores sobre a madeira de boa qualidade, modelo império,

se o meu pai não aparecer isso pode significar que ele está

um modelo muito bonito e clássico, para a minha mãe escolhi o modelo napoleão que lhe assenta tão bem, estou a fazer confusão, o vestido amarelo-clarinho é que lhe assentava bem, e para o meu pai, já não me lembro do modelo que escolhi para o meu pai, se calhar o modelo império, desta vez não foram necessárias as revistas que a minha mãe

o clássico nunca passa de moda, chérie, não há como as linhas clássicas

e a modista viam, um catálogo pequeno, plastificado, horrível, a minha mãe e a modista viam as revistas mas acabavam sempre por concordar no cache coeur e na saia a direito, de cor escura, preto não, que o preto não é uma cor para meninas, além de que é uma cor feia, detesto o preto, dizia a modista, e é a cor que dá mais trabalho, as revistas de moda ficaram ao sótão e os compradores riram-se delas, a minha mãe, e se fizéssemos este, a modista, já imaginou a figura dela com essas pregas, ficava a parecer o dobro, olhe que milagres nunca fiz, se fizesse milagres era santa em vez de modista, ao menos não me doíam as costas, a minha mãe resignava-se com a tragédia de ter posto no mundo uma criatura que nunca ia usar o dernier cri das revistas de Paris, talvez o modelo império seja o dernier cri desta coleção, o agente funerário garantiu que é um modelo bonito, por que é que ele falou com a Dora e não comigo

é assim tão difícil largarmos o que nos prende aqui

onde estás, pai

como a vida continua

o Ângelo e a Dora estão sentados num café, o empregado levanta a louça que os clientes anteriores sujaram, a Dora pede-lhe o favor de levar também o prato que faz de cinzeiro, o empregado, que tem cara de estar zangado, atende o pedido da Dora contrariado, todas as mesas têm um prato a servir de cinzeiro e ninguém mandou retirá-los, a Dora tenta a cumplicidade do Ângelo que conta mais uma piada,

> andavam dois dinossauros a comer semáforos quando um avisa o outro, cuidado que esse aí está verde

é a quinta piada e não se sentaram há muito, em cada piada a Dora cumpre a obrigação de se rir, a verdade não é o melhor que podemos oferecer aos outros, se o Ângelo se recusa a aceitar a falta de jeito para comediante não há nada a fazer, a Dora e o Ângelo marcaram um encontro neste café, um sítio feio que tem azulejos brancos até meio da parede, os tampos das mesas em fórmica estalada, as cadeiras todas diferentes e os estofos rasgados, o chão sujo, papéis, migalhas, beatas, a Dora olha em redor, este café sempre foi triste

o Ângelo diz, sem alterar o tom carinhoso com que lhe fala desde que, desde que

o que tu queres dizer é que este café sempre foi sujo

se convenceu que agora é a ele que lhe cabe saber o que a Dora quer realmente dizer, que passou a saber tudo sobre a minha criança porque fica a vê-la na caixa do hipermercado a passar o código de barras de uma colcha 150x200 cm, 100% algodão compensação de temperatura devido à estrutura alveolar absorve a humidade tecido resistente que não encolhe na lavagem até 60°C indicado para máquina de secar, de peúgas não escorregam nem apertam acolchoadas em tecido turco zona flexível bordada para um amparo perfeito tamanhos 35 ao 46 várias cores e motivos modernos, de salmão fumado capturado na noruega 5 a 7 fatias peso 100 g delicioso, de snack para cão 100 tiras com vitaminas A D e E limpa e trata da dentadura reduz o tártaro fortalece as gengivas treinam a musculatura da mastigação, de floreira com 4 rodas 79x38x34 resistente e bonita, o Ângelo que se convenceu de uma série de disparates desde que eu estou, desde que eu

diz a palavra, diz a palavra para deixar de doer, para perder o sentido

estou longe, o Ângelo convencido de que sabe o que a Dora quer da vida enfiada naquela farda ridícula a limpar a água de um saco de peixe que se abriu no tapete rolante, se disse que estou bem era isso que queria dizer, responde a minha criança sem se zangar, nunca se zanga com o Ângelo quando ele a corrige, se disse triste era triste que queria dizer, e não se zanga como se zangava comigo mesmo quando o Ângelo a espreita dos corredores de luz muito branca, a minha criança vê o espantalho do Ângelo e sorri, acena-lhe, às vezes o Ângelo fica a olhar para as meninas dos patins sem saber que a Dora quis ser patinadora, e médica, e gasolineira, quis ser tudo e acabou operadora de caixa de hipermercado, com expectativa de ser promovida a operadora de segunda, como pode o Ângelo estar convencido de que sabe o que a minha criança quer dizer se não sabe nada dela, conheceu a Dora no dia em que foi ao hospital, no dia em que o meu pai, ou o pai dele, ou o nosso pai, as palavras complicam a vida ao ponto

sou teu meio-irmão

de ser possível existirem irmãos em metades, desde então o Ângelo manteve-se por perto,

dias inteiros especado no fim da nossa rua a odiar-nos, quero dizer, a vigiar-nos

sempre pensei no Ângelo como num presente que ofereci à Dora no dia em que o avô morreu, para não a ver chorar ofereci à minha criança um homem igual ao avô só que mais novo, quando viu o presente que lhe trouxe a minha criança ficou muito contente, nunca tinha recebido um espantalho, perdão, um tio, sempre pensei no Ângelo como num presente que ofereci à minha criança no dia em que perdeu o avô, um boneco velho e avariado, hoje a minha criança está de folga da família que leva para casa embalagens de carne de novilho que estão na modalidade pague dois, leve três, da mulher que arruma as compras nos sacos plásticos e do marido que tira uma revista de automóveis do escaparate para ver a cotação do carro que deixou no parque de estacionamento, no lugar F 78, piso II, dos irmãos que discutem por causa de pastilhas elásticas com sabor a morango, hoje a Dora está de folga e pôde encontrar-se com o meu meio-irmão, o meio-tio dela, há uma semana que o Ângelo insiste neste encontro, conseguem ser tão persistentes os espantalhos, uma vida inteira a pedirem um encontro ou a espantarem pássaros, tanto lhes faz desde que possam repetir os dias, amanhã a Dora regressa ao hipermercado e aos segredos que descobre nas famílias às compras, como se as ajudantes do Salão Princesa permitissem que alguma família tenha segredos,

> diz-me um segredo, mantém-me acordada, para que esta vida não chegue ao fim

como se as ajudantes do Salão Princesa não tivessem já roubado os segredos todos, mesmo o que Ângelo quer contar à Dora, pobre Ângelo que não deu conta de nada, a mesma desatenção que o prejudica quando sobe ao palco, quando se senta neste café com a Dora,

> funcionário da bricolage à caixa 37, funcionário da bricolage à caixa 37

> nasceste para que eu soubesse como é o amor que só conhecia de ouvir falar

desde que eu estou, desde que eu estou longe a Dora ouve vozes dentro da cabeça dela, se os grilos tivessem a bondade de se albergarem nos ouvidos da Dora, gri-gri, gri-gri, tenho a certeza de que a Dora gostava mais de ouvir os grilos a cantar, gri-gri, gri-gri, se não fosse tão desatento o Ângelo percebia que a Dora está muito longe dele, do café, enredada nas vozes que ouve dentro da cabeça dela, se não fosse tão desatento não se incomodava com o silêncio criado entre os dois,

não há nada que o silêncio não mate

não tentava distrair a minha criança do homem que, sentado na mesa ao lado deles, bate ritmadamente com os dedos no tampo da mesa, não falava da chuva que continua, a tempestade não acalmou o céu que ameaça lançar-se sobre a terra, a Alice, do outro lado do mundo,

o pior é quando uma ideia se mete na cabeça

também se lançou no céu às duas horas e quinze minutos quando na terra faziam trinta e cinco graus, um condutor que ia a passar ouviu o baque que o corpo fez e quando chegou a casa comentou com a mulher e no dia seguinte esqueceu-se, a Dora vigia o homem da mesa do lado e as gotas que batem no vidro, o vento faz um fio de gotas que escorrega, o vidro tem milhares de riscos de água, o homem não para de bater com os dedos no tampo da mesa, está impaciente, espera alguém, a Dora tenta adivinhar quem está atrasado, através da porta do café vê um homem que atravessa a estrada tão apressado que um carro lhe buzina, pensa que é quem o homem espera mas depressa conclui que não porque o outro homem segue em frente, agora a Dora olha para um homem que se abriga na entrada de uma loja, para uma velha que aperta o casaco à criança que traz pela mão, são tão engraçadas as pessoas vistas assim, peixes num aquário, a Dora diz baixinho ao Ângelo, este homem que está aqui sentado ao nosso lado está farto de esperar, ainda bem que não te atrasaste, não gosto nada de esperar, o Ângelo olha para o homem como se procurasse alguma coisa, uma maneira de aprender a esperar a melhor ocasião para dizer o que tem para dizer, a Dora pergunta, ontem tiveste espetáculo, tive e correu muito bem, o Ângelo começou a contar o espetáculo mas a Dora interrompe-o,

disseste que me querias dizer uma coisa

o Ângelo sorri atrapalhado, o espetáculo de ontem foi, a Dora debruça-se sobre a mesa, estou curiosa, mas o Ângelo continua a falar nos espetáculos que deviam começar mais cedo, é aborrecido ter de se deitar tão tarde, é a única desvantagem da profissão que escolheu, o Ângelo podia eleger o desagrado do público como desvantagem se não tivesse metido na cabeça a ideia de que os espetáculos correm sempre bem, e tem razão, aplausos ou apupos demoram o mesmo tempo a serem esquecidos, uma mulher entra no café e sorri para o homem da mesa ao lado, a Dora diz, estava à espera desta mulher, a mulher que chegou tem um casaco cinzento que fica bem com este dia chuvoso e cheira a perfume caro, a mulher cumprimenta o homem de forma discreta, como se não devesse estar ali, e depois senta-se e tira as luvas de cabedal fino puxando-as pelos dedos devagar, a Dora detém-se nas mãos da mulher, umas mãos muito magras, quase de cera, um pequeno diamante no anelar direito, parecem falsas as mãos que a mulher pousa sobre a mesa do café, aquele homem e aquela mulher portam-se como amantes, têm receio de que os olhos os denunciem, a Dora repara nos lábios da mulher que são da cor das bagas da romã, nunca tinha visto ninguém com lábios da cor das bagas de romã, a mulher tem uma voz pausada e pronuncia as palavras de uma maneira muito particular, atrasei-me por causa da chuva, uma pausa, não gosto nada destes dias, outra pausa, são horríveis estes dias, já viste há quanto tempo chove sem parar, e dizem que vai continuar, o homem abana os ombros, é tão esquisito o homem, não me importo, até acho que gosto mais destes dias do que dos de céu azul, confundem-me os dias de céu azul, o homem não ouve a mulher que diz, esta manhã fui nadar, faz-me muito bem nadar, a mulher parece habituada a que o homem não a ouça, o homem aponta para a rua e diz qualquer coisa que a Dora não consegue ouvir por causa das gargalhadas de um grupo de rapazes que ocupa uma mesa ao fundo do café, um dos rapazes tem escrito nas costas da camisola, have a nice day, a Dora retorna ao casal,

parece que estou dentro das nuvens, que faço parte das nuvens

o teto da piscina é transparente, deito-me na água e fico parada a olhar para o céu,

os pássaros nunca param no céu, um bater de asas que os cansa, que os leva sempre para outro lado, os pássaros só param quando uma mão lhes serve de céu, a mão do meu pai

a Dora nem sempre consegue ouvir o que o homem diz, um tom de voz baixo, as palavras enroladas, ao contrário do da mulher, sonho muitas vezes que estou a voar, é um sonho muito vulgar mas conheço quem nunca tenha sonhado que voava, aliás há pessoas que não sonham, dormem apenas, limitam-se a dormir, deve ser muito triste,

bêtises, ma chérie, bêtises

o Ângelo toca no braço da Dora para a chamar, queres tomar o quê, a Dora sorri, as conversas dos outros distraem-me, a minha criança não sabe como pode ser perigoso sorrir para um bastardo que tem no sangue a cisma de se vingar,

o pior são as ideias que se metem na cabeça

o Ângelo chama o empregado que ainda não sorriu uma única vez desde que o Ângelo e a Dora ali estão, o empregado

donde vem esta gente tão mal-encarada

não está zangado mas gosta de parecer zangado, é um hábito que apanhou, o Ângelo pede uma torrada e um chá, a Dora pede uma cerveja, o que deixa o Ângelo espantado, fica tão cómico um espantalho admirado, uma cerveja, não imaginava que gostavas de cerveja, a Dora, sabemos tão pouco um do outro, uns dos outros, ainda por cima com este tempo, não me parece que uma cerveja saiba bem num dia destes, o Ângelo consegue ser tão maçador, o tempo é indiferente, o Ângelo cala-se, sempre foi um adversário fraco, a Dora reafirma o pedido, uma cerveja, o empregado faz uns gatafunhos num papel e grita para a cozinha, uma portinhola aberta para o balcão, é uma torrada, e depois afasta-se, o Ângelo e a Dora encontraram-se neste café porque têm de falar mas a Dora continua atenta ao casal da mesa ao lado, entretém-se com qualquer coisa, com a vida dos outros, com as vozes que ouve dentro da cabeça, qualquer coisa, o Ângelo retoma o assunto do espetáculo, um monólogo só interrompido pela obrigação que a Dora tem de se rir em cada piada, a Dora regressa ao casal da mesa ao lado, as vidas dos outros parecem sempre mais interessantes do que a nossa, as casas dos outros também parecem sempre mais arrumadas do que a nossa, por segundos a Dora pensa que os ódios dos outros são sempre mais condenáveis, que os amores dos outros são sempre mais ridículos, a Dora tem tempo porque o Ângelo insiste no monólogo enfadonho, o Ângelo ainda não decidiu como dizer

> a tua mãe inventou uma série de mentiras a meu respeito, tenho medo que tenhas acreditado

> as coisas com que um espantalho se preocupa

o que deve dizer, a Dora não consegue perceber se o homem da mesa ao lado ouve a mulher com atenção, a mulher diz, detesto o frio, sou tão infeliz nestes dias, o homem fala um bocadinho mais alto e a Dora consegue ouvi-lo, o frio não me incomoda, as pessoas ficam mais decentes, agrada-me a higiene do frio, a mulher espanta-se, higiene, a mulher fica mais bonita quando se espanta, as pessoas tapam-se mais, transpiram menos, cheiram melhor, agrada-me a higiene do frio, a mulher irrita-se com o homem, deixa-te de disparates, higiene e decência, eu só vejo pessoas exasperadas, a mulher irritada fica quase feia, acende um cigarro e expira rapidamente o fumo, não devia ter vindo, ando sem paciência, ainda pensei em desmarcar mas como já não te via há tanto tempo, não sabia nada de ti, estes dias põem-me doida, se pudesse ficava na cama até, a mulher interrompe-se abruptamente,

não tens nada para me dizer

a Dora surpreende-se de ouvir na boca da mulher a pergunta que há poucos minutos fez ao Ângelo, o homem também tem uma coisa para dizer à mulher, se calhar é por isso que está impaciente, a Dora diz, pensava que ele se queria ir embora mas afinal tem uma coisa para contar, o Ângelo responde lacónico, temos sempre qualquer coisa para dizer aos outros, a Dora, também tenho uma coisa para te dizer, espero que não fiques zangado comigo, o homem da mesa ao lado fala de uma pensão, da dona da pensão, de coisas que a Dora jurava servirem apenas para esconder o que o homem não quer dizer, não tenhas medo, não sou capaz de me zangar contigo, nunca me vou zangar contigo, promete o Ângelo,

não há como um filho para nos magoar

a mulher da mesa ao lado esborracha o cigarro no prato que serve de cinzeiro, esfrega as mãos, tenho andado com um mau pressentimento

o homem tosse, o que esconde parece grave, é tão fácil escondermos coisas dos outros, a Dora escondeu ao Ângelo a decisão de abandonar a nossa casa, de partir com o artista, não sabe como dizer ao Ângelo que

amanhã saio da tua vida

se vai embora com o artista, que a solidão e a vida desgraçada do Ângelo não a vão impedir de se ir embora, não penses que vou desperdiçar a vida que tenho pela frente por tua causa, as palavras podem ser muito desagradáveis, o Ângelo também não sabe como dizer que eu inventei coisas, coisas que até davam vontade de rir se não fossem tão graves, imagina que a tua mãe, não posso deixar que o Ângelo conte o que a Dora não está disposta a ouvir, o Ângelo pode construir a verdade que quiser desde que seja do interesse dos dois, a Dora aceita a história do Ângelo se ele omitir certos detalhes, por exemplo, o plano dele foi fácil de executar porque o avô dela, o cobarde do meu pai, se sentia tão culpado que lhe perdoava tudo,

diz-lhes que me conheces

esta gente inventa tudo para se safar

porque eu, a mãe dela, a meia-irmã mostrenga, era uma vadia, não havia rapaz que não me levasse,

um retornado preto, até com um retornado preto

a menina é uma menina muito má, se continuar assim vai direitinha para o inferno

o Ângelo não pode dizer, foi fácil cumprir a minha vingança porque eram todos tão sozinhos que faziam dó, eram todos tão vulneráveis, foi fácil executar o meu plano porque a infelicidade era neles uma doença grave, estavam à mercê de todos, o Ângelo deve construir uma verdade que a Dora aceite, o homem da mesa do lado também devia inventar uma coisa bonita para contar à mulher, a verdade tem a vantagem de poder ser moldada de acordo com a nossa vontade, o empregado traz a cerveja, o chá e a torrada, a Dora enche o copo, o Ângelo, estou mesmo surpreendido, nunca te tinha visto beber, a Dora dá o primeiro trago, é sempre tão elegante, o casaco azul que lhe assenta tão bem, os cabelos louros estendidos sobre as costas, os olhos acinzentados, a mulher da mesa do lado pergunta alto, inadvertidamente mais alto, há quanto tempo não tens ninguém, se são amantes como a Dora julgava que sentido tem esta pergunta, os outros são sempre um mistério, a mulher continua, nunca me amaste mas sempre encarei isso como uma limitação tua, a mulher faz uma pausa e depois continua com a voz mais firme, se isso for verdade tens o meu perdão, se descubro que me enganaste sou capaz de te matar,

conheço o amor de ouvir falar

estou a falar a sério, nunca falei tão a sério na minha vida, a Dora comove-se, nunca tinha ouvido ninguém falar assim, a Dora gosta das frases indizíveis dos romances que lê, a mulher deve ter lido este disparate num romance qualquer, pobres dos que escolheram a tarefa de copiarem a vida, o homem não reage, a Dora pensa que não deve ser a primeira vez que ele ouve a ameaça, o Ângelo come com satisfação a torrada que molha no chá e a Dora repreende-o sem complacência,

a maneira como comemos distingue-nos dos animais

um bastardo nunca é mais do que um bastardo, ma pauvre chérie

e o Ângelo diz o que não lhe sai da cabeça, cada vez me fazes lembrar mais a tua mãe, não tinha dado conta que eram tão parecidas, é estranho como nunca me tinha apercebido,

o pedaço mais perfeito de mim

o pedaço mais imperfeito da Dora

até faz impressão, parece que tu e a tua mãe se juntaram depois de, ficaram tão parecidas, os mesmos gestos, a mesma maneira de dizer as coisas, não podiam ser tão parecidas, a Dora continua atenta à mulher do lado que insiste, tens a certeza que não tens nada para me contar, o homem teme a desconfiança da mulher e pousa os olhos sobre a mesa do café, perto das mãos de cera, como pode tirar da cabeça da mulher essa ideia, estás mal agasalhado, ainda apanhas uma gripe, tens de arranjar quem cuide de ti, quando a mulher termina de dizer isto o homem sacode rapidamente o receio que os olhos estenderam sobre a mesa, a Dora bebe a cerveja e olha para o casal, já não se interessa pelos riscos de água nos vidros, pelo Ângelo que molha a torrada no chá, aquela mulher que tem medo de que o homem apanhe uma gripe é a mesma que ainda há pouco disse que é capaz de o matar, a Dora tenta juntar tudo o que sabe sobre aquele casal para descobrir o que os une, o que os afasta, neste café, em qualquer sítio, também ninguém sabe o que a une e o que a afasta do Ângelo, a mulher olha afetuosa para o homem, por enquanto desistiu de saber o que ele esconde, talvez seja melhor, a verdade é inútil, a Dora também prescindia de ouvir o que o Ângelo tem para lhe dizer, duas mesas de café e quatro desconhecidos unidos por uma coisa tão desnecessária como a verdade, os dois desconhecidos que se portam como amantes e que não o devem ser, a Dora e o Ângelo que se portam como adversários e que não o são, na mesa ao lado a mulher diz, és um caso perdido, és realmente um caso perdido e o homem acende mais um cigarro, fumam muito, o prato que serve de cinzeiro, e que não mandaram retirar, está cheio de beatas, o empregado aproxima-se, desejam alguma coisa, ele diz, uma cerveja, um chá e uma torrada, fizeram o mesmo pedido que nós, diz a Dora, o Ângelo abana os ombros, indiferente, quer a atenção do pedaço mais perfeito de mim, da minha criança, um anjo que ainda não o salvou, que não pretende salvá-lo, a mulher fala agora de uma piscina que está tapada por causa da chuva, preciso de ter sempre água por perto, diz a mulher, preciso de água para diluir o coração, a Dora sorri, mais logo vai contar ao artista que uma mulher, que por acaso ficou sentada numa mesa do café ao lado da dela, precisa de água para diluir o coração, e que um homem, que a acompanhava, respondeu-lhe, dantes não precisavas de água, lembras-te, por mais que não queiras aceitar, a verdade é que mudaste, a mulher inquieta-se, ninguém muda, convence-te de que ninguém muda, a mulher não tem razão, basta qualquer coisa para nos mudar, a Dora não tinha intenção de partir com o artista, o Ângelo nunca quis contar os nossos segredos, qualquer coisa é capaz de nos tornar outros, achas que fomos felizes, pergunta a mulher, não se devem fazer perguntas tão difíceis, o homem chega a cadeira para trás para traçar a perna, não me parece importante falar disso agora, a Dora deseja que o homem diga que foram felizes mas o homem diz, talvez tenhamos sido felizes só que a felicidade nunca é o que se imagina, a Dora deseja que o Ângelo diga que eu e ele fomos felizes, qualquer pessoa merece ouvir o que deseja, se o passado não serve para nada tornemo-lo no que quisermos,

nunca houve um segredo na vida do teu pai

era a rapariga mais pretendida das matinées, todos os rapazes queriam namorar comigo

o meu pai nunca apanhou o hábito de ficar a olhar para os pássaros

um nome de uma flor que também é uma cor, nunca mostrenga

a menina é uma menina muito boazinha, se continuar assim vai direitinha para o céu

amanhã fico contigo para sempre

não custa refazer o passado, é uma questão de paciência, a mulher, que tem os lábios da cor das bagas de romã, pega nas luvas de cabedal fino, prepara-se para ir embora mas não se levanta, fica a olhar para o homem, para o prato que serve de cinzeiro, para os azulejos brancos do café, a Dora desvia o olhar, receia que a mulher queira ir embora por se sentir observada, os amantes, os que se portam como os amantes, não gostam de serem observados, que alguém os ouça, a minha criança desvia os olhos da mesa do lado e vira-se para o Ângelo, diz lá o que tens para me dizer,

> fazer o que têm de fazer ainda que depois se arrependam

a Dora não devia incitar o Ângelo a magoá-la, a dor não faz parte deles, nunca fez, gostam um do outro sem precisarem de se magoar,

> não sei como te dizer isto

o Ângelo não ensaiou esta conversa, talvez por isso corra bem já que ensaia os espetáculos e correm sempre mal, o Ângelo não se decide por um princípio e todas as histórias se devem contar pelo princípio, não sei o que a tua mãe te contou, de qualquer maneira, penso que deves saber, quero dizer, é importante que saibas o que realmente aconteceu, a Dora mantém-se impassível,

> quando nos contam uma história ouvimos sempre outra

o Ângelo um espantalho a gaguejar, é uma coisa tão absurda que nem sei por onde começar, conheci a tua mãe no dia em que fui ao hospital, no dia em que também te conheci, foi só nesse dia que conheci a tua mãe, a Dora sopra para o chão umas migalhas de pão que ficaram na mesa, o Ângelo olha em volta desesperado, não sei por que combinámos encontrar-nos neste café, nunca gostei deste café,

> os cafés são quase todos iguais, estavas a dizer que só me conheceste no dia em que o meu pai

não sei o que a tua mãe te contou mas tenho medo que, a Dora franze ligeiramente as sobrancelhas como faz sempre que um assunto não lhe agrada, os gestos da minha criança continuam iguais, significam as mesmas coisas, o Ângelo perde a coragem de prosseguir,

> nunca lhe contei nada de especial, disse-lhe que o avô tinha tido um filho de outra mulher e que portanto ela tinha um meio-tio, nunca lhe contei as vinganças que foste engendrando

agora é a mulher da mesa ao lado que olha curiosa, a tua mãe inventou uma série de mentiras e depois acreditou no que inventava, a Dora espera em silêncio que o Ângelo termine, o teu avô, a Dora interrompe-o, já reparaste que nunca dizes o meu pai, dizes sempre o teu avô, à minha mãe dizias sempre o teu pai, o Ângelo gagueja mais, não me dá jeito mas não quer dizer nada, a Dora está zangada, um anjo sem fazer caso das asas, queres ouvir uma história que a minha mãe me contou, era uma vez uma manhã de sol

nunca te contei histórias, a Maria da Guia é que contava a história da mulher

quando não andava a vender ceras a minha mãe pegava num dos livros de receitas da minha avó e punha-se a fazer comida como se preparasse uma festa para muitas pessoas,

com ou sem convidados a minha vida, cada vida, merece ser uma festa

numa dessas manhãs a minha mãe espetava cravinhos numa cebola, o sol encharcava os mosaicos da cozinha, a cozinha que era bonita ficava ainda mais bonita nas manhãs de sol, eu estava a olhar para a minha mãe, gostava muito dela,

com ou sem fingimento a minha morte, cada morte, merece ser uma tragédia

a minha avó já estava doente, a Maria da Guia ocupava-se dela, o meu avô estava de volta do medronheiro, ou das ervas que iam tomando conta de tudo, nada disto interessa, conto apenas porque me recordo assim, a minha mãe furava a cebola com a ponta de uma faca e enfiava os cravinhos,

recomeça, era uma vez uma manhã de sol

penso que aquele encadeado de gestos apaziguava a minha mãe, era primavera, o quintal estava cheio de papoilas que baloiçavam, as papoilas tinham invadido o quintal

a minha mãe acabou de espetar os cravinhos na cebola, mostrou-ma, sabes o que é isto Dora, uma cebola, respondi sem hesitar,

os gatos rebolavam-se felizes aos nossos pés

e a minha mãe sorriu, não, é um porco-espinho, e tornou a sorrir, quando a minha mãe sorria fazia duas covinhas nas bochechas,

o céu tinha a cor do céu

depois a minha mãe amaciou a voz e disse o meu nome, Dora, ouve Dora o que te vou ensinar,

as flores a cor das flores

as pessoas são como o porco-espinho, quando se aproximam acabam sempre por se ferirem, não conseguem evitar, não fazem por mal só que não conseguem fazer de outra maneira,

a história que estás a contar é a do bando de ladrões que nos quis assaltar

a minha mãe, numa manhã de sol, sem saber que também nós estávamos condenadas a ficarmos sozinhas para sempre, quando a minha mãe terminou de cozinhar fomos viajar nos mapas como era hábito dela mas penso que já não fizemos a mesma viagem, a minha mãe abriu o mapa, penso que escolhemos as duas o destino mas já não partíamos juntas, isto já não interessa mas as recordações são mesmo assim, uma catadupa de factos desligados, o Ângelo enquanto ouve a Dora faz rodar a chávena de chá sobre o pires, é tão maçador, a Dora apercebe-se de que a mulher da mesa ao lado a ouve mas não baixa a voz, todas as histórias procuram os ouvintes ideais, talvez a desconhecida seja a ouvinte ideal da história que a Dora conta,

numa mesa de café a história de um homem e de uma mulher que se portam como amantes

o Ângelo larga a chávena, une as mãos sobre a mesa, não te quero magoar, quero que percebas que me causa um grande sofrimento as coisas terríveis que te contaram a meu respeito,

numa mesa de café a história de um homem e de uma criança que não se portam como pai e filha

é verdade que passava muitas vezes pela casa dos teus avós, é possível que a tua mãe me tenha visto, quando era muito novo, um miúdo, revoltava-me, o teu avô aproximou-se de mais da ideia de sermos uma família, feriu-nos, não fez por mal, não o conseguiu evitar, quando era miúdo passava pela casa dos teus avós e, a Dora interrompe, não quero saber mais nada dessa história, não a quero ouvir outra vez,

o passado não se corrige, ponto final

as histórias nunca chegam ao fim, nunca têm fim

o Ângelo disfarça o mal-estar num trejeito de cabeça, num engolir mais apressado, sempre foi um fraco adversário e o amor excessivo que dedica à minha criança ainda o enfraquece mais, a mulher da mesa do lado, quando o empregado traz a conta, abre maquinalmente a carteira e tira uma nota que põe sobre a mesa, vamos fazer um brinde, propõe a Dora, dá azar brindar com chá, o Ângelo tem esta mania da sorte e do azar, o elefante de jade tem sempre a tromba virada para a porta, a Dora chama o empregado com a mão, um gesto grosseiro,

o pedaço mais imperfeito da Dora

duas cervejas, vai cair-me mal, acabei de beber o chá, a Dora não emenda o pedido, não se importa que o Ângelo não queira a cerveja, tenho a certeza de que tens outras coisas para me contar, tenho a certeza, o Ângelo está cada vez mais nervoso, gagueja, só quero que saibas o que realmente se passou, o nervosismo do Ângelo não comove a minha criança que se quer ferir, ferir o Ângelo, cometeram a imprudência de se aproximarem de mais, o empregado, que gosta de ter cara de quem está zangado, traz numa bandeja duas cervejas e dois copos, a mulher da mesa ao lado desvia os olhos, por pudor, por nenhum motivo, a Dora enche os copos e ergue o dela,

a uma história que não tem interesse, que nunca teve

não sabia que a minha criança podia ser tão cruel, a Dora fala alto, muito alto, e a história de um filho que nunca perdoou o pai, uma história comum, velha como o mundo

ri-se, um espasmo que a sacode, um anjo, que perdeu as asas e caiu, olha para o Ângelo com raiva, uma estalada seca, nada podes contra o que se passou, de nada adiantam as vingançazinhas com que te entreténs,

uma história ainda mais fraquinha do que as piadas que um espantalho consegue dizer nos espetáculos

o Ângelo dobra um guardanapo de papel, passa os dedos pelos vincos, os mesmos gestos com que todas as manhãs estica o edredão para que o folho caia sem uma única prega, o Ângelo está muito nervoso, não tinha previsto que a Dora se zangasse, é um fraco adversário, sempre o poupámos das nossas lutas, a Dora está à espera que o Ângelo se declare vencido mas os espantalhos são persistentes, uma vida inteira a espantarem pássaros, ou a tentarem que as pessoas se riam, tanto lhes faz desde que possam ficar parados a repetirem os dias,

silêncio

nem uma voz, um bater de asas

silêncio

o Ângelo ganha fôlego, quero que saibas que não denunciei o teu avô, não escrevi cartas anónimas, não fiz ameaças pelo telefone, não estive em nenhum cerco, é tudo mentira, uma grande mentira, o teu avô não ficou xexé por minha causa, se o trato por pai, se o compreendo só a mim diz respeito, tu deves saber que não fiz nada do que a tua mãe me acusava, é só isso que deves saber,

quiseste engravidar a mostrenga da tua meia-irmã

a crueldade é um poço sem fundo, quem lá cai fica logo sem pé, a menina é muito nova, cuidado que ainda se afoga

o Ângelo cala-se, a Dora está perto de dizer, o erro está em ti, o teu pai não te quis como filho e eu não te quero como pai, o erro está em ti, uma incapacidade tua, um defeito, toda a gente sabe que os bastardos são seres incompletos,

ninguém te quer

toda a gente sabe, a Dora está quase a dizer isto mas hesita, é tão fácil derrotar um adversário fraco como o Ângelo que a luta perde o interesse, o Ângelo não aproveita a hesitação da adversária, convenceu-se de que a Dora quer tanto um pai que aceita tudo, mesmo um espantalho, não sabe, não pode saber, que a Dora gosta de sonhar com o pai e que espera que o pai nunca apareça para continuar a sonhar, é esse o único interesse dos sonhos, permanecerem, durarem para sempre, a Dora uma criança deitada na relva, os cabelos louros estendidos no chão, o corpo luminoso debaixo do sol brando da primavera, os gatos vadios sobre a minha criança que perguntava o meu pai está a ver-me

aos avós pelo pai, os avós não sabiam o que responder, ninguém sabe até onde os anjos podem ir à procura de um pai, um dia destes o teu pai vem buscar-te e vão dar um passeio grande, os avós tinham a obrigação de protegeram o sonho do anjo que os salvou, a minha criança, toda a vida entretida a sonhar com o pai, a pedir que o pai nunca aparecesse com receio de estragar o sonho, de nunca mais ter outro sonho tão bonito, e agora um espantalho quer destruir tudo de um momento para o outro, a Dora resiste, ninguém, muito menos um espantalho, é capaz de lhe roubar o sonho, a minha criança resiste, é uma boa guardadora de sonhos, a melhor, o Ângelo

ainda não percebi o que me queres dizer, tenho pouco tempo,

compreende que a Dora se queira ir embora, que não tenha tempo, compreende tudo desde que experimentou a vingança de compreender, os velhos que o vaiaram no espetáculo de ontem, os miúdos que lhe atiraram pedaços de bolo no último sábado, o Ângelo compreende tudo, para ganhar tempo dobra outro guardanapo, é o quarto que dobra exatamente da mesma maneira, a Dora não sente nada pelo espantalho que combinou um encontro para lhe dizer uma verdade

não sou o teu pai
sou o teu pai

que não serve à Dora, o Ângelo põe a mão sobre a mão da Dora, quer fazer as pazes, um adversário tão fraco que faz pena, a mão do Ângelo sobre a da Dora, tenho a certeza de que a tua mãe não fez por mal, compreendo que a tua mãe, a Dora dá uma gargalhada, para de compreender, o Ângelo retira a mão, não fales tão alto, não bebas mais, a Dora consegue odiar o Ângelo, uma impossibilidade dado o sangue que lhe corre nas veias, a carne de que é feita, a Dora pergunta ao Ângelo se tem vergonha dela, a mulher da mesa ao lado deseja que o Ângelo diga que não, o Ângelo não tem vergonha da Dora, é sempre de nós que temos vergonha, nunca dos outros, o Ângelo com os olhos postos no guardanapo dobrado, tenho a certeza de que na mesinha de cabeceira do Ângelo, um livro com um sublinhado,

é sempre de nós que temos vergonha

o Ângelo desperdiçou mais uma oportunidade, a Dora graceja, quem me dera que assim fosse, a minha criança é uma sobrevivente da vergonha, uma puta barata, um bufo, uma coquette ignorante, um espantalho, a minha criança sobreviveu a todas as vergonhas, o Ângelo percebe que não adianta dizer mais nada, não vai a tempo de salvar a verdade dele, a verdade do Ângelo vai morrer como

os meus sentimentos

a minha, a da minha mãe, a do meu pai, nenhuma destas verdades coincidiam, uma história pode ser contada de tantas maneiras, a mãe do Ângelo, por exemplo, contava esta história como se tivesse amado o meu pai e tivesse estragado a vida por causa disso, a verdade da mãe do Ângelo até é interessante em termos dramáticos, o único problema é que este tipo de histórias já não se usa,

as modas são mesmo assim, não há nada a fazer

o Ângelo dá-se por vencido quando

e tu, o que tens para me dizer

muda de assunto, o Ângelo tinha pensado numa história com um final feliz, por exemplo, o reencontro de um pai com uma filha, não sabe o que fazer com esta história magoada que a vida vai contando, a Dora responde ao Ângelo sem

vou-me embora

compaixão, vou-me embora, era o que tinha para te dizer, umas horas, poucas, e já ninguém se lembra do encontro de um espantalho com um anjo neste café triste, um tempo, pouco, e ninguém se lembra de nada, nem mesmo a mulher da mesa ao lado que os ouve atentamente, umas horas e este encontro é como se nunca tivesse existido,

vou-me embora

um barulho excessivo no café, ou na cabeça do Ângelo, é o barulho do coração do Ângelo que bate muito depressa, a tonta da Clarissa podia emprestar-lhe o pacemaker, com um aparelho desses talvez o Ângelo não se importasse que a Dora partisse, não te podes ir embora,

nem tentasse impedi-la, a Dora ri-se, como pode ser vulgar a minha criança, quem és tu para me dizer isso, a Dora tem a vida pela frente, não a vai desperdiçar com um espantalho, posso fazer o que quiser, o Ângelo não consegue falar, a dor rouba-lhe as palavras, posso fazer o que quiser, insiste a Dora, é para isso que a vida serve, para mais nada, o Ângelo baixa a cabeça,

se queres estragar o teu futuro é contigo

se a Dora pudesse dizer ao Ângelo que o ama apesar da mágoa o encontro corria melhor, algumas palavras são muito difíceis de serem ditas, por vezes o que se sente pelos outros complica-se até se tornar irreconhecível, se a Dora pudesse reconhecer o amor que tem ao Ângelo, se a Dora neste café sujo, ao lado do casal de desconhecidos, reconhecesse o amor que tem ao Ângelo tinha isso para lhe dizer, assim não tem mais nada, o passado não se corrige, ponto final, uma história não se conta duas vezes da mesma maneira, a Maria da Guia só sabia uma história e nunca a contou duas vezes da mesma maneira, a Dora põe as mãos sobre a mesa e vira a cara com enfado, um gesto chic, très chic, a mesma indiferença com que a avó dela

parece que o bastardo se fartou de rondar a casa, parece que finalmente percebeu o lugar dele

falava do bastardo, na mesa dos rapazes um grito em uníssono faz com que a Dora e o Ângelo olhem, o casal da mesa ao lado também, um dos rapazes tem uma folha nas mãos e os amigos pedem em uníssono que a leia, o rapaz que tem a folha nas mãos aclara a voz, os amigos calam-se, o rapaz começa a ler uma declaração de amor e todos

não te vás embora

se riem, gargalhadas que os azulejos brancos da parede, o chão sujo, a chuva, amplificam, a Dora olha para o grupo de rapazes, especialmente para o leitor da carta

by air, par air

que se ri e lê ao mesmo tempo, um dos amigos exagera uma voz feminina com uns gritinhos esganiçados, não te vás embora, a Dora esvazia a garrafa de cerveja e com um gesto, ordinaire, très ordinaire, pede outra, ergue o copo,

à minha viagem

o Ângelo não quer levantar o copo, beber a cerveja, está envergonhado, dele, do pedaço mais desconhecido dele, mas acaba por fazer um brinde, à tua viagem que ainda não sei para onde

o mais importante é a viagem, o destino não tem interesse

te leva, o Ângelo finge bem, vamos fazer um brinde ao desejo de partir, a Dora contraria-o, não, quero brindar à consumação de todos os desejos, o Ângelo está prestes a levantar-se da mesa, não quer que a Dora beba mais, o empregado traz outra cerveja que a Dora verte rapidamente para o copo que torna a erguer,

ao Ângelo, o meu querido tio

acrescenta, alto, quase tão alto como um dos amigos do leitor da carta que continua a dar gritinhos, fica comigo, por favor, não vás embora, não sei viver sem ti,

ao meu querido tio que mais cedo ou mais tarde vai parar de compreender

o Ângelo repreende-a, já chega, a minha criança, um anjo condenado a esta vida, expulso do paraíso onde tinha vivido, o Ângelo pede desculpa, um adversário tão fraco que faz dó, levanta o copo e fá-lo tocar no da Dora, à tua viagem, o Ângelo tem muito medo, por exemplo de perder a Dora, dos pássaros que lhe bicam o corpo todo, ninguém conhece os medos dos espantalhos, à minha viagem, diz a Dora que nunca mais quer acordar com a voz da locutora que o despertador aciona, repetir os gestos das manhãs, apanhar o autocarro, receber a farda ridícula que lhe assenta tão mal, o rolo de moedas para os trocos, responder a uma das colegas que se queixa da chuva, a água é boa para diluir o coração,

como é que tens coragem de ir embora

esta é fácil de responder, muito fácil, pobre espantalho

para ficar é que precisava de coragem, para partir basta o desejo, ou a necessidade, consoante queiras pensar a mulher da mesa do lado levanta-se e dá um beijo rápido na face do homem, ata o cinto do casaco com firmeza e sai do café sem olhar uma única vez para trás, a Dora fica a ver o casaco cinzento e meia dúzia de passos elegantes protegidos num chapéu de chuva com gomos às cores desaparecerem na rua, o homem levanta-se de seguida e sai do café apressado, toma o lado contrário e não se protege da chuva, a Dora ergue outra vez o copo, propõe um brinde aos amantes, corrige, aos falsos amantes que se alimentam da dor própria e aos verdadeiros amantes que se alimentam da dor dos outros, diz-me, Ângelo, de que tipo era a tua mãe,

estás a ir longe de mais

a minha criança não imagina o que seja longe de mais, está tudo tão perto dela, as palavras com que magoa o Ângelo, a tristeza do café, o artista, a minha voz, o desejo de partir, os avós, a casa onde nunca mais vai entrar, o sonho de dar um passeio grande com o pai, os produtos que regista na caixa do hipermercado, as chefes, as meninas dos patins, a Dora levanta-se de repente, dirige-se ao balcão, vou pagar, o Ângelo corre atrás dela, hoje é o dia de acertar as contas, de pagar tudo o que devo, diz a Dora

estás a ir longe de mais

antes de tropeçar, os rapazes da mesa ao fundo riem-se, não há nada mais patético do que um anjo trôpego, as asas a baterem em tudo, a Dora sorri aos rapazes, ao princípio é só um movimento de lábios, depois, involuntariamente, gargalhadas, vagas sonantes que a abanam, a Dora agarra o braço do empregado que tem cara de zangado,

de que vidas vêm estas caras tão sisudas

o Ângelo pede desculpa, deixa lá, vamos para casa, a Dora atira uma nota ao empregado, fique com o troco, deixa-se arrastar pelo Ângelo para fora do café, não tarda que feche a casa da travessa do paraíso, que tudo comece o lento trabalho de apodrecer, as minhas roupas, os meus mapas, os meus móveis, a pintura das montanhas irreais, daqui a um tempo, pouco, a minha casa

pourri, completamente pourri

um ninho gigante de ratos onde a funcionária da agência imobiliária tem medo de entrar, neste estado é muito difícil vender, as pessoas assustam-se, o Ângelo desfaz-se em pedidos de desculpas, consegue ter alguma graça neste papel, os olhos azuis esbugalhados, as palavras entrecortadas, se atuasse tão bem nos espetáculos tenho a certeza de que todos se riam e aplaudiam, saem do café, está muito frio, o Ângelo abre o chapéu de chuva e puxa a Dora para ele, protege-a,

se nos tornarmos a ver

o mundo tem fim, da crueldade é que não se lhe conhece o fim

dirigem-se para o carro que a Dora estacionou perto, o Ângelo diz que conduz, e a minha criança não o contraria, seguem em silêncio, olham para a cidade debaixo de chuva, a Dora pergunta, em quantos bocados se divide o cérebro de um pai, o Ângelo não responde, foste tu que me ensinaste, lembras-te, depende da pancada, o Ângelo não se ri, pensa noutra piada, nada se pode fazer por um filho, um filho nada pode fazer por um pai, uma boa piada, a melhor neste género de espetáculos pobrezinhos como a vida

rolo pela luz

rolo pela luz, docemente, a estrada é estreita, sinuosa, o alcatrão encharcado de sol estonteia-me, avanço, do lado direito, a encosta, cheia de flores que têm a cor das flores, do lado esquerdo, árvores, que têm a silhueta das árvores e segredos de pássaros nas copas, no céu, que tem a cor do céu, asas recortadas, libertas para sempre de mãos que as prendam,

bichinho, anda cá, bichinho

avanço, um campo de papoilas na aragem da manhã, nas bermas os postes de alta tensão, cabeçudos a caminho de uma feira, algodão-doce, a roda gigante, as ciganas a desfazer sinas, rolo pela luz, vou de viagem, no café, na padaria, na cabeleireira, em todos os lugares, um assunto,

a primavera chegou

um tema de conversa, o ar que endoida as flores e desassossega os animais, o calor que acorda a carne, a partir de hoje nada vai ser diferente, nunca mais nada diferente, uma troca de palavras, este tempo é terrível para as alergias, procuro uma cassete no porta-luvas, estendo a minha mão para o lado direito, o sol bate no metal do carro, um brilho desenfreado, a fúria que as árvores acalmam, um bailado de sombra e de luz,

de todos os mistérios escolho o da luz, desta luz

franzo os olhos, preciso de tempo para me habituar a esta luz transparente,

não branca como a da sala onde se espera a morte

de todos os mistérios escolho o da sombra, desta sombra

o sol, o calor sabe-me bem nas pernas, nas mãos, a vida sabe bem ao meu corpo, a primavera regressou e

nada podemos contra a força da natureza, contra a vida que continua

trouxe a luz do princípio do mundo, custa-me respirar, uma dor no peito, um assunto, eis um bom dia para viajar, o meu corpo segue a minha mão sem dificuldade, a destreza dos anjos apesar das asas, a destreza dos corpos apesar da carne, passo por uma casa à beira da estrada, uma pérgula com uma buganvília rosa, um cão a latir junto ao portão, nesta casa podia ter sido feliz, sempre fui feliz na vida dos outros, passo a casa da buganvília, deixo a felicidade que podia morar ali senão morasse já no meu coração, encontro a cassete, coloco-a no leitor e carrego no botão para a rebobinar, dentro do carro o chilreio dos pássaros parados no céu, nos galhos das árvores, um tema de conversa na estação de serviço onde há pouco parei,

aquela parece uma noiva

uma troca de palavras, nunca tinha visto ninguém vestido assim de branco, nem chega a uma conversa, hoje em dia vê-se de tudo, tenho as malas no porta-bagagens, ele está à minha espera,

tenho pressa de chegar a ti

desde sempre, em todo o lado, a qualquer hora, um entendimento, ele está à minha espera na estalagem sobre o mar, avanço, não tenho medo de

uma estalagem solitária, abandonada sobre o mar

nada, nem sequer do amor, os meus olhos rasos de felicidade, na minha pele as cicatrizes de todos os meus sonhos, a partir de hoje nada vai ser diferente, à minha frente um mar de tempo sempre igual, a minha canção a tocar eternamente,

onde vais buscar estas coisas, onde vais buscar estas coisas

uma estalagem abandonada sobre o mar, vou deitar-me sobre o barulho das ondas e oferecer o meu sorriso, o ar aparvalhado que me assenta tão bem, tenho tanta pressa

ele espera-me na estalagem sobre o mar, nunca viajei sem ter quem me espere, não posso atrasar-me, uma folha cola-se no para-brisas, posso levá-la para onde quiser, avanço na luz em que a manhã se consome, a partir de hoje nada vai ser diferente, a mágoa no coração para sempre,

uma pressa que me dói

sigo atenta à estrada, não conheço esta estrada dos mapas, nunca a tinha visto, um caminho novo, ardem-me na pele as mãos de quem me espera, afago os pequenos sulcos que as unhas dele deixaram em mim, no meu corpo todo,

nunca mais me pertenço

já não tenho lugar em mim, a manhã entra impetuosa pelos vidros do carro, seis porções de luz que me atordoam, são 14:37 no relógio digital do tabliê, são 14:37 no mundo lá fora, as contas feitas com a vida, na estrada um sinal anuncia uma encruzilhada, quatro estradas devidamente numeradas, quatro destinos, abrando, não posso desistir

de me ir perder em quem me espera

é assim tão fácil largarmos tudo o que nos prende

bêtises, ma chérie, bêtises

avanço, as copas das árvores tapam a estrada, os bosques encantados das histórias, ultrapasso um homem numa bicicleta, aceno-lhe, o homem sorri, avanço por um túnel escavado nos troncos, ramos e folhas, a terra tomou o lugar do céu, à sombra desta terra

na posição em que me encontro, de cabeça para baixo

o alcatrão é um céu de tempestade que se desenrola à minha frente, avanço, percorro um caminho que continua a crescer para a luz, um mundo convexo

uma gota de água que não desliza

comigo lá dentro, avanço, uma força que me impele e suspende, dilata o tempo, pela primeira vez sem gravidade, pela primeira vez este estar feliz que me impede os gestos, é tão fácil ficar assim para sempre, daqui a nada estou na estalagem nos braços dele, um perder de vista de água prateada, ele chama-me da janela do quarto, diz o meu nome

um nome de uma flor que também é uma cor

uma estalagem devorada pelo mar

um susto de que o coração não se esquece, uma bênção de que os olhos não se refazem, as ondas aos nossos pés, a espuma rendada, murmúrios, fecho os olhos por um bocadinho, nenhuma manhã me vai roubar este sonho tão bonito, nunca mais nenhuma manhã, a minha vida um sobressalto no sono continuado do universo, fecho os olhos por um bocadinho, um sono tranquilo, aqui dentro, aqui onde estou, aconteça o que acontecer nada acontece

inesperadamente

casa do campo grande e outros lugares,
agosto de 2001 a outubro de 2004

casa do campo grande e outros lugares,
agosto de 2001 a outubro de 2004

Dulce Maria Cardoso nasceu em 1964, em Trás-os-Montes. Foi aos seis meses para Luanda, de onde regressou na ponte aérea de 1975, em virtude da descolonização e do início da guerra civil em Angola.

Formou-se em Direito e exerceu advocacia.

Seu primeiro romance, *Campo de sangue* (2001), foi escrito na sequência de uma bolsa de criação literária do Ministério da Cultura português e recebeu o Grande Prêmio Acontece. Desde então publicou, em Portugal, os romances *Os meus sentimentos* (2005), Prêmio da União Europeia para a Literatura, e *O chão dos pardais* (2009), Prêmio Pen Club, e *O retorno*, Livro do Ano 2011 e Prêmio Especial da Crítica, para além da antologia de contos *Até nós* (2008).

A sua obra foi editada em uma dezena de países, é estudada em diversas universidades e estão em curso propostas de adaptação cinematográfica de alguns dos seus contos e romances.

No Brasil, a Companhia das Letras publicou *Campo de sangue* em 2005 e a Tinta-da-china Brasil *O retorno* em 2012.

os meus sentimentos
foi composto em caracteres Hoefler Text e impresso pela Geográfica Editora, sobre papel pólen soft de 80 g/m², no mês de junho de 2012.